登觀雀樓

관작루에 오르다

해는 산 너머로 지려 하는데

황하는 바다로 흘러들어가네

천 리 머나먼 곳을 보려 하기에

다시 누각을 한 층 더 올라간다네

白日依山盡
黃河入海流
欲窮千里目
更上一層樓

一擊必殺
일격필살

일격필살 2

석탄 新무협 판타지 소설

초판 1쇄 찍은 날 § 2005년 3월 10일
초판 1쇄 펴낸 날 § 2005년 3월 20일

지은이 § 석탄
펴낸이 § 서경석

편집장 § 문혜영
편집 § 장상수 · 이재권 · 한지윤

펴낸곳 § 도서출판 청어람
등록번호 § 제1081-1-89호
등록일자 § 1999. 5. 31
어람번호 § 제2-0547호

주소 § 경기도 부천시 원미구 심곡1동 350-1 남성B/D 3F (우) 420-011
전화 § 032-656-4452 팩스 § 032-656-4453
http://www.chungeoram.com
E-mail § eoram99@chollian.net

ⓒ 석탄, 2005

ISBN 89-5831-463-X 04810
ISBN 89-5831-461-3 (SET)

※ 파본은 본사나 구입하신 서점에서 교환하여 드립니다.
※ 저자와 협의하여 인지를 붙이지 않습니다.

이경영 장편

Fantastic Oriental Heroes

석탈 新무협 판타지 소설

2

목차

제5장
꿈틀대는 천하

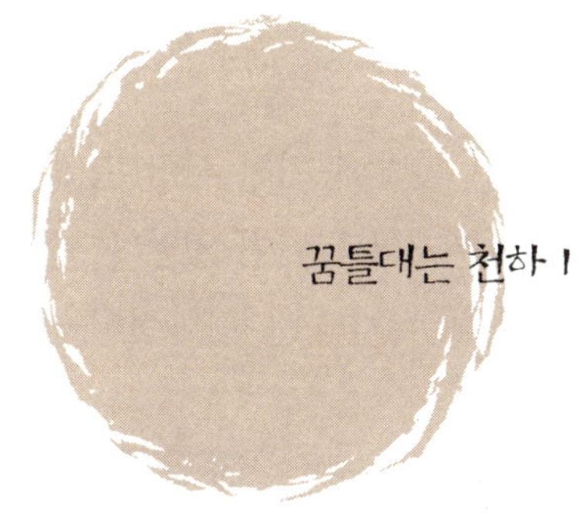

❶

"으허억! 귀, 귀신이다!"

챙그랑!

잡았던 한철검을 놓치며 임홍빈이 기겁을 했다. 찌그러진 도관을 떨어뜨리며 뒤로 물러나는 그의 시선은 무너진 벽 앞의 그림자를 보며 경련했다.

'도사라는 자식이!'

욕설이 목구멍까지 넘어왔지만 계장수는 벽 앞의 그림자에서 시선을 떼지 않았다. 그럴 여유도 없었다. 길게 산발한 윤곽을 보이는 그림자는 벽 뒤에 나타났을 때에야 기척을 느꼈다. 그건, 고수란 얘기였다.

"누구냐."

계장수는 나직하고 굵게 물었다. 이미 해가 넘어가 사방은 어둑어둑했지만 상대의 모습은 또렷하게 보였다. 어떤 어둠이라도 계장수의 시선을 방해할 순 없었다. 하지만 무너진 벽 앞에 보이는 노인은 정말 이상했다.

길게 늘어진 머릿결은 이리저리 뻗치고 산발해 미친 사람 같았다. 흰색이었을 게 분명한 의복은 때에 절어 본래의 빛깔이 없었다. 중키에 가슴까지 내려온 수염들은 머리만큼이나 어지러웠다. 그런데 눈에서 빛이 났다.

"젊은 놈들이 눈알을 무섭게 뜨고 노인한테 막말을 하는구나?"

형형한 안광의 산발한 그림자, 노인은 천천히 다가왔다. 임홍빈은 자지러지게 소리쳤다.

"호, 호귀(虎鬼)다! 호귀가 나타났다!"

계장수의 두서너 발 앞까지 다가온 노인은 임홍빈을 보며 무뚝뚝하게 말했다.

"지랄발광을 하는구나."

그 말소리에 바닥에서 버르적대던 임홍빈이 움직임을 멈췄다. 그리곤 노인을 찬찬히 올려다보며 조심스럽게 물었다.

"귀신… 아니십니까?"

노인은 표정 변화도 없이 또 무뚝뚝하게 대답했다.

"내 눈엔 네놈이 귀신처럼 보인다."

찌그러지는 임홍빈의 눈매를 본 노인은 계장수에게로 시선을 돌렸다.

"진짜 귀신같은 놈은 여기 있군."

노인의 말은 나무토막이 부러지는 것처럼 뚝뚝 끊어지며 감정이 느껴지질 않았다. 계장수를 아래위로 훑어보는 눈길도 그렇긴 마찬가지였다.

"너, 나이가 몇이냐? 나이가 몇인데 몸에서 세상 다 산 놈의 냄새가 나냐?"

노인은 계장수의 주변을 돌며 눈빛을 번득였다. 감정없는 눈길이었지만, 뭐 이런 게 다 있나 하는 기색이 분명했다. 고수는 고수를 알아본달까? 불과 이십대로 보이는 계장수가 자신도 추측 못할 고수라는 걸 노인이 감지한 까닭이었다. 하지만 그 순간 계장수는 곤혹스러웠다.

'풍오자! 이 늙은이가 안 죽었군!'

놀람을 감추느라 식은땀이 다 날 지경이었다. 미친 늙은이처럼 보이는 산발한 노인은 화산의 전임 장문인 풍오자였다. 자신에게 진 걸 인정하지 못해 세 번이나 다시 겨루길 원했던 괴팍하고 자존심 강한 늙은이, 패배의 충격으로 끝내는 산속에 틀어박혔다던 화산제일고수.

사람들의 기억 속에서 사라졌던 화산의 늙은이, 풍오자는 안광이 번쩍이는 눈을 게슴츠레하게 떴다. 손가락을 수염 사이로 넣어 턱을 긁던 그는 넌지시 말했다.

"너, 나 본 적 없냐?"

계장수는 바로 고개를 가로저었다.

"없소."

"이상한데. 나도 너 같은 어린 놈은 본 적이 없는데… 근데 왜 낯이 익지?"

고개를 갸웃대는 풍오자의 모습은 진지했다. 그러다가 그는 또 불쑥 물었다.

"너, 혹시 철혈무제 조극강이 아들놈 아니냐?"

계장수의 눈썹이 꿈틀 일어섰다. 경련할 것 같은 입술에 힘을 주며 그는 대답했다.

"무, 무슨 소릴 하는 거요?"

고개를 갸웃하고, 턱을 긁고, 칼날 같은 눈빛으로 훑어보던 풍오자는 혼자서 고개를 끄덕이며 결론을 내렸다.

"그래, 그럴 리가 없겠지. 그놈 아들은 이제 열대여섯일 텐데 이렇게 무식하게 큰 놈일 리가 없지. 한데 참 이상도 하다. 무지하게 닮았구나."

풍오자는 계장수의 얼굴에서 시선을 떼지 않았다. 계장수는 웬일인지 못 박힌 듯 서 있기만 했고, 풍오자를 돌려세운 것은 임홍빈이었다.

"노인장은 뉘시오?"

귀신이라고 호들갑 떨던 때와는 사뭇 다른 목소리였다. 풍오자의 시선은 바로 돌아갔다.

"뭐, 노인장? 이 자식이!"

표정도 변하지 않고 목소리도 높아지지 않았지만 풍오자는 화내는 게 틀림없었다. 싸늘하게 빛을 뿜는 눈이 그걸 말해 주었다. 임홍빈은 바로 말을 바꿨다.

"아, 아니, 어르신! 제가 드린 말씀은 다, 다름이 아니오고, 이 산중에 어인 일이시냐는 그, 그런 말씀입니다요! 절대로 오해 마십시오!"

급하게 손을 내젓는 임홍빈의 몸짓에 풍오자는 눈빛을 차츰 가라앉혔다. 그러다가 계장수에게 시선을 돌려 말했다. 건성건성한 목소리였다.

"난 풍오자다. 한때 이 산의 주인 노릇을 했지. 지금은 그냥 산지기다."

풍오자의 대답에 고개를 갸우뚱하던 임홍빈은 금세 입을 딱 벌렸다.

“푸, 푸, 풍오!”

말은 다 이어지지 못했다.

“네놈들 여기서 뭐 하고 있던 거냐?”

계장수와 임홍빈을 번갈아 보는 풍오자의 눈에 다시 힘이 실리기 시작했다. 휘젓는 것처럼 손을 뻗자 바닥에 떨어졌던 한철검이 두둥실 떠올라 잡혔다. 그걸 계장수의 얼굴 앞에 들이밀며 무감동하게 말했다.

“좋은 검이야.”

잠시 검과 그 검 뒤로 보이는 풍오자의 얼굴을 보던 계장수는 몸을 돌리며 말했다.

“갖고 싶으면 가지시오.”

그 말을 던지고 계장수는 주저앉아 마룻장을 더 뜯어내기 시작했다. 뜯어낸 마룻장이 제법 넓어지자 그 안에 부서진 마룻장 판자 조각들을 넣고 화석과 화도를 그어댔다. 나무 사이에 낀 검불에 불이붙자 후후 불어 불을 키웠다. 불빛이 너울거리기 시작한 그때까지도 풍오자는 계장수만 바라보고 움직이지 않았다. 임홍빈은 또 지껄였다.

“저, 정말… 풍오자 어른이십니까?”

힐끗, 임홍빈에게 한 번 시선을 준 풍오자는 불 앞에 주저앉았다. 곧바로 검갑을 들어 한철검을 넣으며 무심하게 대답했다.

“누군들 어때. 다 죽으면 먼지 되는걸.”

불길을 키워 올리는 계장수의 옆얼굴을 풍오자는 무심하게 바라봤다. 검을 줘서 고맙다는 둥, 아니면 받지 않겠다는 둥, 네놈이 날 언제 봤다고 검을 주느냐는 둥, 혹은 검이 좋거나 나쁘다는 둥, 하등의 말이 없었다. 그건 검을 주고서 불만 손보고 있는 계장수도 똑같았다.

두 사람의 사이에 묘한 기류가 흘렀다. 둘 사이의 눈치를 보던 임홍빈은 입 닥치고 불 앞에 앉았다. 화산의 밤은 금세 깊어져 갔다. 마루 가운데를 뜯어내고 흙구덩이에 피워 올린 불은 활활 잘도 피어올랐다. 그 불길에 비친 세 사람의 그림자가 사방에서 귀신처럼 흔들렸다.

"너, 이름이 뭐냐?"

풍오자가 끝내 침묵을 깼다. 행낭에서 육포를 꺼내던 계장수는 풍오자의 눈을 직시했다. 그리고 담담하게 대답했다. 묻지 않은 말들도 했다.

"계장수라고 하오. 올해 이십일 세로 귀도문주 계은범 어른이 선친(先親)이 되시오. 도왕(刀王), 귀도 계문설 어른은 가문의 시조가 되는 분이오."

풍오자의 눈이 처음으로 인간다운 빛을 띨 때, 계장수는 육포를 불에 구웠다. 임홍빈이 헛바람 들이키는 소리를 낸 건 너무 당연했다. 풍오자는 또 물었다.

"도왕의 후예라고?"

감정없는 목소리에 높낮이가 드러났다. 놀란 게 분명했다. 하지만 풍오자는 엉뚱한 소리를 했다.

"덩어리가 크다 했더니 뼈대있는 놈이로구나. 한데 내 눈엔 왜 네놈하고 철혈무제 조극강 놈하고 자꾸 겹쳐 보이지? 이상해. 일가붙이도 아니고, 전혀 상관없는 놈인데 왜 자꾸만 그놈이 보일까? 죽은 놈이……."

이해할 수 없는 일이라는 듯 풍오자는 고개를 갸웃댔다. 불 앞에 쪼그리고 앉았던 임홍빈은 넌지시 물었다.

"조극강이라면 십여 년 전에 죽은 철무련의 주인 아닙니까? 그 사람

하고 저 친구하고 어디가 그렇게 닮았나요?"

임홍빈의 말소리를 듣지 못했는지, 아니면 듣고도 못 들은 척하는 건지 풍오자는 육포를 굽는 계장수의 옆얼굴만 뚫어지게 바라보았다.

"정말 이상해. 체구는 비슷하지만, 피부색도 이놈이 더 검고, 사실 굵직굵직한 거 빼면 얼굴은 그다지 닮은 데가 없어. 그런데 이놈을 보고 있으니 자꾸 그놈이 떠올라. 꼭 그놈을 다시 보는 느낌이야."

임홍빈의 물음에 대한 대답인지 스스로의 의문에 대한 자답인지 풍오자는 독백처럼 주절거렸다. 하지만 그사이에도 계장수는 육포만을 구웠다. 아무것도 듣지 못하는 듯, 단도에 꿰어 넣은 육포만을 불에 돌렸다.

"냄새 좋은데?"

육포를 보고 침을 삼키는 임홍빈에게 계장수는 한 조각을 훌떡 던졌다. 그리고 또 한 조각을 풍오자에게 내밀었다. 가만히 육포를 내민 계장수의 손과 얼굴을 보던 풍오자는 뜬금없이 물었다. 손은 육포를 잡으면서였다.

"너, 조극강이 아냐?"

계장수는 고개를 돌리며 관심없다는 투로 대답했다.

"이름은 들어봤소."

"이름만 들어봤다고? 그놈이 어떤 놈인지는 모르고?"

"철무련의 주인이었고 십삼 년 전에 갑자기 급사한 걸로 알고 있소."

"급사? 그래, 급사했지. 그렇게 죽을 놈이 아닌데 너무 갑자기 뒈졌단 말이야?"

타오르는 불로 돌아간 풍오자의 시선은 옛 생각을 끄집어내는 것처

럼 아득해졌다. 그 눈으로 불을 보며 육포를 한입 찢어 문 그는 회고하
는 목소리로 말했다.

"조극강. 그자는 무인이었다. 피를 많이 흘리긴 했지만, 천생 무인
이었지. 모두가 그자를 두려워했어. 하지만 남의 뒤통수를 치거나 수
작을 부리는 위인은 아니었지. 그렇지만 세상이란 게 왕왕 높이 오르
자면 남을 밟고 서야 하는 게지. 그것이 업보라는 걸 몰랐을 게야, 죽
을 때까지."

풍오자는 또 한 번 육포를 베어 물고 질겅질겅 씹었다. 흔들리는 불
꽃을 보는 그의 눈은 짙은 회한과 아쉬움, 그리고 그리움 같은 것이 엿
보였다. 가만히 그 옆모습을 바라보던 계장수는 작게 입을 열었다.

"화산과는… 인연이 많구려."

풍오자는 훌쩍 돌아보며 되물었다.

"인연이 많다고? 네깟 놈이 화산하고 인연이 있을 게 뭐냐?"

풍오자의 눈을 마주 보던 계장수는 잠시간 망설였다. 그러다가 선선
히 말을 꺼냈다.

"현 장문인 풍열자와 악연이 있소."

"내 사제와 악연이 있다고?"

"그렇소. 그 제자들하고는 물론이고 천주상가와도 악연이 겹쳐 있소
이다."

"천주상가까지? 가만, 그렇다면 네놈은!"

풍오자는 벌떡 일어서며 검을 뽑았다.

치이잉!

맑은 검명에 화톳불이 놀라 흔들렸다. 그 소리가 다 사라지기도 전
에 검은 계장수의 목 앞에 이빨을 들이밀었다. 엄청난 쾌검이었다.

"난 화산의 일에 관여하지는 않지만, 동정은 항상 듣고 있다. 엊그제 팔이 끊기고 반주검이 된 몸으로 풍열자 놈이 돌아왔다는 얘길 들었다. 범수 놈은 다리가 꺾어졌다더군."

풍오자의 눈은 열기를 속으로 감추고 차갑게 이글거렸다. 그건 분노해서라기보다는, 어쩐지 새로운 승부에 갈망하는 눈빛 같았다. 하지만 검날을 목 앞에 두고 마주 보는 계장수의 눈은 차분하기만 했다.

"찌를 거요?"

너무도 담담하게 묻는 계장수의 태도에 놀란 눈으로 두 사람을 바라보던 임홍빈은 어이가 없었다. 풍오자의 눈매도 꿈틀꿈틀 눈썹을 흔들었다.

"화산에 온 이유가 뭐냐?"

가라앉은 목소리로 풍오자가 다시 묻자 계장수는 불로 다시 시선을 돌리며 대답했다.

"흔적을 찾으러 왔소."

"흔적이라고?"

계장수의 옆모습을 뚫어지게 보던 풍오자는 심하게 미간을 찌푸렸다. 뭔가를 생각하는 눈빛이던 그는 바닥에 조각난 상자와 두 개의 책자, 그리고 자신이 들고 있는 검에 차례로 시선을 준 후 미간을 풀었다. 연후에 천천히 검을 거둬들였다. 그 검을 다시 갈무리하며 주저앉았다.

계장수처럼 불을 바라보며 앉은 풍오자는 누구에게랄 것 없이 말을 꺼냈다.

"풍열자, 그 자식. 무림맹이니 지랄이니 하고 다닐 때부터 재미없을 줄은 알았지. 근데 이제 스물 먹은 새파란 놈한테 쥐 터져서 드러누울

줄은 몰랐다. 욕심 많고 뒤로 호박씨 까는 놈이긴 하지만… 그래도 사형젠데.”

타탁거리며 튀어오르는 불씨를 보던 풍오자는 계장수에게 다시 시선을 돌렸다.

“너, 싸움하러 다니는 놈이냐?”

풍오자를 다시 마주 본 계장수는 피식 웃었다. 그리고 생각했다. 하나도 변한 게 없는 늙은이라고. 자신을 비무 수행자냐고 묻는 것이다. 그다운 발상이었다. 그 옛날에도 싸움닭처럼 덤벼들더니만, 승부에 집착하는 저 성정은 아직도 그대로인 거다. 짧은 기억이지만 오래도록 남은 자였다.

“왜 웃냐? 내 말이 웃기냐?”

풍오자의 눈매가 좁혀졌다. 계장수는 고개를 가로저으며 대답했다.

“아니오. 원하는 바는 아니었지만, 현 화산 장문인과는 팔 년 전에 얽힌 악연으로 그리됐소.”

“팔 년 전이라고?”

“그렇소. 내가 열세 살 되던 해, 선대의 유품인 이 물건들을 찾으러 화산에 오던 길이었소.”

가늘어지는 풍오자의 눈매와 손을 만지작대며 다가앉는 임홍빈의 시선 속에서 계장수는 옛일을 얘기했다. 황하에서의 일, 혹독했던 엽초희의 고문, 석모도로의 유배, 죄수들과의 부역, 그리고 나시 돌아온 일.

“지맥이 터져서 섬이 무너지고 병사들 죄수 할 거 없이 다 죽는데 혼자 바다로 뛰어들었다고? 그리고 표류하다 지나던 배에 구조되었다고?”

얼굴을 들이밀고 묻는 임홍빈의 물음에 계장수는 대답하지 않았다. 그냥 풍오자만 바라보았다. 풍오자는 턱을 쓸며 의문스러운 듯 물었다.

"그 나이에 풍열자 놈을 그 지경으로 만들었으면 기연이 있었던 듯한데… 뭐, 다 제쳐 두고, 그것들을 왜 죽이지 않았냐? 특히 그년 말이다."

계장수의 짐작대로 풍오자는 얽매임이 없는 자였다. 처음엔 자신의 사제를 해쳤단 생각과 화산에 해를 끼치러 왔단 짐작에 검을 들이밀었지만, 지금은 왜 죽이지 않았냐고 묻는 것이다. 보통 사람이면 꺼낼 수 없는 말이었다. 또 한편 생각하면… 제정신이 아닌 것 같기도 했다.

계장수는 풍오자를 보다 문득 똑같은 의문이 들었다. 왜 자신은 그들을 죽이지 않았을까? 최소한 혀를 빼고, 눈알을 뽑고, 살을 바르고, 뼈를 깎아내는 고통을 안겨준 후에 죽이리라 다짐했었건만, 막상 구원을 풀고자 할 때는 그러지 못했다. 마음이 약해져서일까? 천하의 조극강이었던 자신이? 변해 버린 것일까? 철혈무제로 불리던 스스로가?

아니었다. 너무도 많은 죽음을 봐왔다. 전생에서부터 이생에 이르기까지, 자신의 주변에서 죽음이 끊이질 않았다. 그 근본의 원인에는 자신이 있다고 생각했다. 또한 스스로도 수많은 사람들의 목숨을 짓밟았다. 하지만 그것이 죄악이란 걸, 스스로에게 업의 굴레가 되어 돌아온다는 걸 사람들은 알지 못하는 것이다. 자신조차도 이제야 어렴풋이 눈을 떴을 뿐이다. 하지만 칼을 들면 다시 희미해지는 생각이었다.

그건 다른 모두가 그랬다. 엽초희라는 철없는 년이 그랬고, 세상의 욕심에 눈먼 풍열자가 그랬다. 때문에 그들은 타인의 목숨을 벌레처럼 여기는 것이다. 그들에겐 죽음보다 더한 고통이 좌절감일 것이다. 하늘조차 좌지우지할 수 있을 것 같은 마음에 패배의 상처를 안겨주는 것. 자신들의 의지로 안 되는 일이 있다는 것. 그것들에게 그걸 안겨주고 싶었다. 그런 상실의 굴욕은 조극강이었던 자신도 느꼈던 일이었다.

풍오자의 흔들림없는 눈을 바라보고 있던 계장수는 생각을 접고 작게 대답했다.

"죽이려고 했었소. 한데 언제부턴가, 가끔씩 그런 생각이 들더이다. 세상을 산다는 건 누구에게나 소중한 일이라고 말이오. 설령 그것이 개든 돼지든 사람이든, 천하에 쳐죽일 악당이든… 세상을 사는 데는 다 나름대로의 이유가 있을 거라고 말이오. 가끔씩, 아주 가끔씩 말이오."

풍오자는 미간을 좁히며 계장수를 봤다. 끊어지는 듯하던 계장수의 말은 다시 이어졌다.

"그것들을 죽이려던 그 순간에… 누군가의 모습이 떠오르며 그 생각이 들었소. 왜 사무치게 기다려 왔던 복수의 순간에 그 생각이 들었으며, 그 얼굴이, 아니, 그 얼굴들이 떠올랐는지는 나도 모르겠소. 하지만 그들은 죽음을 면했을진 몰라도 남은 시간을 죽음보다도 더한 심적 고통과 좌절 속에서 살아야 할 거요. 난 그것이, 죽음보다도 훨씬 큰 형벌이라 생각하오."

다시 화톳불로 돌아가는 계장수의 모습을 무겁게 바라보던 풍오자는 고개를 끄덕였다.

"그래, 죄업은 피할 수 없는 법이지. 그리고 풍열자, 그놈이 드러운 놈이긴 해. 장문 자리 넘겨달라고 협박까지 한 놈이야. 드러워서 넘겨 줬지."

아무렇지 않게 말하고 있지만, 풍열자에게 장문을 넘겨준 속사정이 짐작 가는 말이었다. 풍오자의 성정으로 볼 때 사형제 간에 싸우고 싶지 않았을 것이다. 그걸 기회로 삼아 산에만 틀어박혀 있는 풍오자에게 풍열자는 장문 자리를 넘기라고 종용했을 것이다. 화산의 미래를 위한 일이라고 지껄이면서. 풍오자는 귀찮은 얼굴로 넘겨줬을 게 뻔했다.

주둥이를 움찔거리면서 묻고 싶은 걸 참고 있던 임홍빈은 식은 육포를 뜯어 먹었다. 그의 눈엔 불만 보고 있는 계장수나 풍오자 모두 이상한 사람들이었다.

비무에 패해 그 충격을 못 이겨 산속에 틀어박힌 일이나, 사제가 달란다고 장문 자리를 내팽개치듯이 넘겨준 일이나, 귀도문 식솔들과 아비 계은범의 복수를 위해 세상에 나왔다가 섬에 잡혀간 일이나, 다시 칠 년 만에 그들을 찾아 죽이지 않은 일이나 모두가 이상했다.

하지만 자신이 이상하게 생각하는 두 사람도 자신을 이상하게 생각하는 걸 그는 알지 못했다.

"넌 뭐 하는 놈이냐?"

불쑥, 들려온 풍오자의 목소리에 임홍빈은 화들짝 놀랐다.

"옛? 저, 저요?"

"그래, 너 말이다. 어린 도사 놈아."

"예에, 저는 임홍빈이라 하옵고, 올해 이십이 세가 되오며 세상을 주유하면서 귀신을 물리치고 빈민을 구제하는……."

"됐다."

"에?"

"됐다고, 임마. 더 말 안 해도 부적이나 팔아먹는 사이비 도사 놈인 걸 척 알겠구먼."

"아니, 어르신. 그런 말씀이……."

"그건 뭐냐?"

풍오자의 시선은 임홍빈의 옆에 놓인 두 권의 책으로 향했다. 임홍빈이 뭐라고 말할 사이도 없이 풍오자의 손이 휘익 흔들렸다. 그러자 책은 빨려 들어가 듯이 풍오자의 손으로 스르르 날아갔다.

"엇? 저, 저거!"

임홍빈이 허공에 손을 허우적댈 때 풍오자는 책장을 벌써 넘기고 있었다. 그가 넘긴 책은 태극검결이었다.

"어라? 이것 봐라?"

풍오자의 눈은 계장수를 보고 흥분할 때보다도 더욱 커졌다. 검공에 일생을 바쳐 온 그에게 태극검보라는 미지의 책자는 흥분을 안겨준 것이다. 하지만 그는 독서 삼매경에 빠져들 수 없었다. 멀리서 들리는 짐승 같은 울음소리가 산의 정적을 깨운 때문이었다. 소름 끼치는 소리였다.

"크워어어어어어!"

풍오자는 벌떡 일어섰다. 무너진 담벼락 뒤로 불같은 시선을 던지는 그는 나직하고 힘있게 말했다.

"이놈, 드디어 나타났구나!"

풍오자가 바라보는 어둠 속의 산 그림자는 짐승처럼 꿈틀대는 것 같았다.

❷

콰아앙!

암자 밖으로 터져 나가는 풍오자의 몸이 기둥을 들이받았다. 그나마 버티고 있던 기울어진 지붕이 삽시간에 무너져 내렸다. 계장수는 행낭을 집어 듦과 동시에 임홍빈을 붙잡고 뛰어나갔다.

쿠르르릉.

암자의 지붕은 순식간에 무너졌다. 먼지와 함께 바람이 불어 옷과 머리를 흔들었다. 하지만 뛰쳐나온 암자를 돌아볼 여가가 없었다. 풍오자가 무섭게 바라보는 곳, 험준하고 울창한 화산의 산세가 굽이진 곳, 시커먼 어둠에 묻힌 산속에서 붉은 불빛이 요동을 쳤다. 그것이 질풍처럼 달려왔다.

"뭐, 뭐야, 저게?"

놀란 임홍빈은 산 저편을 바라보면서 눈빛을 흔들었다. 그러나 그 와중에도 벽사진경을 품속에 갈무리했다. 계장수는 그 모습을 보았지만 상관하지 않았다. 더구나 지금은 산속을 달려 자신들에게 다가오는 붉은 불덩이를 봐야 했다. 뭔가 위험한 놈임에 틀림없었다. 그건 한철검을 빼 들고 바짝 긴장한 풍오자의 모습만 봐도 알 수 있었다.

"대체 뭡니까, 저게?"

임홍빈이 눈을 부릅뜨고 있는 풍오자에게 다급하게 물었지만 풍오자는 대답 대신 검을 치켜들었다. 달려오는 붉은 불덩이는 훌쩍훌쩍 공중을 나는 것 같았다. 한 번 뛰어오를 때마다 십여 그루의 나무들을 넘고 밟으며 앞으로 날아 나왔다. 그렇게 계곡을 넘고 산줄기를 타고 무섭게 질주했다.

"뒤로 물러나라!"

풍오자가 엄하게 외쳤다. 하지만 그 순간 암자 앞의 숲 속에 불덩이가 내려앉았다. 바람처럼 사뿐하게 땅을 밟은 불덩이는 전광석화처럼 다시 튀어 올랐다. 그리곤 풍오자의 머리 위에서 천둥처럼 덮쳐 내렸다.

"크워어어어!"

"이노옴!"

풍오자의 몸이 순간적으로 좌로 이동하며 한철검을 그어 올렸다.

씨이이이잉!

새하얀 빛으로 뭉쳐진 한철검이 폭발하듯이 솟구치며 밤하늘을 갈랐다. 검은 불덩이의 중간을 가르고 올라갔다.

캉!

"크워억!"

검이 지나간 불덩이의 옆구리에서 화염이 튀었다. 순간적으로 불덩이의 몸이 흔들리며 화염이 옅어졌다. 하지만 불덩이는 풍오자가 있던 자리로 떨어지기가 무섭게 다시 땅을 튕기며 저만큼 날아가 앉았다.

몸을 한 바퀴 돌려 지검세(持劍勢)로 검을 잡은 풍오자는 자세를 바짝 낮췄다. 그리고 불덩이를 매섭게 쏘아보았다.

"크아아아앙!"

붉은 불덩이가 괴성을 질렀다. 풍오자와 대적하여 화염을 꿈틀대는 그것이 선명하게 보였다. 붉은 화염을 전신으로 발산하며 울부짖는 그것은… 사람이었다. 그것도 장대한 몸뚱이를 가진 대머리사내였다.

"적염호귀(赤炎虎鬼)!"

임홍빈이 신음을 내뱉듯이 말했다. 눈매가 좁혀져 올라가고 턱과 볼이 부들대는 얼굴이었지만, 두려움에 떠는 얼굴이 아닌 짙은 우려와 긴장이 어린 얼굴이었다. 하루 동안 봐온 성정으로는 도망가거나 울부짖으며 공포에 떨어야 정상인 자였다. 그런데 지금 계장수가 보는 임홍빈은 전혀 다른 모습, 기세였다. 더군다나 뭔가 알고 있는 듯했다.

계장수는 다시 붉은 화염의 사내, 임홍빈이 적염호귀라고 부른 인물을 봤다. 보통 남자보다 배는 더 커 보이는 덩치에 불에 달궈진 것 같은 붉은 몸뚱이가 꿈틀거렸다. 용암 기둥 같은 다리와 바위 같은 어깨

위로는 흉측한 대머리에 불길로 이글대는 두 눈을 부라렸다. 끔찍한 이빨들이 그 아래에서 번쩍이며 붉은 숨결을 토해냈다. 짐승 같은 자였다. 길죽하게 불거져 나온 송곳니 사이로 화염이 새어 나왔다.

"크르르르르룽."

"저게 뭐야? 사람이야?"

대머리사내의 입에서 나오는 화염을 보고 계장수는 저도 모르게 중얼댔다. 그도 그럴 것이 두 번의 세상을 살면서 저런 것은 듣지도 보지도 못한 일이었기 때문이다. 몸통에 불을 휘두른 건 특수한 무공을 익혀서 그렇다고 해도, 입에서까지 불길이 들락거리다니. 더구나 사내의 몰골은 짐승이지 사람이 아니었다.

"크르르르르룽."

놈이 이를 드러내고 그르렁대자 풍오자는 검을 중단세로 모으며 두 발을 평행으로 놓았다. 곧바로 검끝에 하얀 결정이 어리기 시작하더니 불쑥, 폭발하듯이 튀어나왔다. 검신을 이탈하고 나온 흰 빛무리의 결정, 검강이었다. 풍열자의 푸른 검강과는 격이 달랐다. 길이는 무려 다섯 자에 달했고 흰 백색의 결정은 사방의 어둠을 밀어냈다.

"이노무 새끼! 땅속에서 뒈져 버릴 것이지, 세상에 튀어나온 걸 후회하게 해주마!"

씹어대는 것 같은 말이 끝나기가 무섭게 풍오자는 적염호귀에게 달려갔다. 달리기가 무섭게 땅을 박찬 풍오자는 허공 높이 떠올랐다. 떠오른 몸이 밤하늘에 섞여 구분이 안 될 때쯤, 가공할 빛무리를 뿜어 내렸다.

"이여어엇!"

슈아아아앙!

기합 소리와 함께 수직으로 갈려 내려쳐지는 한철검의 검극(劍極)에
서 흰 도강이 터져 나왔다. 줄기줄기 뻗어나가며 숲 속을 반으로 가르
는 그것은 초승달이 떨어지는 것 같았다. 흡사 천신(天神)의 도끼날처
럼 무시무시한 기세와 속도로 내리 찍힌 그것이 숲을 두 동강 내었다.

쿠아아아앙!

또 한차례 강한 먼지바람이 불었다. 이번엔 지진 같은 충격도 함께
였다. 천천히 흩어지는 흙먼지와 각종의 잔해 사이로 숲의 정경이 드
러났다.

한마디로 엄청났다. 길게 바닥을 찍어 내린 듯이 파헤친 자국이 산
줄기 끝까지 닿아 있었다. 그 길이가 무려 십여 장이나 되었다. 내리
찍힌 자국의 주위엔 나무들이 성한 게 없었다. 모두가 꺾어지고, 부서
지고, 산산이 조각난 잔해들뿐이었다. 하지만 정작 갈라지기를 바랐던
적염호귀는 이를 드러내고 울부짖었다.

"크와아아아앙!"

계장수는 놈의 섬뜩한 이빨을 보며 주먹을 불끈 쥐었다. 놈은 물길
을 낸 것처럼 갈라진 바닥의 바로 옆에서 전신에 화염을 뿜어댔다. 화
가 난 게 틀림없어 보였다. 가공할 풍오자의 도강을 간발의 차이로 피
하긴 했지만, 놀랍고 두려움이 생긴 게 분명해 보였다. 그런데 화는 풍
오자가 더 난 것 같았다.

"이 개노무 새끼!"

거친 욕설을 퍼부으며 풍오자의 몸이 횡으로 돌았다. 왼발을 축으로
도는 그 몸에서 흰빛의 도강이 터져 나왔다. 물레의 회전 같은 몸짓이었
다. 그러나 옷감을 짜는 것이 아닌 숲의 허리를 작살내는 손짓이었다.

슈아아아앙!

계장수는 임홍빈의 허리를 잡고 허공으로 도약했다. 발밑에선 아름드리 숲의 나무들이 순식간에 초토화되어 쓰러져 갔다. 정확히 사람 허리 높이로 돌아간 도강의 궤적은 그 중간에 걸리는 모든 것을 갈라 버렸다.

퍼퍼퍼퍼퍼퍼퍼퍽!

'저 미친 늙은이가!'

속으로 욕설을 내뱉으며 계장수는 쓰러지는 나무들을 차고 밀치며 땅에 내려섰다. 숲은 한순간에 벌목장처럼 변해 버렸다. 아직도 소리를 내며 쓰러지고 구르는 나무들은 아프다고 소리치는 것 같았다. 반경 이십여 장이 초토화된 그 중심에 풍오자가 검을 들고 서 있었다. 그의 눈길이 가는 곳엔 적염호귀도 멀쩡한 모습으로 보였다.

"저놈은 꼭 잡아야 돼!"

문득 들린 소리에 계장수는 임홍빈을 보았다. 아직도 잡고 있던 허리를 풀고 한 걸음 떨어져 그를 보았다. 바위처럼 굳어진 창백한 얼굴이었다. 처음 보는 임홍빈의 무거운 표정이었다. 경박하고 두서없는 말만 지껄이는 게 특기인 줄 알았던 그가 지금 다른 모습을 보이고 있는 것이다.

"저자가 누군지 아나?"

계장수가 묻자 임홍빈의 눈동자가 흔들렸다. 그 눈동자 안에 담긴 적염호귀의 영상도 흔들거렸다. 벌려진 입에서 나오는 목소리도 똑같았다.

"저놈은… 백 년도 훨씬 더 전의 마두야. 어디선가 호천기공(虎天氣功)이란 비공을 익혀 행세하던 놈인데 비공을 재해석해서 호랑이들의 정(精)을 취한다며 때려죽이고 다녔었지. 그러다가 뭐가 잘못됐는지 미쳐서는 처녀들을 잡아죽인 놈이야. 저놈 손에 머리가 깨져 죽은 처녀들의 수가 헤아릴 수도 없었어. 화산과 무당의 도사들이 이 산에 묻어버렸다던 놈인데……."

가슴을 진정시키려는 것인지, 오른손을 품 안에 넣고 말하는 임홍빈은 잔뜩 경직된 상태였다. 그러나 흔들리는 눈에서는 강한 의지가 흘러나왔다. 그건 적염호귀를 반드시 잡아야 한다는 의지였다. 가만히 바라보던 계장수는 시선을 적염호귀에게 돌리며 나직하게 읊조렸다.

"그래? 그런 놈이란 말이지?"

어둠 속에 그 말을 던지고 계장수는 느릿느릿 걸음을 떼어 나갔다. 저만치 앞에 보이는 풍오자와 적염호귀는 서로를 잡아먹을 듯이 노려만 보고 있는 상황이었다. 아마도 서로가 기회를 노리고 있으리라.

계장수는 대치한 둘의 사이로 걸어나갔다. 내딛는 발걸음은 앞으로 나아갈 때마다 점점 빨라졌다. 풍오자의 곁에 다다랐을 때는 거의 뛰는 것 같았다. 그렇게 성큼성큼 지나치는 계장수를 보고 풍오자가 소리쳤다.

"야! 뭐 하는 거야?"

계장수는 대답하지 않고 적염호귀만 바라보며 계속 걸었다. 거침없이 다가오는 계장수를 보고 적염호귀도 전신의 화염을 일으켜 세웠다.

"크워어어어억!"

놈이 짐승처럼 흉측한 아가리를 벌리고 위협했지만 계장수는 걸음을 멈추지 않았다. 아니, 오히려 좀 전의 풍오자처럼 땅을 박차고 달려나갔다.

콰직!

땅을 밀어 밟는 계장수의 발끝에서 나뭇가지가 산산이 조각났다. 그 소리가 들렸을 땐, 계장수의 몸은 시커먼 그림자가 되어 적염호귀의 눈앞에 있었다. 놀란 적염호귀의 눈이 움찔하며 몸을 빼려는 순간에 검은 쇠뭉치처럼 변한 계장수의 주먹이 머리통을 후려갈겼다.

콰앙!

철판을 두들기는 소리가 났다.

"크아아악!"

안면을 옆으로부터 후려 맞은 적염호귀 놈은 머리통이 홀떡 돌아가며 뒤로 나뒹굴었다. 구르기가 무섭게 고개를 정신없이 털며 일어서긴 했지만, 옆으로 선풍처럼 휘돌며 솟구치다 떨어져 내린 계장수의 발에 머리통을 또 처박았다.

휘우우웅!

쾅!

놈의 대가리에선 또 쇳소리가 났다. 두 번이나 때린 계장수의 손과 발에 어린 시커먼 기류의 모습도 꼭 쇠뭉치 같았다. 적염호귀 놈은 두 발에 힘이 풀린 듯 비틀비틀거렸다. 꼭 술지게미 처먹고 취해 버린 술도가집 개 같은 모습이었다. 그걸 정신 차리게 하려는 주인처럼 계장수는 정신없이 짓밟았다.

쾅!

"크억!"

콰쾅!

"크아악!"

콰콰콰쾅!

"크어어억!"

콰콰콰콰콰콰쾅!

계장수의 손과 발이 보이지 않을 만큼 적염호귀의 전신에 작렬했다. 때리는 자는 무공을 쓰는 자가 아닌 막싸움꾼처럼 손발을 휘둘렀고, 맞는 자는 전대 마두가 아니라 복날 잡힌 개처럼 늘어져 괴성을 질렀다. 그러나 그 괴성도 계장수의 거친 손과 발이 겹치면서 끝내 막히고 말았다.

"케에에에엑."

마지막 이상한 울음을 내뱉고 적염호귀는 축 늘어졌다. 불꽃이 일렁이는 그 몸 위로 계장수는 계속해서 검은 손발을 쑤셔 박았다. 손발이 작렬할 때마다 적염호귀의 몸통이 덜렁덜렁 흔들렸지만, 계장수는 쉬지 않고 손발을 휘둘렀다. 그 움직임을 멈춰 세운 것은 풍오자였다.

"멈춰라!"

커다란 외침과 함께 질풍처럼 다가온 풍오자는 검을 내리찍었다. 너무도 급작스런 일이었다. 계장수에게서 받은 한철검을 계장수의 어깨로 내리그은 것이다. 미간을 일그러뜨린 계장수는 반사 동작처럼 오른쪽으로 몸을 돌렸다. 그 바깥에서 튀어나오는 왼손 평수로 검면을 때렸다.

파앙!

화끈한 진동파 속에 두 사람은 각기 오른쪽과 왼쪽으로 팽이처럼 돌며 몸을 이동했다. 거칠게 땅을 튀기며 돌던 두 사람이 동시에 멈추며 서로를 노려보았다. 흥분한 목소리는 느닷없이 공격한 풍오자가 먼저였다.

"네놈! 정체가 뭐냐? 네놈 손발! 그건 철혈무제 조극강의 철령기가 분명하렸다?"

오른팔을 내밀고 검 잡은 오른 손목에 왼손 검결을 짚은 풍오자는 대단히 흥분한 얼굴이었다. 두 눈은 적염호귀를 볼 때보다도 더욱 불타올랐다.

놀란 건 계장수보다도 오히려 임홍빈이었다. 전혀 예상치 못했던 적염호귀라는 전대의 마두로 인해 놀랐고, 또 그걸 개처럼 두들겨 패는 계장수의 신위(神威)에 놀랐다. 육체를 거의 금강불괴의 지경까지 만든 적염호귀는 자신이 아는 상식으로 저렇게 후려 팰 수 없었다.

하다못해 풍오자의 공격도 첫 번째 공격처럼 그냥 검기의 공격만으론 씨도 먹히지 않는 것이다. 적어도 도력(道力)이나 공력(功力)을 가진 자의 검강 정도는 되어야 놈에게 생채기를 낼 수가 있다. 한데 계장수는… 개 패듯이 팼다.

"무슨 말씀을 하는 거요? 철령기라니?"

풍오자를 노려보는 계장수의 눈매가 꿈틀꿈틀하는 것이 수틀리면 풍오자도 개처럼 두들겨 팰 기세였다. 풍오자는 또 버럭 소리쳤다.

"네놈 손발에 두른 검은 기운! 그것이 조극강의 철령기가 아니면 무엇이란 말이냐!"

철령기? 듣고 있던 임홍빈의 눈에 그제야 이해가 떠올랐다. 너무도 급작스런 풍오자의 공격이, 적염호귀를 때려잡던 계장수의 신위에 더해 뒷골이 당길 지경이었는데, 이제야 이해가 간 것이다. 풍오자는 계장수가 철혈무제 조극강과 관계가 있다고 생각하는 것이다. 하지만 아무리 그렇다고 해도 검으로 후려치다니. 처음 볼 때부터 쉰소리만 해대더니만.

임홍빈이 뭐라고 입을 벌리려는 찰나에 계장수는 두 손을 좌우 바깥으로 뿌리며 발을 굴렀다.

쿵!

발 구름 소리가 진동과 함께 숲을 흔들고 산자락을 타고 돌았다. 그 원인을 제공한 계장수의 몸은 두 손과 두 발은 물론 하복부와 가슴, 목에 이르기까지 시커먼 기운의 기류로 뒤덮였다. 그런 모습으로 계장수가 말했다.

"내가 알기로 조극강의 철령기는 이렇지 않소. 그의 묵기(墨氣)는 전신을 감싸지도 않을뿐더러 이렇게 짙은 빛깔도 아니오. 그렇지 않소이까?"

검은 눈썹을 꿈틀거리면서 묻는 위압적인 계장수의 말에 풍오자는 순간적으로 침을 삼켰다.

'저 자식, 이거 잘못하면 젊은 놈한테 맞겠는데.'

가만 생각해 보니 계장수의 말이 맞았다. 풍오자 자신이 아는 조극강의 철령기는 저렇게 짙은 묵빛이 아니었다. 더군다나 전신을 두르지도 않았다. 손과 발에 철갑을 두른 것처럼 씌워져 상대를 파괴했을 뿐이다.

하지만 그것 하나로, 철령기 하나만으로 그는 세상을 두들겼다. 그 모습이 지금도 눈에 선하다. 그런데 저놈이 그 비슷한 걸로, 아니, 꼭 그렇게 보이는 걸로 적염호귀를 두들겨 팬 것이다. 자신도 어쩌지 못하는 놈을.

똑같아 보였다. 휘두르는 손과 발이, 정신없이 몰아치는 기세가 조극강과 너무도 흡사해 보였다. 더군다나 손과 발을 시커멓게 휘감는 저 기운은 철령기가 아니라면 설명이 되지 않았다. 세상이 아무리 넓다 한들 저렇게 똑같아 보이는 기공이 존재한다는 건 믿을 수 없었다.

"그게 철령기가 아니라면 대관절 뭐란 말이냐? 직접 맞아본 내가 그걸 모를 거 같아? 내 사제 풍현자 놈은 그거에 맞고 시름시름 앓다가 갔어. 그러니 나한테 설레발 쳐봐야 소용없다. 바른대로 말해."

풍오자의 눈매는 가늘어지고 목소리는 살기가 가라앉았다. 하지만 검은 여전히 겨눈 채였다.

굵어진 눈빛으로 바라보던 계장수는 조용히, 그러나 나직하고 또렷하게 대답했다.

"믿고 안 믿고는 자유요. 나는 가문의 비공을 익혔을 뿐, 철령기를 알지 못하오. 더 이상 추궁한다면 칼을 맞대자는 이야기로 알겠소."

가라앉았던 풍오자의 눈에 다시 살기가 확 일었다.

"뭐야? 새파랗게 어린 놈이!"

풍오자의 검에 흰 빛이 일렁일렁거렸다. 금방이라도 검강이 폭발해 나올 기세였다. 하지만 경악해서 터져 나오는 임홍빈의 목소리는 두 사람의 시선을 돌려 세웠다.

"적염호귀가 도망가요!"

계장수와 풍오자의 고개가 동시에 돌아갔다. 그들이 돌아본 숲 끝에는 정신없이 달려가는 붉은 화염의 덩어리가 보였다. 쓰러져 있던 놈이 두 사람 사이의 긴장을 틈타 귀신처럼 도망친 것이다. 아무리 제정신을 버린 놈이라고 해도 도망가야 할 때는 아는 것 같았다.

풍오자는 귀신보다 더욱 귀신같은 얼굴로 소리쳤다.

"쫓아!"

그 한마디를 남기고 풍오자는 숲을 가로질러 달려갔다. 계장수는 그 뒷모습을 보면서 작게 머리를 흔들었다.

'고집스런 영감탱이. 우기면 좀 들을 것이지. 기억력만 좋아 갖고설랑.'

풍오자의 뒷모습을 보던 계장수는 임홍빈을 돌아보며 발을 뗐다.

"기다리던가 갈 데로 가던가 알아서 해."

하지만 계장수는 혼자 갈 수 없었다.

"데려가 줘! 저놈은 꼭 잡아야 돼!"

순간적으로 몸을 멈춘 계장수는 임홍빈의 간절한 얼굴을 보았다. 왜 저자가 저런 얼굴인지 알 수 없었다. 더군다나 제 앞가림도 못할 자가 미친 전대 마두를 잡기 위해 데려가 달라니… 이상한 일이었다.

'이 자식이?

주루에서부터 봐온 허무맹랑한 인간의 얼굴과 언사가 아니었다. 하지만 네 까짓 게 간다고 뭐가 달라지겠냐, 라는 말이 목구멍까지 넘어왔다. 그러나 흔들리는 임홍빈의 눈동자는 차마 말을 할 수 없게 했다.

잠시 무거운 시선으로 바라보던 계장수는 말을 뱉는 대신 임홍빈의 허리를 둘러 감았다. 그리고 풍오자의 뒤를 좇아 몸을 날렸다. 발이 뜬 채 들려 가는 임홍빈은 바람 소리 속으로 작게 혼잣말을 중얼거렸다.

"저런 것들은 다 잡아야 돼, 하나도 남김없이……."

귓가에 스치는 밤공기가 귀신의 울음처럼 새된 소리로 스쳐 갔다.

휘이이이이.

❸

산을 넘고, 물을 건너고, 등성을 지나고, 고개를 돌고, 벌써 한 시진이나 달리는 중이었다. 하지만 놈과의 거리가 좁혀지지 않았다. 화산과도 꽤나 멀어졌다. 하늘은 어둠 속에 별들만 반짝대며 경주(競走)를 즐기는 것 같았다.

처음 쫓기 시작했을 땐 곧 적염호귀란 놈을 잡을 줄로 여겼다. 하지만 도망가는 놈의 몸에 점점 탄력이 붙더니, 이제는 시야에 놓고 쫓아가기도 벅찼다. 놈은 대단히 빠른 몸을 지녔을 뿐 아니라, 그 몸마저 화염에 싸인 금강불괴에 가까웠기 때문에 거칠 것 없이 달려나갔다.

옆구리에 매단 임홍빈은 바람에 눈을 찡그리면서도 놈만 쳐다봤다. 오른손은 여전히 가슴에 넣은 채로 움직이지 않았다. 제 심장을 보듬는 것인지 품에 넣은 벽사진경을 더듬는 것인지는 모르겠지만, 두 눈과 무거운 얼굴만은 여전했다. 처음 풍오자를 보았을 때도 귀신이라며 호들갑을 떨던 자가, 진짜 귀신같은 자를 본 순간부터는 왜 이렇게 변한 것인지 짐작되지 않았다.

뒤에선 풍오자가 미친 듯이 쫓아왔다. 손에는 한철검을 하얗게 빛내고서였다. 저 검을 주지 않았다면 대관절 저놈과 뭘로 싸웠을까 하는 생각이 순간적으로 들었다. 아직 검을 가지겠다든지 고맙다든지 혹은 필요없다든지 아무런 말도 듣지 못했지만, 받은 검으로 준 사람을 내려치다니, 정말로 더러운 성질머리를 버리지 못한 늙은이였다.

'저 미친 늙은이는 놈과 이미 조우(遭遇)가 있었던 듯하고, 임홍빈이 이놈도 저 마두의 정체를 아는 것 같은데… 도사 놈들만 아는 그런 놈인가?'

계장수는 달리는 와중에 문득 생각해 보니, 풍오자는 저놈과 이미 싸운 경험이 있는 것 같았다. 아마도 암자가 있던 자리로 나타난 것은 놈을 잡기 위해서 그랬던 것인지도 모른다. 그 도중에 자신들을 만난 것이겠지.

맞다. 확실히 그런 것 같다. 하지만 이 사이비 도사 놈은 왜 저놈에게 집착하는지 이해가 안 갔다. 적염호귀라는 저놈을 잡을 능력도, 그럴 마음도 없을 것 같은 자가 갑자기 돌변한 것이다. 저놈의 존재도 자신을 쫓아와서 처음 본 것 같았다. 그런 놈이 놈에 대한 옛일들을 알고 있었다. 혹시 저놈하고 원한이 있는 것일까? 하지만 자신도 기억에 없는 백 년도 더 전의 마두라면 얘기가 이어지질 않는다. 그렇다면 혹시 이놈도 나처럼 전생에 원한을?

'제길, 별 생각을 다 하는군.'

스스로 잡스런 생각이라 여기며 계장수는 더욱 힘차게 땅을 밟았다. 한 번 도약할 때마다 십여 장씩 뒤로 풍경이 밀려 나갔다. 엄청난 속도였다. 하지만 앞에 도망가는 저놈은 자신보다 더 빨랐다. 호천기공이란 걸 익혔다더니 미친 호랑이의 도약처럼 산과 들을 타 넘었다.

전생의 자신이었다면 이나마의 간격도 유지하기 힘들었을 것이다. 또한 철령기, 대성을 본 철령기와 수단지도의 공력은 샘처럼 힘을 솟구치게 했다. 가늠하기 힘든 힘이 느껴진다는 막연한 예상은 했지만, 정말로 몸은 달릴수록 더욱 빠르고 경쾌해졌다. 이대로 달리면 놈이 조금씩 지칠 때쯤 뒷덜미를 잡을 수도 있을 것 같았다.

"잡아! 놈이 인가(人家)로 간다!"

뒤에서 풍오자가 쩌렁하게 소리쳤다. 야산의 모퉁이를 유성처럼 돌아가는 적염호귀 놈의 뒷모습이 보였다. 임홍빈도 놈을 보며 얘기했다.

"저놈이 처녀의 정(精)을 취하면 안 돼! 훨씬 강해질 거야! 놈을 잡아야 돼!"

무슨 소린지는 모르겠지만, 계장수는 있는 힘을 다해서 놈을 쫓아갔다. 이럴 줄 알았으면 경공에 힘을 좀 기울일 걸 하는 후회가 들었다. 그러다가 문득, 왜 자신이 저놈의 뒤를 쫓고 있는 건지 의문이 들었다. 자신은 물건을 찾기 위해서 화산에 들렀을 뿐이었다. 한데 지금은 이상한 일에 휘말려 야밤에 죽어라 뜀박질을 하고 있는 것이다.

'제기럴! 이게 무슨 지랄이야?

속으로 누구에겐가 모를 욕설을 내뱉으며 야산 모퉁이를 돌자 전답
이 쭈욱 보였다. 넓은 초원처럼 논밭이 펼쳐진 그 끝에 마을이 보였다.
그중의 한 기와 지붕을 놈이 타고 넘어갔다. 놈의 붉은 화염 그림자가
사라지는 게 보였다. 계장수는 다리통이 터지게 땅을 밟았다.

눈꼬리가 휘어지도록 달려, 논밭을 지나고 마을의 초입과 중심을 지
나 놈이 들어간 기와집에 다다랐다. 한데 그 순간, 담장 안에서 찢어지
는 비명 소리가 들렸다. 그리고 곧바로 불구덩이가 하늘로 솟구쳤다.

"끼아아아아악!"

비명 소리를 달고 비상하는 불덩이는 적염호귀 그놈이었다. 뒤에서
달려오는 풍오자는 또 한 번 거칠게 소리쳤다.

"이놈! 게 서라!"

서란다고 설 놈이면 도망가지도 않았겠다는 생각을 하며, 계장수는
달리던 그대로 담장을 차고 솟구쳤다. 발로 담장을 차고 오름과 동시
에 적염호귀 놈이 날아간 왼편 하늘로 몸을 뒤틀며 오른손을 내뻗었다.
허리가 뒤틀리는 탄력을 받은 주먹에서 시커먼 철령기가 터져 나갔다.

슈아아아아앙!

검은 번개처럼 허공을 뚫고 나간 철령기가 놈의 옆구리를 때렸다.

콰앙!

"크워어어!"

짐승 같은 울부짖음을 터뜨리며 놈의 몸이 질풍에 휩쓸린 것처럼 땅
으로 곤두박질쳤다. 정말로 유성이 처박히는 것처럼, 그렇게 떨어지는
놈의 몸에서 사람의 그림자가 떨어져 나왔다. 비명의 주인이었다.

"엇!"

임홍빈이 놀라 헛바람을 들이킬 때 계장수는 반대편 집 지붕을 밟으

며 몸을 날렸다. 하지만 떨어지는 인영(人影)을 받은 것은 달려오던 풍오자였다.

"됐다! 놈을 잡아!"

풍오자의 곁으로 날아 내린 계장수는 임홍빈을 내려놓으며 인영을 봤다. 어린 소녀였다. 십삼사 세나 되었을까? 아직 솜털도 가시지 않은 어린애로 보였다. 그런 애를 놈은 왜 잡았을까? 대답은 임홍빈이 해줬다.

"초경(初經)을 갓 치른 숫처녀의 정을 흡수하면 놈은 힘이 커진다. 놈이 적염호귀라고 불리는 건 입에서 지옥의 겁화(劫火) 같은 화염을 뿜어내기 때문이야. 그걸 맞으면 뭐든지 다 타버려. 하지만 아직 그 힘을 갖지 못했어."

바닥에 떨어진 적염호귀를 차갑게 보며 임홍빈은 말했다. 자꾸만 낯설게 느껴지는 그 얼굴에서 시선을 돌린 계장수의 눈에 일어서는 놈이 보였다. 풍오자도 놈을 바라보며 말을 덧붙였다.

"저놈은 백삼십여 년 전 화산의 제마봉(制魔峰) 아래 봉인될 때 아흔아홉이나 되는 처녀들의 정을 취했다. 그 때문에 금강불괴에 가까운 저놈을 죽이지 못했다. 본 문의 천기자(天祈子) 어른도, 무당의 백봉(白峰) 도장도, 놈을 땅속 깊은 동굴 속에 처박고 봉인하는 데 만족해야 했지."

풍오자의 번쩍이는 눈길 속에서 적염호귀는 몸을 털며 일어섰다.

"크르르르르릉."

놈은 제 얘기를 하는 걸 아는지 낮게 그르렁거렸다. 하지만 이를 드러내는 놈의 얼굴엔 철령기를 맞은 고통도, 도망쳐야겠다는 두려움도 없어 보였다. 놈이 뚫어지게 바라보는 건 풍오자의 품에 안긴 늘어진 소녀였다.

적염호귀를 잡아먹을 것처럼 바라보던 풍오자는 무겁게 말을 이었다.

"저놈이 백 명의 정을 채워 제것으로 만들면 감당할 수 없게 된다. 아가리로 불을 뿜는 건 물론이고, 천도(天道)를 엿보게 되어 엇나갔던 정신도 돌아올 게다. 그러면 세상에 큰 횡액이 닥치게 된다. 그걸 막아야 돼."

계장수는 어이없다는 생각이 들었다. 백 명의 정이 어쩌고 천도와 횡액이 저쩌고, 모두가 옛날얘기 책에서나 나오는 말이었다. 하지만 눈앞의 현실은 사실이었다. 자신이 겪은 모든 일이 그랬고 마고지나의 존재가 그랬다. 자신이 해야 할 일은 복수를 하는 것도 있었지만, 석모도의 두 어른이 말했던 것처럼 세상의 균형을 맞춰야 했다. 정의감 따위는 개나 줄 일이었다. 그저 다시 살아난 업보라고 생각했다.

두둑. 두둑.

굵은 목을 좌우로 꺾으며 계장수는 앞으로 나갔다. 그렇게 무뢰배처럼 발을 떼며 간단하게 말했다.

"어쨌든, 죽이면 된단 말이지?"

험악하게 다가오는 계장수를 보며 적염호귀가 주춤, 뒤로 몸을 사렸다. 그러다가 커다랗게 입을 벌리고 끔찍하게 울부짖었다. 꼭 호랑이의 소리였다.

"크와아아아앙!"

마을이 떠나갈 만한 소리였다. 잠든 마을을 다 깨우는 소리이기도 했다. 이미 소녀가 잡혀 나오던 집을 중심으로 하나둘씩 횃불이 켜지고 있는 중이었다. 놈의 울부짖음은 깨어난 사람들의 가슴에 공포를 심었지만, 자기에게 다가오는 사내를 향한 공포에 울부짖는 소리이기도 했다.

계장수는 적염호귀에게 다가가며 천천히 등 뒤에 멘 귀신도를 잡아 뽑았다. 무명 천으로 감아 목도와 함께 등을 가로질렀던 그걸 뽑아 들고 무명 천을 벗겨냈다. 한 꺼풀, 한 꺼풀 검은 몸통을 가렸던 귀신도의 몸이 허물 벗는 뱀처럼 드러났다. 마침내 천이 다 풀려졌을 때, 용문(龍紋)이 몸통을 비튼 귀신도가 드러났다. 손잡이를 잡은 계장수는 낮게 중얼댔다.

"예전에 죽지 못한 미친놈 따위가 다시 나올 세상이 아니야. 너 같은 놈까지 설치면 세상이 너무 복잡해."

시이이잉.

칼집만큼 시커먼 도신이 요사스럽게 나신(裸身)을 보였다. 기다랗고 날씬하게, 거의 직선처럼 완만하게 곡을 그린 칼날이 모두의 시선을 사로잡았다. 귀신도의 음울하고 사이한 먹빛은 왠지 귀신보다도 더욱 귀기스러워 보였다. 어둠조차도 칼 빛에 저며질까 뒤로 물러나는 것 같았다.

"크워어어어어!"

칼을 본 적염호귀가 갑자기 진저리를 치며 비명처럼 울부짖었다. 눈을 부릅뜨고 칼을 보기는 풍오자도 똑같았다.

"가, 가만! 혹시 저, 저 칼은?"

풍오자의 의문과 놀라움이 가시기도 전에 적염호귀는 발악처럼 좌우로 날뛰며 소리를 질러댔다.

"크와아아아! 캬우우우!"

날뛰는 놈은 꼭 겁에 질려 울부짖는 짐승에 다름 아니었다. 덫에 걸린 짐승처럼 좌우로 날뛰고 있지만, 도망칠 생각은 하지 않았다. 아니, 엄두가 나지 않는 모양이었다. 도망치는 그 순간에 갈가리 찢겨 버릴 것만 같은 공포를 느끼는 모양이었다. 하지만 놈은 계속 울부짖었다. 그건 다른 누군가를 부르는 소리 같기도 했고, 구원을 요청하는 신호

같기도 했다.

"뭐 하는 거야, 이 잡녀러 새끼가?"

눈썹을 치켜 올리며 계장수는 적염호귀에게 성큼 다가섰다. 하지만 그때, 괴현상이 벌어졌다.

"어라?"

적염호귀가 있는 자리의 뒤쪽, 야산과 논밭이 펼쳐져 있는 넓은 어둠 속에서 뭔가 알 수 없는 존재들이 꿈틀거리고 몰려들기 시작했다. 꼭 새벽녘의 물안개처럼 밀려오던 그것들이 점점 가까워지며 모습을 보였다. 수효도 점점 많아졌다. 그것들이 점점 더 가까이, 꾸역꾸역 밀려들었다.

"짐승들을 불렀다!"

임홍빈이 놀라 소리쳤다. 임홍빈의 말처럼 적염호귀의 주위로 수도 없이 몰려든 저것들은 모두 짐승들이었다. 종류도 가지가지였다. 적염호귀만큼 흉측한 이빨을 드러내고 울부짖는 곰, 엄니를 하얗게 세운 멧돼지, 시퍼런 눈을 빛내는 늑대, 발톱을 거칠게 세운 삵쾡이, 나뭇가지 같은 뿔을 들이댄 사슴, 새빨간 눈을 껌뻑이는 토끼, 심지어는 대가리를 처든 뱀과 긴 꼬리를 채찍처럼 흔드는 쥐새끼들까지.

나타난 놈들의 수효는 수백, 아니, 천여 마리는 될 것 같았다. 그놈들이 모두 적염호귀의 주위에 몰려 움직이는 모습은 가히 장관이었다. 그리고 그 한중앙에서 커다랗게 포효하는 적염호귀 놈은 공포를 이긴 듯했다.

"크워어어어어!"

놈의 울음소리는 확실하게 자신감에 찬 소리였다. 귀신도를 들고 바라보던 계장수는 피식, 헛웃음을 웃었다.

“수하들을 불렀다, 이거냐?”

그러나 계장수의 얼굴에선 곧 웃음이 사라지고 살기 어린 의지만이 남았다.

“다 죽여주마!”

계장수가 칼을 돌리며 발을 옮겼다. 하지만 그때, 전혀 예상치 못했던 곳에서 상상하지 못한 일이 벌어졌다.

“폭마술염(爆魔術炎) 화염신(華炎神) 퇴악마귀(退惡魔鬼) 부생혼무(不生魂無).”

갑자기 들린 낮고도 장중한 목소리는 계장수의 발길을 붙들었다. 소리가 들리는 곳을 보니 임홍빈이 제자리에 결가부좌를 틀고 앉으며 내는 소리였다.

자리에 주저앉은 임홍빈은 같은 주문을 계속 외우며 오른손을 가슴속에서 끄집어냈다. 적염호귀를 쫓던 순간부터 들어가 있던 오른손이 드디어 나온 것이다. 한데 그 손에 손바닥보다 조금 더 큰 동경(銅鏡)이 들려 나왔다. 팔각 모양의 구리 거울은 아래쪽에 손잡이가 있었다. 그걸 땅에 박고 임홍빈은 두 손을 모아 수결을 맺으며 주문을 외웠다.

“폭마술염 화염신 퇴악마귀 부생혼무. 폭마술염 화염신 퇴악마귀 부생혼무. 폭마술염 화염신 퇴악마귀 부생혼무. 폭마술염 화염신 퇴악마귀 부생혼무.”

임홍빈의 목소리가 어둠을 뚫고 멀리멀리 퍼져 나간 때, 담장 밖으로 얼굴을 내미는 마을 사람들도 있었다. 그들은 겪어보지 못한 광경에 입을 벌렸지만, 임홍빈의 거울이 부리는 꿈같은 일에는 눈에 핏발을 세웠다.

우우우우우우우웅.

거울이 미약하게 진동하며 스스로 울었다. 그런데 그 소리를 들은 흉측한 눈의 짐승들이 미쳐서 날뛰었다. 짐승들은 공포에 젖어 처참하게 울부짖으며 사방으로 흩어지기 시작했다. 그건 살기 위해 날뛰는 모습이었다. 하지만 그런 짐승들의 뒤를 거울의 빛이 쫓아갔다.

지이이이이잉.

울던 소리를 바꾼 거울에서 노란 유채빛 광선이 터져 나갔다. 삽시간에 주위를 밝히며 터져 나간 그것이 짐승들의 몸을 뒤덮었다. 그러자 짐승들의 몸이 터졌다. 퍽퍽, 하고 터지는 그것들의 몸뚱이는 피떡이 되어 흩어졌다.

놈들은 거울의 빛을 피하기 위해서 산지사방으로 달아났다. 하지만 노란 거울의 빛은 어둠 속을 종횡으로 비추며 모두 터뜨려 나갔다. 꼭 빈대들을 손톱으로 눌러 죽이는 것 같았다. 섬뜩하고 끔찍했으며 장한 광경이었다.

어느새 수많았던 짐승들은 모두 터진 만두가 되어 쓰러졌다. 역한 피비린내와 짐승들의 노린내가 바람에 떠밀렸다. 장내에는 적염호귀 혼자만이 붉은 불꽃으로 존재를 과시했다. 하지만 놈은 이제 울부짖지도 않았다. 공포와 충격이 도를 넘어 미친놈이 더욱 미친 것 같았다.

계장수는 임홍빈을 멍하니 보았다. 풍오자도 한철검을 늘어뜨리고 침을 흘렸다. 그러나 임홍빈은 아직도 적염호귀에게서 시선을 떼지 않았다. 그저 나직하게 주문을 외울 뿐이었다.

"제마귀령(制魔鬼靈) 봉령봉신(封靈封身)."

임홍빈의 양쪽 손가락이 차례로 꼬였던 형태에서 검지 두 개가 뻗치며 새로운 수결을 맺었다. 그 두 개의 검지가 적염호귀에게로 향하자 놈이 울부짖었다.

"크워어어어어!"

처절한 울부짖음이었다. 하지만 놈의 몸은 뭔가에 잡아 끌리듯이, 버티는 두 발을 질질 끌면서 임홍빈에게 빨려갔다. 아니, 정확히는 거울로 빨려갔다. 빨려가는 적염호귀의 몸은 예의 노란빛이 아닌 푸르디푸른 가는 빛의 선들이 그물처럼 둘러 감아져 있었다. 그 빛의 그물은 점점 조여들며 거울 앞에까지 끌어온 적염호귀의 몸을 뭉뚱그려 버렸다.

퍼퍼퍼퍽!

쪼그라들던 적염호귀의 몸이 빛그물의 자국을 따라 쪼개졌다. 아니, 터졌다. 터져 오르는 핏물이 끔찍했지만 그보다 더 끔찍한 건 핏덩이 속에서 빨려 나온 적염호귀의 영(靈)이었다. 붉은 화염 같은 그것은 영이 분명했다. 그것은 거울 속으로 쭈욱, 삼켜지듯이 끌려들어 갔다.

"제마귀령 봉명봉신… 휘유우."

마지막 주문을 끝으로 임홍빈은 긴 숨을 내뿜었다. 그 숨소리를 끝으로 장내에는 무거운 침묵만이 남았다. 계장수도, 풍오자도, 심지어는 정신을 잃은 척하고 있는 소녀나 담장 뒤의 사람들도 모두 아무런 말도 하지 못했다.

천천히 땅에 박았던 구리 거울을 품속에 갈무리한 임홍빈은 가부좌를 풀고 일어서서 계장수와 풍오자를 번갈아 보았다. 웃음이 걸린 눈이었다.

"아, 힘들었다. 그지요?"

계장수는 임홍빈의 얼굴에 떠오른 미소가 어쩐지 낮의 주루에서 보았던 그 미소처럼 보였다. 다른 사람 같던 얼굴을 버리고 임홍빈은 본모습을 찾은 것이다. 풍오자는 입가에 흐른 침을 쓰윽 닦으며 맥없이 물었다.

"넌 또, 도대체 누구냐?"

"저요? 말씀드렸다시피 빈민을 구제하고 세상의 귀신을 쫓는……."

"도사라구?"

"그렇지요. 저는 아까 있는 그대로의 사실을 말씀드린 겁니다. 전 꼭 필요할 때 빼곤 거짓말 안 하거든요."

물끄러미 임홍빈을 보던 풍오자는 계장수의 얼굴로 시선을 돌려 한 번 보더니 긴 한숨과 함께 돌아서며 탄식을 했다.

"휴우, 내가 아무래도 죽을 때를 넘겼지. 그렇지 않고서야 이런 일을 겪을 수가 없어. 도왕의 귀신도에다가 전설의 무극조화신경(無極造化神鏡)까지 보게 되다니……. 아, 상제시여, 내가 살면 얼마나 살았다고……."

힘없이 늘어지는 풍오자의 어깨를 보고 계장수는 입맛을 다셨지만, 임홍빈은 풍오자가 아닌 그 발치의 소녀를 보며 환한 목소리로 지껄였다.

"어? 깨어났나 보네? 가만, 너네 집이 저 집이냐? 부모님 지금 집에 계시지?"

소녀를 보던 눈을 계장수에게 돌린 임홍빈은 경쾌하게 주절댔다. 낮에까지 지껄이던 그 목소리였다.

"이봐, 우리가 살렸잖아? 당연히 몸값은 받아야지? 안 그래?"

계장수는 순간적으로 칼을 들어 올리다가 도로 내렸다. 그리고 생각했다. 저놈하고 섞이면 자신도 점점 이상해질 거라고.

고개를 돌리는 계장수의 귀로 멀리서 새벽닭 우는 소리가 이스라이 들렸다. 마을은 이미 환한 불빛으로 대낮 같았다.

❶

"에잇! 뭐가 이래!"

탁자 위에 흩어진 은자를 세던 임홍빈은 갑자기 짜증을 부렸다. 왼편에 있는 걸 오른편으로 옮겨서 세고, 또 오른편에 있는 걸 다시 왼편으로 옮겨 세고, 저 짓이 벌써 다섯 번째였다. 그러다가 저렇게 짜증을 내는 것이다.

"이상하네. 정말 이상해. 분명 은자 두 냥씩 총 서른여덟 장을 팔았으면… 그래, 일흔여섯 냥. 일흔여섯 냥이 맞는 셈인데 어째서 두 냥이 비냐고?"

은자를 내려다보며 고개를 꺄우뚱대는 임홍빈의 얼굴은 사뭇 심각했다. 손가락을 다시 헤아려 보는 그 꼴을 마주 앉아 보다가 계장수는 주먹을 뻗을 뻔했다.

'개자식, 저따우 종이 쪼가리를 은자 두 냥씩이나 받고 팔아먹다니,

도둑노무 새끼 같으니라구.'

　계장수가 볼 때 임홍빈은 정말 도둑놈에 타고난 사기꾼이었다. 적염호귀를 쫓아 우연히 들어온 이 마을에서 하루를 보냈다. 딸을 구해준 은인이라며 집주인과 마을 사람들은 환대했다. 사실 그게 환대인지 생전 처음 본 귀신같은 것들을 순식간에 때려잡은 자신들이 무서워서였는지는 알 수 없었다. 어쨌든 마을 사람들의 융숭한 접대 속에 하루를 보냈다.

　하루 동안 제일 바쁜 것은 임홍빈이었다. 삼십여 호가 조금 넘는 마을이었지만, 너른 전답을 소유한 자작농들의 마을인 걸 간파한 것이다. 제법 포실하고 부유한 마을 살림살이를 파악한 임홍빈은 그때부터 마을 사람들을 선동했다. 지난 새벽 본 것은 지옥문을 뛰쳐나온 귀신이며 그것을 잡은 자신들은 상제의 명을 받은 신장들이라고 사기쳤다. 더구나 귀신이 출몰하는 것은 이제가 시작이 될 것이며, 무너져 가는 세상의 균형을 틈타 귀신들의 출몰은 더욱 격화될 것이라고.

　마을 사람들의 눈에 떠오른 것은 지난 새벽 보았던 적염호귀의 귀신같은 모습과 수많은 짐승들의 형상이었다. 그렇게 불안에 떠는 마을 사람들에게 임홍빈은 부적을 제시했다. 신이(神異)한 자신의 법력(法力)이 실린 부적(符籍) 한 장이면 어떤 귀신도 물리칠 수 있다는 얘기였다. 임홍빈의 거울과 법력을 직접 본 마을 사람들은 광분했다.

　거드름을 피우며 일어선 임홍빈은 손가락 마디를 세어 간지(干支)를 짚어보는 척하더니, 오늘이 길일이라며 바로 일을 벌였다. 먼저 마을 초입의 당나무 옆 우물가에서 목욕재계를 했다. 아직 쌀쌀한 날씨가 남았는데 옷을 훌훌 벗더니 속고쟁이 하나만 남기고 물을 끼얹었다. 사람들이 쳐다보니 몸을 떨면서도 추운 척은 못하고 계속 물을 부었다.

저 자식 저러다 고뿔 들리지 하고 풍오자가 혀를 찰 때쯤 돼서야 임홍빈은 옷을 주워 입었다. 파랗게 질린 얼굴로 당나무 아래 제단(祭壇)을 만들고 동쪽을 향해 절하고 분향(焚香)했다. 그리곤 등에 메고 다니던 복숭아나무 목검을 꺼내 들고 한참을 휘두르며 뭐라뭐라 지껄이더니 이(齒)를 세 번 딱딱 마주치고 또 주문(呪文)을 외웠다.

분위기가 엄숙해질 무렵 미리 준비한 기름 종지에 경면주사(鏡面朱砂)를 개어 괴황지(槐黃紙) 위에 붓을 놀렸다. 노란 괴황지 위에 난해한 그림과 문자들이 그려지고 부적의 형태를 갖춰갔다. 그렇게 그린 부적이 총 서른여덟 장. 마을의 가구 수에 맞춘 숫자였다. 그걸 은자 두 냥씩 받고 팔아먹으면서 임홍빈은 근엄한 척, 으뭉을 떨었다.

아직도 고개를 주억대며 셈을 하고 있는 임홍빈에게서 시선을 돌린 계장수는 옆에 앉은 풍오자를 보았다. 임홍빈이 돈을 세는 데 열중이라면 풍오자는 먹고 책을 보는 데 몰두 중이었다. 풍오자의 앞에는 음식 그릇들이 가득했다. 계장수 본인이 겨우 닭국수 한 그릇을 비우는 동안, 풍오자는 볶음, 튀김, 지짐, 찜, 수육 등 온갖 요리를 먹어치웠다. 그러면서 손에서는 책을 놓지 않았다. 언제 품었는지 모를 태극검보였다.

"음음, 그렇군. 쩝쩝쩝, 허어! 이런 수가? 음음음, 대단하군."

연신 젓가락질하며 또 책 내용을 보고 감탄하고, 신음 흘리고, 생각에 잠기기도 하고, 보통 사람이면 못할 짓을 하는 그 꼴에 은근히 부아가 치밀었다. 전생에 때린 게 미안해서 검까지 줬지만 괜히 아니꼬웠다.

"그 책 내 거 아니오?"

계장수의 목소리에 젓가락질하던 풍오자의 손이 딱, 멈췄다. 돈을 세는 데 집중하던 임홍빈의 고개도 들렸다. 잠깐의 침묵이 그렇게 흘러갔다.

"그래… 서?"

뜨악하게 올라서는 풍오자의 눈매가 예사롭지 않았다. 껌뻑대는 임홍빈의 눈길 속에 풍오자는 또 말했다.

"그러니까… 네 말은, 네놈 물건이니 도로 돌려달라… 뭐, 이런 거냐?"

모로 흘겨보는 풍오자의 눈길을 따라 계장수의 구릿빛 얼굴을 본 임홍빈은 제 가슴을 두 손으로 감쌌다. 아마도 벽사진경을 챙기는 모양이었다.

못마땅한 기색이 역력한 풍오자의 얼굴을, 역시 못마땅한 눈길로 보던 계장수는 시선을 돌리고 포기하듯이 대답했다.

"아니오. 관둡시다."

가만히 있을 풍오자는 역시 아니었다.

"뭐, 관둬? 언제 관계라도 있었냐? 관두게?"

계장수는 대꾸하지 않고 미간만 찌푸렸다. 그 시선이 가는 곳에 앉은 임홍빈은 은자를 챙기며 한 손은 가슴을 바싹 여몄다. 계장수의 눈치를 살피는 꼴이 벽사진경을 혹시라도 뺏길까 몸을 사리는 모양이었다.

풍오자는 계속 지껄였다.

"너 이 자식, 알량한 검 한 자루 주고 나서 유세 부리는 모양인데, 아까우면 도루 가져가! 자, 나도 달라고 안 했어! 냄새나는 책도 가져가고! 나 드러워서 증말!"

젓가락을 내려놓고 한 손엔 검을 한 손엔 책을 내미는 풍오자는 목소리만 컸다. 화난 얼굴로 소리치며 검과 책을 내밀고 있지만, 눈은 계장수의 대응을 지켜보느라 가늘었고, 의자는 조금씩 뒤로 물러났다.

"어르신, 앉은 자리가 뒤로 밀리는데요?"

갑작스런 임홍빈의 지목에 풍오자는 동작을 멈췄다. 천천히 시선을 돌린 풍오자는 미간에 깊은 골을 그리며 임홍빈을 노려보았다. 알 만큼 알 나이인 임홍빈은 자라목을 만들고 찌그러졌다. 풍오자는 작게 헛기침하며 다시 계장수를 보고 말했다.

"험험, 어쨌든 옛말에 울다가 웃는 놈은 똥구녕에 털 나고, 줬던 물건 도로 뺐는 놈은 거시기에 털 뽑힌다는 전설이 있는 만큼, 그럼에도 네가 원한다면 나는 돌려주겠다. 신외지물이란 본시 정심(靜心)을 흩트리는 법."

좀 전과 달리 점잖게 말하고 있지만 눈은 계장수를 곁눈질하느라 가늘게 째졌다. 그런 풍오자의 얼굴을 계장수가 갑자기 돌아보았다.

"가지시구려."

"엥?"

"검도, 검보도 다 가져요. 어차피 나에겐 소용도, 필요도 없는 물건이오."

굵직한 음성으로 말을 던지고 계장수는 일어섰다. 탁자 옆의 행낭과 도를 집어 드는 그를 보고 풍오자는 물론 임홍빈도 어벙한 눈으로 바라만 봤다. 그런 그들에게 계장수는 작별 인사를 던지고 뒤돌아섰다.

"인연이 있으면 또 만나지겠지요."

발걸음을 떼는 계장수의 등을 멀거니 바라보던 풍오자가 짧고 강하게 말했다.

"앉아라."

가벼움을 버린 진중하고 무거운 목소리였다. 그 목소리로 풍오자는 다시 말했다.

"갈 때 가더라도 말은 듣고 가라."

채 몇 걸음을 옮기지 못한 계장수는 대청 입구를 보며 잠시 서 있었다. 그러다가 천천히 다시 뒤돌아서 풍오자를 내려다보았다. 바위처럼 육중한 표정과 기세로 바라보는 풍오자를 계장수는 무심하게 마주 보았다. 그 시간이 얼마나 되었을까. 다시 걸어온 계장수는 행낭을 내려놓았다.

의자에 다가와 앉는 그를 보고 임홍빈은 헤죽 웃었다. 풍오자는 유난히 무거운 낯빛으로 말을 꺼냈다.

"어제 새벽 우리가 잡은… 아니, 저놈이 잡은 적염호귀란 놈. 그놈은 화산 장문이었던 천기자 어른과 무당 백봉 도장의 손에 의해 잡혔던 놈이다. 원래는 낭인 무사였던 놈인데, 어디선가 암흑마궁의 실전된 비결 몇 줄을 손에 넣어 심득을 얻었지. 심득을 바탕으로 호랑이를 보고 호천기공이란 걸 만들었다. 그때까지만 해도 괜찮았는데 놈은 제가 만든 기공을 역으로 해석해서 미쳐 버렸다."

잠시 두 사람의 눈을 보던 풍오자는 입술에 침을 바르며 다시 말을 이었다.

"놈은 기공을 완성한다며 사람의 정(精)을 취했지. 그런 놈이 여염의 처녀들을 해치고 다니자, 천기자 어른과 무당의 백봉 도장이 힘을 합해 사투 끝에 잡아 봉인한 것이다. 두 분의 능력으로도 놈을 죽일 방법이 없었던 거야. 그게 벌써 백 년이 훨씬 넘은 일이지. 한데 팔 년 전 갑자기 천도에 이변이 생기면서 제마봉에 마른벼락이 떨어졌다."

"그럼 그놈이 그때?"

궁금함을 못 참고 묻는 임홍빈을 잠시 쳐다본 후 풍오자는 다시 말을 이었다.

"제마봉에 균열이 생겼지. 천변(天變)이 생긴 걸 감지한 나는 그날부터 제마봉을 지켰다. 무공은 있으나 법력의 공은 등한시해서 다시 봉인할 엄두는 내지 못했다. 그렇게 팔 년을 지켜왔는데, 놈이 마침내 이틀 전 봉인을 깨고 나왔다. 놈은 그 긴 시간을 지내고도 죽지 않았던 거야. 검이 없어 놈을 막을 수가 없었지. 놈은 화산의 음령(陰靈)한 골짜기로 숨어들어 갔다. 마침 대낮이었기에 망정이지 밤이었다면 사정이 달라졌을 거다. 그리고 그 와중에 너희들을 만난 거다."

말을 그친 풍오자는 계장수와 임홍빈을 차례로 천천히 바라보았다. 그 눈길을 받으며 계장수는 속으로 날짜를 헤아려 보았다. 팔 년 전이라면 자신이 석모도에 있을 때였다. 천변이 생기고 봉인된 봉우리가 균열이 생겼다 함은 분명 마고지나의 탈출과 관련이 있는 게 분명했다. 자신 때문에 도망친 마고지나. 반드시 다시 잡아야 할 요괴, 아니, 그 이상의 무엇.

"어제 새벽 너희들을 보고 난 생각했다."

다시 시작된 풍오자의 말에 계장수는 생각을 버리고 시선을 맞췄다. 또렷한 풍오자의 말소리는 이어졌다.

"실전된 것으로 알려진 도왕의 귀신도를 소지한 후손과 전설 속에 묻혀진 대륙 삼대보물 중의 하나인 무극조화신경을 소지한 젊은 도사. 그런 자들과의 우연한 만남. 너희들과 내가 만난 게 우연이라고 생각하냐?"

말끝에 풍오자는 임홍빈에게 불쑥 물었다. 임홍빈은 계장수를 흘끔거리며 말을 더듬었다.

"그, 그거야… 뭐, 하늘의 도우심으로……."

"그래, 맞아! 바로 그거야!"

갑자기 풍오자는 표정이 밝아지며 크게 소리쳤다.

"네?"

"하늘의 도움! 즉, 우연이 아닌 필연으로 우리는 만났다는 거지!"

"아니, 그건 산속에서 우연찮게 만난 거지. 그게 뭐……."

"세상에 우연이란 없다! 다 우연을 가장한 필연으로써 천도가 돌아가는 게야! 아니면 그 시간에 네놈들과 내가 그 버려진 암자에서 얼굴을 부딪칠 이유가 뭐냐? 다 우연이라고 생각하니까 우연인 게지!"

다시 얼굴을 상기하며 소리치는 풍오자의 말에 임홍빈은 입을 우물거렸다. 풍오자는 기회를 잡은 사람처럼 거듭 다그쳤다.

"그리고! 도대체 넌 그 거울을 어디서 난 거냐? 건곤진혼령(乾坤鎭魂鈴)과 태황의(太皇衣), 그리고 네가 지닌 무극조화신경, 이 셋은 아득한 전설의 상고 시대에 사라진 물건들이다. 기록과 구전으로만 내려온 물건들이지. 그걸 네가 어떻게 가지고 있는 거냐? 말해 봐라!"

임홍빈은 처음처럼 눈만 껌뻑대고 멀뚱거리며 풍오자와 계장수를 힐긋댔다. 하지만 조개처럼 다물려진 입과 생각없어 보이는 눈동자는 쉬 대답이 나올 것 같지 않았다.

"야, 이 자식아! 사람 말이 말 같지 않냐? 그 눈깔은 뭐야? 대답하기 싫다는 거냐? 엉?"

풍오자는 콧김을 뿜으며 버럭댔다. 계장수는 흥분을 가라앉히지 못하는 풍오자를 보며 그가 좀 전에 한 말을 곱씹어봤다.

'우연을 가장한 필연이라. 나의 죽음도, 환생도, 마고지나의 탈출도, 이들과의 만남도 모두가 하늘이 정한 필연으로 인함이란 말인가?

갑자기 가슴이 무거워졌다. 뭔가 알 수 없는 거미줄 같은 미로 속에 내동댕이쳐진 기분이었다. 갈 길은 천 리인데 아득하게만 느껴졌다. 하지만 가야 할 길이었다. 자신이 해야만 하는 복수였고, 자신이 맞추어야 할 세상의 균형이었다. 그러나 그 와중에 만난 저들은 뭐란 말인가?

계장수의 무거운 시선을 받은 풍오자는 째려보던 임홍빈에게서 시선을 거두고 다시 말을 이어갔다.

"난 법력은 없지만 천기를 조금은 살필 줄 안다. 내가 본 세상은 이미 미증유(未曾有)의 겁난에 휩쓸려 들어갔다. 그 시작은 십삼 년 전 하늘이 시커멓게 어둠에 먹히는 일식이 있던 날, 그날부터였다."

옛 생각을 떠올리는 풍오자의 눈은 시린 빛을 냈다. 하지만 계장수는 가슴을 쿵쾅거렸다.

'십삼 년 전 일식이 있던 날이면, 내가 죽던 날이다!'

놀람을 누르는 계장수의 얼굴은 여전히 무쇠 빛이었다. 그런 계장수의 눈길과 임홍빈의 반짝이는 눈길을 받는 풍오자는 침을 삼키며 다시 말했다.

"그날부터 어그러지기 시작한 천도가 팔 년 전 그날에는 파국으로 치닫는 듯 급박했지. 하늘의 별들이 빛을 잃고 북두칠성의 위치가 흔들릴 정도였다. 그리고 그때부터… 세상의 곳곳에서 혼란이 준동하기 시작했어!"

풍오자의 눈이 섬뜩할 만큼 하얀 빛을 발했다. 하지만 이야기는 또 이어졌다.

"이대로라면 세상은 머지않아 빛이 다한 어둠과 전쟁의 암흑만이 남게 될 것이다. 삼백 년 전에 발호했던 암흑마궁의 분란 따위와는 비교도 되지 않을 일이 벌어질 게야. 우주에는 균형과 도리라는 것이 있다. 저 세상과 이 세상의 구분이 있으며, 밤과 낮이 있고, 섞이지 않아야 할 경계가 있다. 그걸 지키기 위해서 삼백 년 전에 육왕 같은 이들이 나선 것이다. 이제 또다시 무너지는 균형을… 누군가가 막아야 한다.”

하얀 빛을 뿜던 풍오자의 눈은 점점 깊숙이 가라앉아 갔다. 세 사람이 네모난 탁자를 두고 마주 앉은 마을 촌장집 대청 안에는 괴괴한 정적이 감돌았다. 제일 먼저 정적을 깬 건 임홍빈이었다.

“누군가 그런 일을 해야 한다면, 그게 그러니까… 세상을 구하는 일이라면… 목숨을 걸어야 하는 일일 텐데, 그러면 어딘가에서 대가를 받아야 하지 않나요?”

꺼져 가던 풍오자의 눈에서 하얀 빛이 확 뿜어져 나왔다.

“너, 이 개시키!”

임홍빈은 허겁지겁 손을 내밀고 변명을 했다.

“아, 아니, 그러니까 제 말은 그게 아니고요!”

“아니긴 뭐가 아냐? 여기가 그럼 안이지 바깥이냐? 너, 이 쌍노무 새끼, 어른 말씀에 희롱을 달아?”

“어, 어르신! 희롱이라니요? 전 다만 현실적인 문제를 말씀드렸을 뿐인데요?”

“수작 부리지 마, 이 사이비 도사 놈아!”

버럭 고함을 지르는 풍오자의 노기를 계장수의 나직한 음성이 멈추게 했다.

“말씀 다 끝난 겁니까?”

풍오자가 돌아봤다. 검지와 중지를 뾰족하게 세워 임홍빈의 얼굴 앞에 들이밀던 그는 뜨악하게 쳐다보기만 했다. 계장수는 또 말했다.

"그러니까 도장의 말씀은 육왕의 역할을 우리가 해보자는 뜻 같은데 그런 뜻이오?"

사색이 된 임홍빈의 얼굴 앞에서 손가락을 내린 풍오자는 담담하게 대답했다.

"그래. 그 이상도, 그 이하도 아니다."

가만히 풍오자를 바라보던 계장수는 다시 행낭을 잡고 일어섰다. 올려다보는 풍오자와 임홍빈에게 그는 무감정하게 말했다.

"가짜 부적이나 팔아서 돈이나 챙기는 사이비 도사와 그런 걸 알면서도 방조하는 늙은 도사와 함께할 생각은 없소. 난 혼자가 편하오."

말을 던지고 돌아가려는 계장수의 눈을 풍오자가 붙잡았다.

"가짜가 아니야. 저놈이 그린 부적은 모두 진짜다. 재앙을 예방하려는 삼재(三災) 예방부, 부정을 막고 악귀를 물리치는 귀불침부(鬼不侵符), 그리고 벽사부(辟邪符)와 구마제사부(驅魔除邪符), 축사부(逐邪符)를 포함해 벌레와 짐승을 막는 비수불침부와 야수불침부도 있었다. 예법을 모두 갖추고 형식에 위배됨이 없이 그려낸 진짜 부적들이다."

계장수의 눈이 임홍빈에게 향했다. 멋쩍게 웃은 임홍빈은 우물우물 말했다.

"맞아. 내가 사이비성은 좀 있어도 꼭 필요할 때 빼곤 거짓말 안 한다니까? 그리고 이렇게 만난 것도 인연인데 우리 함께하는 게 어때? 친구잖아?"

친구라는 말을 은근스럽고 스스럼없이 하는 임홍빈의 눈은 계장수가 아닌 손에 잡힌 행낭으로 향했다. 그 눈이 무얼 찾고 있는지 아는 계장수는 보석 뭉치로 머리통을 후려갈겼으면 원이 없겠다는 생각을 했다.

풍오자는 임홍빈에게 옮았는지 은근짜하게 말을 또 걸었다.

"어떠냐? 어차피 네가 해야 할 일이 가문인 귀도문의 복수라면, 너 혼자서 철무련을 상대할 수는 없지 않냐? 이래 봬도 나는 화산의 전임 장문이이었다. 나에겐 많은 친구들이 있지. 그런 건 거저 얻어지는 게 아니란다."

계장수는 속으로 생각했다.

'친구? 더럽고 괴팍한 네 성격에 친구가 어디 있어? 있다면 똑같이 미친놈들뿐이겠지!'

목구멍을 치밀어 오르는 말을 삼킬 때, 대청문이 거칠게 열렸다.

"큰일입니다!"

소리치며 들어오는 중년 사내는 딸의 목숨 값인 은자 삼십 냥을 지불하며 손을 떨던 마을의 촌장이었다. 헐레벌떡 탁자 앞에까지 달려온 그는 다급하게 말을 꺼냈다.

"일났습니다! 단봉(丹鳳)에 사는 제 아우 놈이 피난을 왔습니다!"

"피난이라고?"

되묻는 풍오자의 말에 사내는 침을 튀기며 대답했다.

"마을에 무사들이 들이닥쳐서 전쟁이 났답니다요! 한쪽은 철무련의 무사들이고, 다른 한쪽은 말탄 놈들이라는데, 황의를 똑같이 입은 놈들이랍니다! 도사님들 말씀처럼 난이 우리 고장까지 퍼진 모양입니다요!"

눈을 부릅뜬 풍오자는 계장수를 봤다. 구릿빛 얼굴을 무섭게 굳힌 계장수는 행낭을 등에 짊어지고 바로 돌아섰다. 그 등을 보고 당연한 것처럼 몸을 일으키는 임홍빈은 계속 계장수의 등만 봤다. 뒤를 좇아 일어선 풍오자의 눈에는 그게 어쩐지 계장수의 행낭을 노려보는 것 같았다.

❷

적염호귀를 잡았던 마을을 떠나 낙남(洛南)에서 작은 강을 건너 반나절을 꼬박 걷고 달리니 단봉이 나왔다. 단봉은 천여 호가 넘는 제법 규모있는 도회였다.

큰 성을 쌓은 것은 아니지만, 단강(丹江)의 상류에 위치해 산양(山陽), 상남(商南)과 인접한 이곳은 단봉 이북의 물산(物産)이 모두 모여드는 곳이었다. 이곳에서 물길을 타고 장강(長江)에 접어들어, 강남(江南)의 모든 곳에 재화(財貨)가 도달하는 것이다.

단봉은 섬서(陝西)에서 호북(湖北)을 거쳐 장강의 중심에 이르는 물길 가운데 하나였다. 그런데 그런 단봉의 외곽에는 지금 시체들만 즐비했다.

"헛! 뭐, 뭐야? 시체들이잖아?"

임홍빈의 놀란 외침이 말하듯 창검 든 철혈대 무사들의 시신들이 입구부터 널려 있었다. 또한 창과 화살에 꿰인 꼬치가 되어 쓰러진 말들과 그 주인으로 보이는 황의 인물들이 수두룩하게 거리를 수놓았다.

단봉 중심을 관통하는 대로의 돌 바닥에는 시작부터 죽은 자들만이 반겼다. 뿌옇게 꾸물대는 것 같은 안개가 덮어 내린 읍락에는 귀기가 감돌았다. 채 열 보 앞도 보이지 않는 안개는 그래서 더욱 음산했다.

계장수는 천천히 시체들 사이로 걸음을 옮겼다. 눈에 보이는 시체들의 대다수는 철혈대 무사들이었다. 죽은 형태로 봐선 외곽에서 진입을 시도하다 이리된 것 같았다. 곳곳에 창검을 들고 죽은 병사들은 처참했다. 죽은 자들의 가슴은 모두가 구멍이 뻥 뚫렸다. 과연 뭐가 이리했을까?

"원시천존! 끔찍하군!"

신음 같은 음성으로 말한 임홍빈은 손을 부르르 떨었다. 말없이 뒤따르는 풍오자는 눈에 불을 붙인 것처럼 분노한 표정이었다. 그도 그럴 것이 죽은 자들은 무사, 민간인 할 것 없이 모두 가슴이 뚫려 심장이 파헤쳐진 상태였다. 무언가가 이들의 가슴을 열고 심장을 꺼낸 게 분명했다.

"정확히 심장만 꺼냈군!"

시신의 가슴을 보던 풍오자는 안개 속으로 하얀 눈빛을 서리서리 뿜어냈다. 그가 보는 대로의 양쪽으로 주루와 객점, 마방과 다관, 잡화점과 포목전, 유기전 등 단봉의 돈줄이 되었던 상점들의 음영(陰影)이 줄지어 보였다. 그러나 모두가 안개에 덮인 희미한 모습이었고, 어김없이 사람이 죽어 있었다.

옮기는 발길마다 걸리는 시체들의 참상을 보며 계장수는 미간에 깊고 깊은 주름을 만들었다. 대관절 어떤 존재가 이런 일을 만들었는지는 모르지만, 이해할 수 없는 상황이었다. 살아서 도망친 자가 얼마 없다는 말을 듣고 오긴 했었다. 하지만 이렇게 많은 사람들이 죽어 있을 줄은 생각도 못했다. 거리엔 남녀노소의 구분 없이 모두가 죽은 시체였다.

'놀랍군! 철혈대를 이렇게 만들어놓다니. 거기다 갑옷마저 관통하는 힘으로 심장을 꺼냈다. 도대체 어떤 자들이 이런 일을 만들었던 말인가?'

계장수는 의문에 휩싸였다. 자신이 아는 한 무적의 철혈대를 저렇게 만들 사람이나 집단은 거의 없었다. 하지만 철혈대만큼이나 많은 숫자로 쓰러진 황의무사들은 분명 규율과 조직을 갖춘 집단이 틀림없었다. 그러나 죽은 자들의 모습에선 특이점이랄 만한 게 없었다.

미간에 깊은 골을 그리며 시체들을 보던 계장수는 와락 눈매를 구겼다.

'어떤 씹어먹을 것들이 이런 일을 저질렀단 말인가? 이건 정말 용서할 수 없다!'

이가 저절로 갈렸다. 철혈대 무사와 황의무사가 서로의 가슴에 검과 칼을 박고 죽어 넘어진 바로 뒤에 여인의 시신이 보였다. 임산부가 분명했다. 여인은 심장이 꺼내졌고 배도 갈라졌다. 정녕 눈 뜨고 볼 수 없는 광경이었다. 갈라진 여인의 배 옆에 핏덩이가 보였다. 꺼내진 영아의 사체였다. 세상을 보지도 못하고 죽은 영아도 심장은 없었다.

"원시천존! 상제의 노여움을 어이할꼬!"

돌덩이처럼 가라앉은 풍오자의 목소리였다. 파르르 떨리는 그의 눈썹은 상제보다도 자신의 노여움이 더욱더 큰 것 같았다. 코끝엔 사람들이 흘린 피 냄새가 안개를 타고 스며들었다. 도처에 참혹한 죽음과 시체였으며 거리거리 보이는 모든 곳에 붉은 피의 웅덩이가 질펀했다.

검날 같은 눈썹을 꿈틀대며 걸음을 내딛는 계장수는 문득 옛 생각이 떠올랐다. 자신이 중원제패의 기치를 내걸고 천하를 질타할 무렵, 철혈대를 이끌고 수많은 도시와 마을, 문파(門派)와 방회(幫會)들을 짓밟았다. 투항하면 수하로 삼고 저항하면 가차없이 도륙했다. 그때도 수많은 사람들이 죽었다. 그들이 흘린 피도 저렇게 붉고 진득했다.

눈앞의 저 참상은 사람이 한 짓이라고 여겨지지 않았다. 하지만 전생의 자신은 저와 같은 일을 수시로 아무 거리낌 없이 저지르고 살았다. 또한 세상엔 저러한 일들이 비일비재하다. 사람들은 무리 지어 서로 죽이고 도륙한다. 하면, 이런 일들을 저지르고 살았던 자신이나 지금도 자행하고 살아가는 사람들은 과연 무슨 차이가 있는 걸까?

혼란한 정신을 분노한 감정과 뒤섞고 있는 계장수는 자신에게 죽음을 안겨준 정소연과 사마용추를 떠올렸다. 그것들이야말로 짐승 같은 것들, 귀신같은 것들이다. 거둬준 은혜를 원수로 갚았으며, 하늘에 맹세한 지아비를 시해한 금수만도 못한 것들이 그것들이다. 그것들을 쳐죽이는 것이 삶의 목표가 되고 살아가는 이유가 되었다. 하루라도 빨리 그것들을 도륙 내는 일에 착수해야 하건만, 일은 자꾸만 생각과 엇나갔다.

'여유를 갖자. 이 일은 다시 사는 대가로 주어진 일이다. 그렇게밖에 생각할 수 없다. 나 역시 세상의 균형을 무너뜨렸고, 다시 살아갈 수 있는 힘을 준 이들에게 은혜는 갚아야 한다. 그것이 내가 사는 이유다.'

분노로 격앙된 마음을 진정시키던 계장수의 귀에 실낱같은 소리가 들린 것은 그때였다. 아주 미약한 소리, 희미한 그 소리는 신음 소리였다. 또한 전방 삼십 장 안쪽에서 나는 소리였다. 계장수는 소리를 좇아 무작정 뛰었다.

"어? 이, 이봐!"

임홍빈이 계장수를 부를 때, 깊어진 미간으로 계장수의 등을 보던 풍오자는 무엇을 느낀 듯 두말없이 뛰어나갔다. 주위를 둘러보던 임홍빈은 소리치며 뒤따랐다.

"가, 같이 가!"

소리치는 임홍빈의 목소리를 뒤로 달고 계장수는 시체들을 건너뛰어 앞으로 나갔다. 축축하게 얼굴에 부딪치는 안개가 기분 나빴지만 달릴수록 소리는 더욱 또렷해졌다. 버려진 수레와 죽은 마소[馬牛]의 사체를 뛰어넘어 거리의 중앙에 다다른 순간, 왼편에 조그만 사당이 보였다.

흐르는 것처럼 뭉클대는 안개의 너머로 보이는 사당은 붉은 대문이 섬뜩했다. 하지만 소리는 그 대문의 안쪽, 사당 안에서 들려왔다. 잠시 사당을 노려보는 계장수의 등 뒤로 풍오자가 다가왔고, 곧이어 헐떡이는 숨을 내뱉으며 임홍빈이 달려왔다.

"헉헉헉헉! 치사하게. 헉헉! 자기들끼리만. 헉헉헉! 가다니. 헉헉헉!"

개처럼 헉헉대는 임홍빈을 못마땅한 눈으로 보던 풍오자는 다시 사당으로 시선을 돌리며 말했다.

"태호복희와 여와를 모신 사당이다. 싸우던 놈들이 이곳은 침탈하지 않은 모양이군."

눈앞의 안개를 휘저으며 붉은 사당문을 보던 임홍빈은 숨을 가다듬으며 물었다.

"복희와 여와요? 신화 속 사람들 아닙니까?"

슬쩍 시선을 준 풍오자는 다시 사당을 보며 대답했다.

"그래, 신화 속 사람들이지. 하지만 그 신화가 진실을 바탕으로 한다면 역사가 될 수도 있는 것이지."

"역사요? 복희씨가 글자를 만들고 천문지리(天文地理)를 알아 역법(曆法)을 만들고 그물을 만들어 고기 잡는 법을 가르치고, 여와는 진흙으로 사람을 만들었다는 얘기가 사실이란 말입니까? 그건 그냥 전설이잖습니까?"

"신화와 전설은 윤색되고 첨삭되기 마련이다. 하지만 우리가 아는 신화의 삼황오제(三皇五帝) 모두가 배달족이란 견해가 있다. 특히 삼황 중 첫 번째로 일컬어지는 태호복희씨는 배달국 오대 환웅인 태우의의 막내아들이었다고 하지. 밀기(密記)에 이르기를, '복희는 신시에서 태어나 우사의 직을 세습하고 뒤에 청구와 낙랑을 거쳐 진으로 옮겨갔다. 그의 후예들이 풍산에서 나누어 살았으므로 풍씨로 성을 삼았다. 지금 산서 땅의 제수(濟水)에 희족(羲族)의 옛 거처가 남아 있다' 고 전한다. 밑을 파고 들어가면 모든 게 그냥 신화가 아닌 거지."

"그런 건 확인되지 않은……."

"많은 고문헌에 그 역사의 편린들이 남아 있다. 그럼에도 신화로 치부하고 정설을 알지 못하는 건 중원인들이 왜곡하고 소실시켰기 때문이지."

대꾸할 말을 잃은 듯 멍하니 바라보는 임홍빈의 눈길을 뿌리치며 풍오자는 계장수의 등에 대고 말했다.

"안 들어갈 테냐?"

진입하자는 풍오자의 재촉에 계장수는 가만히 귀를 기울였다. 사람의 말소리, 즉 자신들의 인기척이 들린 순간부터 신음 소리는 그쳤다. 하지만 힘겹게 억누르는 숨소리가 간헐적으로 귀를 자극했다. 사당 안에는 누군가 있는 게 확실했다. 또한 부상당한 자가 틀림없었다.

계장수는 생각을 굳힌 듯 성큼성큼 발을 떼어 사당문으로 향했다. 문 앞에 서서 손을 밀자 안으로 빗장이 걸린 바깥문은 움직이지 않았다. 두 번 생각할 것 없이 손바닥을 밀어버렸다. 곧바로 우지끈 소리를 내며 빗장 부서지는 소리가 들렸다. 풍오자는 혀를 차댔다.

“무식한 게 힘만 세 가지고는.”

풍오자의 핀잔 속에 붉은 주칠한 사당문은 반동으로 덜컹거렸다. 그 문 안으로 계장수는 천천히 발을 들여놓았다. 발걸음과 함께 옮기는 시선 속으로 제일 먼저 보인 것은 견고하게 닫힌 내전 문이었다. 저 문을 열고 들어가야만 제단이 보일 것이다. 계장수는 망설이지 않고 또 손을 밀었다.

우당탕탕!

요란한 소리를 내고 문짝이 열렸다. 하나는 반쯤 떨어졌고, 또 하나는 완전히 떨어져 안으로 넘어갔다. 이번엔 임홍빈이 애매한 소리를 했다.

“꼭 그렇게 안 부숴도 될 텐데.”

뭐라 하거나 말거나 안으로 들어서는 계장수의 눈에 어두운 제단 위의 벽화가 보였다. 벽화는 어둠 속에서도 선명하게 보였다. 하반신이 뱀이고 상반신은 사람인 남녀의 형상. 손에는 규구(規矩:자와 콤파스)를 나눠 든 모습. 사람들이 신화라 일컫는 태호복희와 여와의 그림이었다.

“뭐가 보여?”

얼굴만 빼꼼히 들이밀고 묻는 임홍빈의 목소리를 흘려들으며 계장수는 사당 안을 둘러보았다. 어두운 사당 안에는 벽화와 제단만이 보일 뿐, 사방 열두 자가 될 성싶은 실내에는 묵은 먼지만이 괴괴했다. 하지만 사방 안쪽을 훑던 계장수의 시선이 제단으로 돌아와 멈췄다.

표정없는 구릿빛 얼굴로 제단 앞에 다가가 선 계장수는 제단으로 손을 뻗었다. 천천히 쓰다듬은 제단은 청동 향로가 놓인, 웬만한 문갑(文匣)만했다. 허리 높이의 작은 옷장만한 그것의 윗면을 계장수는 들어

올렸다. 그러자 뒤주의 뚜껑처럼 제단 윗면의 반쪽이 들려 올라왔다. 올라온 건 또 있었다.

피이잇!

시릿한 금속 빛이 전광처럼 터져 올랐다. 열리는 제단 뚜껑을 뛰따라 솟구친 그것은 계장수의 안면으로 치솟았다. 앗, 소리를 낼 틈 따위도 없었다. 밀려 버린 제단 윗면은 청동 향로를 쳤고, 향로는 엎어져 떨어지며 식은 재를 뿌렸다. 하지만 계장수는 눈도 꿈쩍하지 않았다.

콱!

금속 빛이 멈춰 섰다. 길쭉하고 날이 두터운 직배도였다. 정확히 계장수의 목 아래서 칼날이 멈췄다. 칼날은 계장수가 나무 막대기처럼 잡은 채였다.

"뭐, 뭐야?"

그제야 놀란 임홍빈의 말소리가 터졌다. 풍오자는 계장수의 시선을 좇아 제단 안쪽으로 시선을 내렸다.

"사, 사, 사, 살려……."

제단 안에서 사람 소리가 나왔다. 떨리는 목소리는 그 목소리만큼이나 떨리는 눈동자로 올려다보는 중년 무사였다. 이마 한가운데 검은 사마귀가 난 사내는 사십 중반쯤으로 보였다. 사내는 공포가 가득한 얼굴로 계장수를 보며 칼 잡은 손을 놓았다. 그리고 넋이 나간 것처럼 주절댔다.

"사, 살려주시오."

사내에게 손을 내민 건 풍오자였다.

"나와라."

풍오자가 내민 손과 얼굴을 번갈아 보던 사내는 천천히 떨리는 손을 마주 잡았다. 몸을 일으켜 제단을 나온 사내는 제대로 서 있질 못했다. 왼쪽 다리가 기웃하게 퉁그러진 모양이, 부러진 게 틀림없었다.

"앉아라."

풍오자가 말하자 사내는 말 잘 듣는 어린아이처럼 바로 주저앉았다.

"몸도 못 가누는 놈이 칼을 왜 휘둘러? 다리 이리 내봐라."

거듭된 풍오자의 말에도 사내는 눈만 끔뻑거렸다. 하지만 시선은 여전히 떨리며 세 사람을 번갈아 보았다. 개의치 않는 풍오자는 사내의 바지를 찢고 다리를 살펴보았다. 찡그리고 보던 그는 갑자기 정강이를 잡아당겼다.

두둑.

"으헉!"

사내가 비명 지르던 말던 다시 한 번 다리를 비틀어댄 풍오자는 계장수에게 말했다.

"부목 좀 만들어라."

아직까지 사내의 직배도를 잡고 있던 계장수는 칼을 사내 옆에 던지고 제단 뚜껑을 잡았다. 곁에 섰던 임홍빈이 저걸 왜 잡나 하고 쳐다볼 때, 우지끈뚝딱 뜯어내서는 조각조각 쪼개 버렸다. 순식간에 정강이 길이만한 부목들을 만들어낸 계장수는 와르르 쏟아버렸다.

임홍빈이 뒷목을 잡고 고개 저을 때 풍오자는 못마땅하게 툴툴거렸다.

"내가 부목 만들랬지 장작 만들랬냐?"

말은 그렇게 하면서도 손은 쪼개진 그것들을 잡아다 사내의 정강이에 둘러대고 옷으로 질끈 동여맸다. 그리곤 고통에 입을 벌리고 있는 사내의 뺨을 툭툭 때리며 심드렁하게 물었다.

"자, 병신 되는 건 면했으니 이제 말해 봐라. 여기서 무슨 일이 있었던 거냐?"

고통으로 일그러지던 사내의 얼굴이 천천히 펴지면서 세 사람을 쳐다보았다. 떨리는 눈길로 자신 앞에 마주 앉은 풍오자, 그리고 그 옆과 뒤로 서 있는 계장수와 임홍빈의 얼굴을 차례로 돌아본 사내의 눈길은 세 사람의 뒤, 열려진 사당의 문밖으로 향했다. 작은 목소리가 이어졌다.

"난… 장수보라 하오. 수로 운송을 전문으로 하는 단봉표국의 총표두요. 그제 우리는 안휘(安徽)로 가는 물품을 선적하고 떠날 채비를 하고 있었지요. 모든 게 순조롭고 평화로운 매일의 일상 중 하루였소."

사내는 잠시 말을 쉬었다. 뭔가를 더 깊이 생각하는 듯하던 사내는 조금은 가라앉은 목소리로 말을 이었다.

"그날 저녁, 말을 탄 열 명의 사내가 표국을 찾았소. 표물 운송을 의뢰한다는 말과 범상치 않은 사내들의 기도에 국주가 직접 사내들을 맞았소. 한데 접객실로 들어간 잠시 후… 국주의 비명 소리가 들렸소."

풍오자를 보는 사내의 눈은 다시 흔들렸다. 하지만 사내는 말을 멈추지 않았다.

"접객실 문이 다시 열렸을 때, 국주가 비틀거리며 뒷걸음으로 나왔소. 하지만 몇 발자국을 가지 못하고 바로 쓰러졌소. 쓰러진 국주의 가슴엔 구멍이 뚫려 있었지. 그 안에 들어 있어야 할 심장을 사내들 중 한 명인 애꾸사내가 들고 있었소. 벌떡벌떡 뛰는 그걸 말이오."

그 일을 기억하다 공포에 사로잡힌 듯, 장수보란 사내의 눈은 희미하게 초점이 흐려졌다. 그 눈빛을 잡으며 풍오자는 강하게 물었다.

"읍락 사람들은? 그들도 모두 놈들이 그랬단 말이냐? 열 명이서?"

깜짝 눈길을 뜬 사내는 풍오자의 산발한 얼굴을 보며 대답했다.

"놈들의 숫자는 열 명만이 아니었소. 황의를 똑같이 입은 놈들의 무리가 물경 삼백여 명이나 되었소. 그놈들이 말을 타고 읍락을 휩쓸었소."

"삼백여 명이나 됐다고? 거기다 말을 타고? 그놈들이 대관절 누구야?"

조금은 신경질적이 된 풍오자의 물음에 사내는 얼빠진 사람처럼 바로 대답했다.

"난 놈들이 휘두르는 깃발을 봤소. 거기에 세 글자가 적혀 있었소."

"그게 뭐요?"

임홍빈이 냉큼 끼어들어 물었다. 풍오자에게서 임홍빈에게 시선을 돌린 사내는 표정없이 대답했다.

"북마련(北馬聯)."

"뭐야?"

"헉!"

풍오자가 벌떡 일어서고 임홍빈은 헛바람을 삼켰다. 하지만 눈빛이 거칠어진 계장수는 사내에게 다가들며 다그치듯이 물었다.

"그놈들이 여길 왜 왔지? 사람들은 왜 죽인 거야?"

흠칫 어깨를 움츠린 사내는 꺼려지는 눈길로 계장수를 올려다보며 입을 열었다.

"그, 그게… 아마도 우리가 운송을 맡은 소금을 강탈하기 위해서였던 것 같소."

"소금이라고?"

되묻는 계장수에게 사내는 고개를 급히 끄덕여 보이며 말을 이었다.

"그렇소. 안휘의 염상(鹽商)들에게 갈 고급 암염(巖鹽)을 선적해 놓았었소. 그건 아무도 모르는 기밀인데… 어디선가 정보가 샌 모양이오."

깊게 미간을 좁힌 계장수는 생각했다. 소금. 소금은 곧 돈이다. 때문에 국가의 전매를 통한 통제가 이루어지고 있음에도 항상 암거래가 이루어졌다. 그런 소금을 노린 대규모 도적들의 약탈은 있을 수 있다. 하지만 북마련 놈들이 일의 주모라는 건 이해가 되지 않았다.

"북마련이라면 저 북쪽 초원의 약탈자들 아닙니까? 그들이 어떻게 여기에 온 거지요?"

임홍빈의 물음에 대답하는 사람은 없었다. 계장수는 눈을 마주 보기도 무섭게 인상을 썼고, 풍오자는 산발한 머리가 서도록 생각에 골몰했다.

말은 나누지 않지만 두 사람의 머리 속에 떠오르는 결론은 하나였다.

북마련. 철무련이 버티고 있는 중원 땅을 넘보지 않던 그들이 모습을 드러낸 건 때가 됐기 때문이다. 조극강은 죽었고, 철무련은 두 동강이가 났다. 초원의 풀만으론 허기진 그들이 소금을 먹으러 왔다.

"이놈들이 중원을 약탈하려는 겐가? 아니야, 뭔가 이상해. 찜찜해. 그 먼 거리를 도적놈들이 어떻게 소문도 없이 왔을까?"

풍오자는 연방 고개를 갸웃거렸다. 옆에 서서 무서운 눈빛을 뿜던 계장수는 장수보란 사내에게 다시 질문을 던졌다.

"철혈대는? 저놈들은 어떻게 된 거지?"

달아오른 쇠 빛 같은 계장수의 눈을 마주 보지 못하고 사내는 시선을 옆으로 돌리며 말했다.

“사, 상남에 철혈대의 지대(支隊)가 있습니다. 물길로 빠져나간 누군가가 알린 모양입니다. 격돌이 있었지요. 그게 어제 일입니다.”

“격돌이 있었다고?”

사내는 고개를 끄덕였다.

“그렇습니다.”

“저건 격돌이 아니라 몰살인데? 누가 철혈대를 저렇게 만들 수 있지? 북마련이라고 해도 저렇게 개박살을 내진 못해. 그 거꾸로라면 얘기가 되지.”

사내는 곁눈으로 계장수의 눈을 힐끔거리며 우물쭈물했다.

“그, 그건…….”

사내의 입이 벌어지는 순간, 멀리서부터 이상한 소리가 들렸다.

뿌우. 뿌우. 뿌우.

뿔고동 같은 소리는 빠른 속도로 가까워졌다. 땅바닥에선 옅은 진동이 울려 퍼졌다. 점점 커지는 진동은 말이 발굽을 내딛는 울림이었다. 한두 개가 아니었다.

문밖을 부릅뜬 눈으로 보는 장수보란 사내는 사색으로 소리 질렀다.

“놈들이야!”

계장수는 주먹을 쥐고 뒤돌아섰다.

❸

단봉의 중심을 가로지르는 대로의 북쪽에서 소리와 진동이 밀려왔다. 말발굽 소리가 분명한 땅울림은 점점 가까워졌고, 안개는 요동치

듯 흔들렸다. 흩어지는 그 안개들을 헤치고 나타나는 것은 수많은 인마(人馬)들이었다.

뿌우. 뿌우. 뿌우.

질풍처럼 달려오는 기마대의 선두에서 한 사내가 고동을 높이 불었다. 그 소리와 동시에 사내의 말이 멈춰 서고 말은 앞발을 들어 울부짖었다. 동시에 수많은 다른 기마들도 멈춰 서며 횡으로 진영을 갖추기 시작했다. 얼핏 보아도 기마대의 수는 이백이 넘어 보였다. 말에 탄 자들은 모두 황의였다.

"저 자식들이로군!"

풍오자가 음산하게 뇌까렸다. 사당의 얕은 담장 너머로 보이는 황의 무리들, 북마련은 위풍당당했다. 투레질하는 말들도 모두 크고 건장했으며 올라탄 황의사내들의 눈에선 살기가 넘쳐흘렀다. 안개마저 그들을 비껴 흘렀다.

가만히 바라보던 계장수는 문을 나섰다. 곧바로 바깥문마저 통과한 그는 북마련을 보며 섰다. 사당문을 등지고 선 계장수의 왼쪽에 북마련의 무리들이 있었다. 대로를 가득 메운 겹겹의 그들 무리는 흉험했다.

바라보고 서 있는 계장수의 등 뒤로 풍오자가 산발한 머리를 흔들며 다가섰다. 그 뒤를 따라 나온 임홍빈은 사당 문설주에 몸을 붙이고 머리만 살짝 내밀었다. 장수보란 사내는 사당 내전 안에서 부들부들 떨었다.

"어, 어쩌려고 그래요?"

임홍빈이 걱정스럽게 묻자 풍오자는 뒤도 돌아보지 않고 손을 흔들었다. 여름날 귀찮은 날벌레를 쫓는 손짓이었다. 한데 그때 북마련 무리의 사이가 벌어졌다. 천천히 열린 진영의 중앙에서 말들이 걸어나왔다.

안개가 흐르는 전면에 드러난 말의 수효는 열+1. 모두 십 인의 사내가 진영 앞에 나선 것이다. 그 열 명 중에서도 가운데 선 사내는 검은 안대를 댄 애꾸였다. 애꾸사내를 보자마자 풍오자는 또 읊조렸다.

"저놈들이 확실하군."

열 명의 사내들은 제각각 다른 무기들을 들었다. 중앙의 애꾸사내는 도신이 긴 쌍수도(雙手刀)를 들었고, 다른 아홉 사내는 장창(長槍)과 당파(鐺鈀), 기창(騎槍)과 낭선(狼筅), 예도(銳刀)와 마상쌍검(馬上雙劍), 마상월도(馬上月刀)와 협도(挾刀), 그리고 편곤(鞭棍)을 들었다.

사내들을 가만히 바라보던 풍오자는 애꾸사내를 지칭하며 또 한마디를 내뱉었다.

"북마련을 움직이는 세 우두머리 중 막내가 애꾸란 소리는 들었지. 저 애송이 놈이 그놈인 것 같구나."

애송이라고 말하지만 상대는 오십줄은 되어 보이는 장년의 사내였다. 계장수는 그 말을 들었는지 말았는지 북마련을 보며 움직이지 않았다. 더구나 더욱 이상한 것은 자신들이 휩쓸어 버린 마을에 다시 나타난 북마련이었다. 또한 지척에 사람들이 있음에도 눈길조차 주지 않았다.

풍오자가 지껄이는 소리를 들었을 터인데도 불구하고 애꾸사내의 시선은 움직이지 않았다. 그와 나머지 사내들이 보는 곳은 남쪽이었다.

북마련 살육자들의 시선이 향하는 곳. 대로의 남쪽. 안개가 뭉클뭉클 밀려들어 오는 그곳은 강줄기가 흐르는 선창이 있는 쪽이었다. 그

곳을 번득이는 눈으로 모두가 바라보았다. 그건 누군가를 기다리는 눈
이었다.

무겁게 가라앉은 눈으로 왼편의 북마련을 보던 계장수는 시선을 오
른쪽 대로의 남쪽으로 돌렸다. 그제야 이상함을 느낀 풍오자도 눈길을
돌렸다.

"뭐야? 왜들 그래요?"

문설주에 붙여놓은 것처럼 달라붙은 임홍빈도 고개를 돌리며 물었
다. 돌아간 임홍빈의 눈이 안개를 뚫어보기 위해 눈을 찡그릴 때, 안개
가 흔들리기 시작했다. 흔들림은 점점 커지고 넓어졌으며, 북마련의
등장처럼 말발굽이 울렸다. 그 진동에 맞춰 안개는 춤추듯이 밀려왔
다.

"철혈대로군."

남쪽을 보던 계장수는 나직하게 말을 뱉었다.

"또 뭐, 뭐야?"

임홍빈의 경황없는 말소리가 흩어지기도 전에 안개가 정신없이 흩
어졌다. 그 사이를 뚫고 말을 달리는 사내들은 한눈에 알아볼 수 있는
존재들이었다. 검은 갑옷에 검은 투구, 자신들처럼 검은 흑마에 긴 창
과 커다란 검. 사내들은 전 중원을 철혈의 전설로 무릎 꿇린 철혈대였
다.

두두두두두두두두두.

땅이 진동하는 소리가 전쟁을 알리는 군악처럼 요란했다. 안개를 물
리치고 달려오는 철혈대의 모습은 지옥을 누비는 유령의 군대처럼 음
울하고 장엄했다. 수효는 보지 않아도 알 수 있는 한 대(隊)의 구성인
삼백. 대로를 가득 메우고 밀려오는 그 무리가 북마련을 마주 보고 멈

춰 섰다.

히히히히힝!

선두에 선 사내의 말이 두 발을 쳐들고 거칠게 울음을 터뜨렸다. 흥분한 말의 고삐를 움켜쥔 사내는 오른손을 번쩍 들었다. 그 수신호에 맞춰 말들은 일제히 앞발을 들고 거친 울음을 토했다. 일렬의 횡으로 늘어선 그 모습은 가히 장관이었다. 엄청난 위압과 기세가 사방으로 퍼졌다.

마땅찮은 눈으로 그 모습을 바라보던 풍오자는 작게 주절댔다.

"저 자식들이, 기선 좀 잡아보겠다 이거냐? 놀고들 있구나."

풍오자의 말소리는 공허하게 안개 속을 흐르다 사라졌다. 흩어지는 그 말처럼 안개는 점점 옅어져 갔다. 하늘엔 희미하고 부연 빛이 옅어진 안개 위로 조금씩 내려앉았다. 대로엔 소슬한 바람만이 작게 불었고 두 집단은 서로를 마주 보며 움직이지 않았다. 그 사이에 사당이 있었다.

무거운 침묵 속에 서로를 노려보는 두 집단의 거리는 대략 이십여 장. 창과 칼, 검과 방패로 무장한 철혈대와 북마련은 서로를 잡아먹을 듯이 노려만 보았다. 두 집단 사이에 낀 사당 앞의 계장수와 풍오자는 보이지도 않는 것 같았다. 그 때문인지 풍오자는 심사가 뒤틀린 듯했다.

"이것들이 싸우려고 만났으면 싸울 것이지. 보아하니 시간 잡아놓고 다시 붙는 것 같은데, 오뉴월 늘어진 개부랄마냥 뭐 하는 짓들이야?"

툴툴대는 소리 뒤로 임홍빈의 목소리가 따라붙었다.

"아, 그러지 말아욧! 우리한테 달려들면 어쩌려고 그래요?"

다급하지만 누가 들을세라 낮고 강하게 외치는 임홍빈의 얼굴을 풍오자가 돌아다봤다. 시큰 올라간 눈썹의 움직임이 예사롭지 않았다.

"너 이 빌어먹을 노무 새끼!"

폭발할 것 같은 풍오자의 눈매에 임홍빈은 잔뜩 주눅 든 표정이 되어 목을 움츠렸다. 그런데 그때 처음으로 말소리가 들렸다. 다른 자들의 목소리였다.

"돼지러 오는 시간은 잘 맞추는구나. 이젠 철혈대의 전설도 바뀌겠군. 무적이 아닌 추풍낙엽에 오합지졸, 짓밟힌 검은 개들의 무리로 말이야. 하하하하하하!"

북마련의 애꾸눈 사내였다. 사내의 웃음소리에 맞춰 나머지 아홉 사내들도 호탕하게 웃어 젖혔다. 하지만 도열한 이백여 무리들은 움직임이 없었다. 언뜻 무질서해 보이는 속에 잘 잡힌 규율이 엿보이는 장면이었다.

웃음소리가 잦아들 무렵, 검은 갑옷과 투구 빛처럼 무거운 기세로 바라만 보던 철혈대에서 응대가 나왔다. 턱에 표범수염이 가시처럼 돋은 사내였다.

"우리가 할 말은 하나다. 오시(午時)에 다시 치겠노라고 말하였으니 이제 왔고, 지금이라도 소금을 내놓고 오체투지하면 팔다리를 끊는 것으로 마무리하겠다."

철혈대의 분대주가 분명한 사내의 말은 일견 섬뜩했다. 그러나 그 말을 하는 음성에는 아무런 감정도 담겨 있질 않았다. 그저 최후통첩일 뿐이었다.

지그시 건너다보던 애꾸사내는 풀썩, 웃으며 다시 입을 열었다.

"하하하하하! 오체투지를 하라? 이거 웃기는군 그래? 이봐, 그렇지 않나?"

제 주변의 아홉 사내들을 돌아보며 같이 웃던 애꾸사내는 웃음을 멈추고 다시 시선을 돌렸다. 철혈대와 분대주를 보는 그의 눈은 차갑게 가라앉아 얼음 같았다.

"전멸을 당하고도 그 딴 소리를 하는 걸 보면 네놈들은 확실히 다른 구석이 있구나. 하지만 우린 철무련의 옛 기세를 두려워하는 자들이 아니다. 조극강이 죽고 사라진 지금, 너희들은 그저 패거리에 불과해."

철혈대를 이끌고 온 표범수염사내는 물론 삼백여 철혈대는 여전히 미동조차 없었다. 그 모습을 차갑게 노려보던 애꾸사내는 다시 말을 꺼냈다.

"무리를 이끌고 오느라고 수고했다만, 너희들도 상남지대에서 온 놈들처럼 모두 죽게 될 것이다. 그건 나 독목야차도(獨目夜叉刀) 손문(孫文)이 장담하마. 또한 이곳 단봉은 오늘 이후로 우리 북마련이 중원의 역사를 새로 쓰는 시발점이 될 것이다. 너희 갈라진 철무련 따위는 이제 쓸려 나가는 거지."

차갑게 노려보며 차갑게 말하던 손문은 차가운 비웃음을 입에 물었다. 가만히 마주 보던 철혈대 중앙의 분대주, 표범수염사내는 오른손을 다시 들었다.

"개진(開陣)!"

더 이상의 말은 섞을 필요도, 가치도 없다는 듯 표범수염사내는 짧고 강하게 외쳤다. 사내의 신호에 따라 철혈대는 급속히 진형을 바꿨다. 횡으로 도열했던 기마대의 중앙이 벌어지며 시커먼 철갑 전차가 모습을 드러냈다.

"어? 저게 뭐야?"

매미처럼 문설주에 붙은 임홍빈이 놀란 음성을 토했다. 동그란 그 눈은 철갑의 전차를 보느라 정신이 없었다. 그렇기는 풍오자의 눈도 같았고, 계장수의 시선도 다르지 않았다. 또한 대치하고 있는 북마련의 진영도 마찬가지였다.

전차(戰車). 분명히 전차였다. 우마차만한 크기에 전방과 측면에 철갑판을 세워 씌운 전차는 견고하고 육중해 보였다. 전차의 뒤로는 철갑에 몸을 숨긴 무사들이 밀고 조종하는 모습이 눈에 띄었다. 하지만 가장 생소한 것은 전차의 앞면이었다. 검은 철갑으로 둘러쳐진 앞면에는 작은 구멍들이 있었고, 그 구멍으로 시퍼런 창날들이 대가리를 내놓았다. 창두의 숫자는 모두 이십 개, 전차는 모두 다섯 대였다.

"저게 대관절 뭐야?"

임홍빈에 이어 거듭된 풍오자의 의문은 계장수 역시 의문에 빠뜨렸다. 자신이 알기로 철혈대에 저런 전차는 없었다. 그렇다면 자신의 사후에 실전 배치된 무기가 분명한데, 과연 용도가 어떠한 것인지 궁금하기 짝이 없었다.

'철갑 전차에 창두 스무 개라. 저것이 대체……'

생각은 이어지지 않았다. 철혈대의 분대주사내가 전차의 사이에서 말을 꺼낸 때문이었다.

"북마련은 이 시간 이후로 사라진다. 너 독목야차도 손문은 물론 너희 형제 염왕도(閻王刀) 손필(孫筆)과 지옥수라도(地獄修羅刀) 손묵(孫墨)까지도 모두 죽임을 당할 것이다. 너희는 위대한 철무련의 위엄을 거슬렀음은 물론, 물건까지도 손을 댔다. 이제까지 철무련의 권위에 반기를 들고 살아남은 자는 아무도 없다. 그건 너희도 마찬가지다."

표범수염의 분대주사내는 여전히 감정없는 목소리로 말했다. 하지만 그 모습이 어쩐지 눈에 익다고 계장수는 생각했다. 투구에 가려진 저 얼굴은 어디선가 본 것만 같았다. 또한 최후를 말하는 저 목소리도.

계장수가 생각을 공글리는 동안 북마련의 독목야차도 손문은 커다란 웃음을 터뜨렸다.

"크하하하하하! 떨어진 위신을 주워 담으려 애쓰는구나! 나를 죽이
겠다고? 우리 형제를 죽이겠다는 말이지? 가당치 않은 소리를 지껄이
는구나! 네놈들 주변에 널린 동료들의 시체가 어찌 저리되었는지 모르
겠느냐? 우리가 저놈들의 심장을 잡아 뽑았기 때문이다!"

계장수는 물론 풍오자, 임홍빈의 시선도 손문의 입으로 돌아갔다.
스스로의 말과 분노에 취해 광기로 젖어가는 것 같은 그 얼굴에선 살
기가 물신 풍겼다. 놈은 칼을 소리나게 뽑아 들고 커다랗게 외쳤다.

"다 죽여라!"

그것이 시작이었다. 북마련의 도살자들은 광기 어린 외침들을 터뜨
리며 말을 질주하기 시작했다. 한꺼번에 봇물 터지듯 밀려 나오는 황의
무리들의 눈은 시뻘건 핏빛이었다. 그 모양을 냉담하게 바라보던 표범
수염의 분대주는 그때까지 들고 있던 오른손을 내리며 짧게 명령했다.

"기진(起陣)!"

순식간의 변화였다. 분대주의 명령이 떨어지자마자 전차 옆에 도열
한 창수들이 무릎을 꿇었다. 그들의 뒤에서 나타난 건 커다랗게 활을
구부린 궁수들이었다. 한껏 힘을 머금은 화살들이 동시에 허공을 수놓
았다.

피피피피피피피피핑!

달려나오던 북마련의 선두가 활에 꿰이며 정신없이 고꾸라졌다. 비
명은 들리지 않고 말 울음소리와 땅을 울리는 진동만이 격하게 퍼졌다.
하지만 제 동료들의 쓰러진 몸통과 말을 뛰어넘은 북마련도(北馬聯徒)
들은 괴성을 지르며 질주했다. 그들의 몸에 제이열의 화살이 눈발처럼
날려왔다.

피피피피피피피피핑!

"방패를 써라!"

독목야차도 손문이 외쳤다. 방패를 앞으로 내민 그는 화살의 비를 뚫으며 거침없이 달렸다. 달리는 그의 말은 여기저기 화살에 맞았지만 미친 콧김을 내뿜으며 내달렸다. 불과 이십여 장에 불과한 거리가 무척이나 길게만 여겨졌다. 하지만 이를 악문 그는 커다랗게 또 외쳤다.

"뚫어라! 놈들을 짓밟아라!"

손문의 외침 소리가 울리는 순간 철혈대의 진중에서도 고함이 터졌다.

"출창(出槍)!"

표범수염분대주 사내였다. 사내의 고함과 동시에 주저앉았던 전차 옆의 창수들이 일어서며 창날을 앞으로 내밀었다. 그리고 동시에 믿을 수 없는 일이 벌어졌다. 다섯 개의 전차 앞면에 대가리를 내밀었던 창들이 터져 나갔다.

퓨퓨퓨퓨퓨퓨퓨퓨퓨퓽!

각 스무 개씩, 도합 백 개의 창들이 화살처럼 날아갔다. 북마련의 무리들이 불과 사 장여를 남기고 접근한 그 순간이었다. 결과는 가공하고 끔찍했다.

번개처럼 터져 나간 창들은 말의 가슴을 관통하며 사람마저 꿰었다. 앞사람의 허리를 뚫고 나간 창은 뒷사람의 가슴을 마저 뚫었다. 또 다른 앞사람의 어깨를 비집고 뒷사람의 목을 관통한 창은 두 사람을 동시에 뒤로 끌고 날아갔다. 말에서 떨어지는 그들의 몸 위로 뒤따르던 자들의 말밥굽이 유린했다. 하지만 그들의 가슴과 배, 목과 허벅지, 말과 사람 모두에게 쏟아지는 창날은 무자비했다. 순식간에 모두가 죽어 넘어갔다.

“이익! 구룡(九龍)은 길을 뚫어라!”

손문의 분노에 찬 고성이 장내를 흔들었다. 그 소리를 외치자마자 손문은 말 등을 박차고 날아올랐다. 손문의 옆에서 바짝 뒤따르던 아홉의 사내도 동시에 말 등을 박찼다. 그들 열 명의 몸으로 화살이 빗발처럼 날아올랐다.

피피피피피피핑!

새카맣게 하늘을 뒤덮은 화살의 빗속에서 손문의 몸이 비틀리며 정신없이 회전했다. 돌아가는 그의 몸 바깥을 뿌연 도기가 막을 형성하고 같이 돌았다. 부딪치는 화살들은 모두가 조각이 되어 잘리고 튕겨나갔다. 그 몸이 결국은 화살의 비를 뚫고 철혈대의 진중 위로 떨어져 내렸다.

“이야아아아!”

괴성을 지르며 궁수들의 머리 위로 떨어진 손문의 쌍수도가 거친 빛을 뿜으며 좌우를 갈랐다.

스핏! 스퍼억!

육중한 소리와 도기를 뿜어낸 칼끝에서 너댓 명의 몸과 목이 동시에 갈라졌다. 뒤따라 내려서는 아홉 사내들의 손에서 병기들이 바람을 일으켰다.

장창을 휘두르는 자의 손에 두 사람의 가슴이 동시에 뚫렸다. 예도를 휘두르는 자의 손에는 세 사람의 목이 동시에 갈라졌다. 쌍검을 휘두르는 자는 투구 사이의 미간으로 두 사람의 머리를 쪼갰다. 월도를 그어대는 자는 투구부터 갑옷까지 사람을 반 동강 냈다. 편곤을 내려치는 자는 갑옷 속의 쇄골과 어깨뼈를 부수며 날뛰었다. 또한 목을 뚫는 기창과 당파까지도.

철혈대의 진중은 순식간에 아수라장이 되었다. 손문과 아홉 사내의 손에 쓰러지는 철혈대들은 비명을 지를 틈도 없었다. 그저 둔탁한 소리와 피가 튀길 뿐, 야수처럼 날뛰는 열 명의 사내들을 당할 수가 없었다. 궁수들은 활을 버리고 물러나며 검을 뽑았다. 창수들은 진 안쪽으로 돌며 창을 찔렀다. 하지만 그 순간에 바깥에서 북마련도들이 들이닥쳤다.

"모두 죽여라! 한 놈도 남기지 마라!"

손문의 광기 어린 음성은 전염병처럼, 마치 힘을 주는 주문처럼 북마련도들의 귀를 파고들었다. 정말로 그 소리에 주력이 깃든 것처럼, 시뻘게진 눈으로 칼을 휘두르는 북마련도들은 미친 짐승들 같았다.

"산진(散陣)!"

당황스런 눈으로 표범수염분대주가 외쳤다. 명령 소리에 맞춰 철혈대원들은 사방으로 흩어졌다. 말에 탄 궁수와 내린 창검수 모두 사력을 다해 뛰었다. 적들로부터 물러서 반원진을 형성하려는 것이다. 그리고는 다시 활과 창으로 공격을 할 것이다. 하지만 악귀처럼 날뛰는 북마련도들은 거머리처럼 뒤를 쫓았다. 그리고 칼을 휘둘렀다.

"이놈들! 키헤헤헤헤헤!"

손문이 뒤로 물러나는 철혈대원들을 쫓아가며 쌍수도를 휘둘렀다.

씨이잉!

횡으로 그어진 칼 빛이 물러서는 철혈대원들의 허리를 휘감았다.

"크억!"

"으헉!"

찰나간에 넷의 허리가 끊어지며 옆으로 넘어갔다. 악귀처럼 기쁘게 웃는 손문은 계속 달렸다. 제가 죽인 시체들을 건너뛰며 도약한 손문은 놀란 눈으로 검을 그어 올리는 두 사내에게 떨어져 내렸다. 떨어지며 내지른 칼은 두 철혈대원의 검을 옆으로 튕겨내며 어깨를 갈랐다.

타탕!

"크윽!"

"으흑!"

한 사내는 검 잡은 팔이 잘려 나가고, 한 사내는 어깨가 쪼개졌다. 피 터지는 몸을 붙잡고 뒷걸음질하는 그들의 앞으로 손문이 유령처럼 다가들었다. 어느새 칼을 갈무리한 그는 양손을 쭉 뻗어서 두 사내의 가슴에 박았다. 다섯 손가락이 갈퀴처럼 뻗친 모양은 호조수 같았다.

"컥!"

"커헉!"

손문의 손은 정확하게 두 사내의 심장에 박혔다. 갑옷을 뚫고 손목까지 박힌 그 손이 움직이자 두 철혈대원들은 파르르 눈을 까뒤집었다. 벌어진 입에서 피 거품이 흘렀고, 몸뚱이는 주춤주춤 주저앉았다. 손문은 기쁘게 웃었다.

"크하하하하하하!"

웃음과 동시에 손문의 두 손이 사내들의 가슴에서 뽑혀 나왔다. 피를 분수처럼 솟구친 두 철혈대원들은 뒤로 넘어갔다. 사내들의 가슴에 들어갔다 나온 손문의 손에는 벌떡대는 심장이 뜨거운 김을 피워 올렸다. 웃는 얼굴로 심장을 보던 손문은 두 손을 움켜쥐었다.

퍼퍽!

손아귀의 심장이 터지며 핏물이 사방으로 튀었다. 그런데 그 순간 손문의 두 손에 파릇한 빛들이 맴돌았다. 파지직파지직대는 그것들은 작은 번개가 치는 것 같았다. 그 파릇한 번개들이 손문의 팔을 타고 올라 온몸에 퍼졌다. 손문은 경련을 일으키는 사람처럼 몸을 우뚝우뚝 경직했다. 잠시 후, 빛들은 손문의 몸속으로 스며지듯 사라졌다.

몸의 경직이 사라진 손문은 붉게 핏발이 선 눈으로 표범수염사내, 철혈대의 분대주를 돌아다보았다. 얼이 빠진 모습인 분대주사내는 손문에게서 눈을 돌려 사방을 보았다. 모두가 같은 모습이었다. 손문의 뒤를 따르던 아홉 사내도 손문처럼 철혈대원들의 심장을 꺼냈고, 절반밖에 남지 않았던 북마련도들도 미친 듯이 철혈대의 심장을 파헤쳤다.

"어, 어떻게, 이, 이런……!"

검을 잡은 분대주사내는 실감을 하지 못하는 얼굴이었다. 그럴 수밖에 없으리라. 지금 개돼지처럼 도륙당하는 사내들이 누구이던가. 천하의 철무련, 그 선두에 항상 이름이 거론되는 천하 최강의 무인 전투 집단, 철혈대였다. 그들 모두가 심장이 뽑혀져 죽어가고 있는 것이다.

상대가 되질 않았다. 철혈대원과 북마련도의 무기가 부딪치면 철혈대원의 검이 부서졌다. 그 틈을 비집고 달려든 놈들의 손이 가슴에 박혔다. 그리곤 심장이 꺼내지고, 파직대는 푸른 빛이 놈들의 몸에 스며들면 놈들은 더욱 강해졌다. 표범수염사내는 생각했다. 이건 현실이 아니고 꿈이라고. 그것도 지독한 악몽 중의 악몽이라고.

"이봐! 놀랐나?"

갑자기 들린 소리에 분대주사내는 훌떡 고개를 돌렸다. 악귀 같은 웃음을 입에 문 손문이 걸어오고 있었다. 그가 걸어오는 주위로는 악마처럼 달려드는 북마련도들과 그걸 막으려는 철혈대원들의 사투가 풍경치럼 벌어졌다. 한 걸음 한 걸음 다가온 손문은 나지막하게 다시 말했다.

"이젠 네놈 동료들이 어떻게 죽었는지 알겠지? 너희들도 모두 그렇게 될 거야."

손문의 웃음이 더욱 짙어졌다. 표범수염분대주는 입술을 깨물었다. 그리곤 천천히 말에서 내렸다. 손에 든 검을 두 손으로 맞잡은 그는 손문에게 말했다.

"우린 최후의 일인까지 싸운다. 팔이 하나, 다리가 하나 남아도 싸운다. 그리고 상대의 가슴에 검을 박는다!"

손문의 웃음은 더욱 짙어졌다. 하지만 그 순간, 말을 마친 분대주는 손문에게 달려갔다. 갑옷을 걸치지 않은 것처럼 빠른 동작이었다. 움켜 쥔 두 손의 검은 시리게 빛났고, 어금니는 악물렸다. 검은 손문의 머리부터 갈라 내렸다.

슈하아악!

육중한 소리와 함께 손문의 정수리에 검이 내려앉았다. 검은 곧 손문을 두 동강 낼 것 같았다. 하지만 검이 머리통에 찍히는 그 찰나에 손문의 쌍수도가 튀어 올랐다. 횡으로 올려친 칼과 수직으로 내리찍은 검이 머리 바로 위에서 불꽃을 피웠다. 소리도 요란하게 튀었다.

파캉!

부딪친 그대로 두 사람의 몸이 멈췄다. 마치 힘 겨루기를 하듯, 두 손으로 검을 잡은 분대주는 내리눌렀고, 두 손으로 칼을 올려친 손문은 쌍수도를 밀어 올렸다. 꿈틀꿈틀 하는 두 사람의 팔과 어깨 어림이 긴박함을 말해 주었다. 그러다 한순간, 칼끝을 내리며 힘을 흘려 버린 손문이 팽글 돌았다. 돌며 휘두른 그 칼끝이 숙여지는 분대주의 투구 끝을 쳤다.

캉!

투구 끝에 붙은 작은 창날이 부러지며 투구가 날아갔다. 황급히 반대쪽으로 몸을 돌며 신형을 수습한 분대주가 검을 다시 중단에 세웠다.

투구가 벗겨진 분대주사내의 얼굴은 가시 같은 표범수염으로 가득했다. 나이는 사십 초반쯤. 분노로 가득한 눈에서는 불길이 쏟아져 나왔다. 그 얼굴을 보며 손문은 빙긋이 웃음을 물고 비아냥거렸다.

"오호! 생각보다 괜찮은 얼굴인걸? 그러나 어쩐다? 오늘이면 그 얼굴로 세상을 보는 것도 마지막일 테니 말이야. *쯔쯔쯔쯧.*"

표범수염분대주는 뜨겁게 타오르던 눈길을 갈무리하며 차가운 빛으로 만들어갔다. 짧은 순간에 심중을 가라앉힌 그는 손문에게 말했다.

"내 이름은 궁표(宮豹). 철혈대 섬서 지부(陝西支部) 산양 분대장(山陽分隊長). 오늘이 내게 마지막 날이 될지라도, 남은 나의 동료들은 너를 지옥까지 쫓아가 죽일 것이다. 잊지 말아라. 그것이 철혈대다."

웃던 손문의 눈이 꿈틀 요동쳤다. 차갑게 가라앉은 궁표란 분대장의 얼굴을 보던 그의 눈매는 점점 더 일그러졌다. 입꼬리마저 꿈틀꿈틀대던 그는 날이 선 듯한 음성으로 말을 뱉었다.

"좋다! 누구든지 마다하지 않는다! 최후의 한 놈까지 모두 죽여 심장을 갈라주마! 그 시작은 네놈이 될 것이다!"

손문은 두 손으로 칼을 잡고 궁표에게 발을 떼었다. 죽이기 위해서였다. 한데 그 발길을 누군가 잡아 세웠다.

"기다려라!"

고막이 울렁울렁한 소리였다. 고개를 돌려보니 마을의 사당 앞에서 시커멓고 커다란 놈이 걸어나오고 있었다. 마을에 들어서면서 본, 미친 것 같은 늙은이와 함께 서 있던 놈이었다. 놈이 성큼성큼 다가왔다.

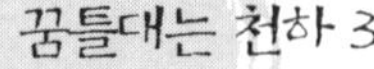

❶

계장수는 손문과 궁표란 사내가 대치한 사이로 걸어갔다. 두 사내의 의아한 시선이 느껴졌다. 걸어가는 앞쪽에는 칼과 검을 서로에게 휘두르는 북마련도와 철혈대원들이 있었다. 때마침 철혈대원의 가슴에 손을 박는 북마련도가 바로 앞을 막았다. 그놈의 머리를 주먹으로 후려쳤다.

퍼억!

놈의 머리가 순식간에 없어졌다. 저만치 주변에서 싸우는 놈들의 몸통으로 피와 골수가 날아가 뿌려졌다. 머리 없이 몸을 부들대는 그놈의 몸통과 얼빠진 눈으로 올려다보는 철혈대원의 몸뚱이를 동시에 발로 걷어찼다.

퍼억!

두 놈의 몸이 꺾어지며 사 장여를 날아가 떨어졌다. 그때까지도 사방은 서로를 죽이기 위해서 정신없는 아수라장이었다. 쳐다보던 손문과 궁표의 눈만이 놀란 빛을 보였을 뿐이었다. 그런 두 사람의 시선 속에서 계장수는 걸음을 멈추지 않았다. 그저 산보하듯 휘적휘적 걸었다.

또다시 앞을 막는 북마련도와 철혈대원들의 사투에 계장수는 미간을 꿈틀 일그러뜨렸다. 곧바로 발끝을 차올리자 떨어진 창이 솟구쳤다. 그걸 손에 들고 계장수는 좌우로 휘둘렀다. 깃발을 흔드는 것 같은 무질서한 휘두름이었다. 하지만 공기를 가르는 힘의 가공함은 소리가 대변했다.

휘우우웅! 휘아아아앙!

퍼버버버버버벅!

"크아악!"

"커허억!"

"케헥!"

북마련도 철혈대원 할 것 없이 계장수의 주위에서 사람들이 날아갔다. 추풍낙엽처럼 날리는 그 몸들은 사투를 벌이는 다른 자들의 머리 위로 떨어지고 그 몸들과 부딪쳤다.

집단 전투의 외중에 작은 소요가 일었다. 날아온 자들의 몸뚱이에 부딪친 북마련도들과 철혈대원들이 계장수에게 시선을 돌렸다. 놀란 모두의 시선과 손문의 무거운 눈빛 뒤에서 아홉의 그림자가 순간적으로 움직였다. 철혈대의 심장을 뽑던 그들은 손문이 구룡이라 부르던 자들이었다.

"이 개자식!"

"죽여!"

"쪼개 버려!"

질풍처럼 달려온 그들은 계장수의 주위를 빙 둘러싸며 악귀처럼 달려들었다. 예도를 든 자는 허공으로 도약하며 칼을 내리찍었다. 쌍검을 든 자는 허리 뒤로 검을 숨기고 달려왔다. 장창과 기창을 든 자들은 좌우 옆구리를 쑤셔 들어왔다. 편곤을 든 자는 가슴으로 곤을 들이밀었다. 그 아래서 상체를 숙이며 하반신을 가르려는 월도의 날은 시퍼렜다. 또한 등판을 찍어오는 낭선과 당파와 협도의 바람은 시큰시큰했다. 모두가 방향은 달랐지만 계장수의 목숨을 취하려는 자들이었다.

계장수는 걷던 걸음 그대로 몸을 돌렸다. 왼쪽으로 돌아가는 그 몸을 따라서 창대가 돌아갔다. 일견 느릿하게 보이는 그 순간에 아홉 개의 무기가 계장수의 몸에 쇄도했다. 하지만 다음 순간 계장수의 몸이 사라졌다. 보이는 건 소용돌이 장막과 그 주변에서 터지는 폭음이었다.

파파파파파파파팡!

장막에 닿은 예도와 편곤, 월도와 쌍검, 장창과 기창, 낭선과 당파와 협도들이 터지며 산산조각으로 날렸다. 회전하는 창대가 만들어낸 것이 분명한 장막은 시커먼 소용돌이였다. 그것이 일순간 확 늘어나듯이 범위가 커졌다. 그 범위 안에 들어간 무기의 주인들은 핏조각이 되어 흩날렸다.

피피피피피피피피이잇!

위에서 떨어지던 예도를 잡은 자의 몸이 맷돌에 갈리는 녹두처럼 피안개로 흩어졌다. 하체로 월도를 들이밀던 자는 팔, 어깨, 머리와 상체가 순식간에 조각나며 땅에 널렸다. 등에 협도와 당파, 낭선을 박으려던 자들은 가로세로 종횡의 혈선이 생기더니 혈괴로 무너졌다. 숨긴 쌍검을 그어 올리던 자는 허리와 목, 다리와 가슴, 배와 어깨까지 산산 조각으로 터져 올랐다. 장창과 기창을 쑤셔 넣던 자들은 횡으로 갈라졌다.

비명도 없었다. 그저 보이는 건 검은 창대의 장막과 그 세력 안에서 흩어지는 구룡의 피 안개가 있을 뿐, 살을 가르는 소리도, 뼈를 부수는 분쇄음도, 피가 터지는 소리도, 아무것도 없이 생명만이 흩어졌다.

어느덧 서로 죽고 죽이던 두 세력 간의 광기 어린 전투는 그쳐 있었다. 지옥의 야차들처럼 서로에게 칼과 검을 쑤셔 박던 두 세력의 무인들은 믿겨지지 않는 꿈같은, 그리고 너무나도 처참한 광경에 넋을 놓고 바라보았다. 그런 모두의 시선 속에서 검은 소용돌이가 천천히 가라앉았다.

탕!

환상처럼 휘돌리던 창이 바닥을 찍으며 멈춰 섰다. 하늘을 향해 솟은 창날엔 피 한 방울 묻어 있지 않았다. 한순간에 아홉 명의 목숨을 앗아간 지옥의 마병 같은, 전율스런 창대를 움켜쥔 계장수는 전방을 노려보았다.

"앞을 막지 마라!"

굵직하고 강한 목소리와 함께 계장수의 걸음은 다시 앞으로 나갔다. 그와 동시에 계장수의 오른손이 앞으로 던져졌다. 손에서 날아간 건 이제까지 회전하며 사람을 죽이던 창이었다.

패에에에엑!

검은 창은 공간을 직선으로 꿰뚫으며 날아갔다. 그저 검은 선을 쭉 그은 것처럼 날아간 창은 손문과 궁표의 사이를 지나갔다. 너무도 가공할 기세와 엄청난 속도에 눈으로 좇은 자는 거의 없었다. 손문과 궁표조차도 자신들이 대치한 사이를 비집고 날아간 것이 창이란 걸 뒤늦게 깨달았다. 하지만 그걸 알았을 땐 또 다른 죽음들이 비명을 질렀다.

퍼퍼퍼퍼퍽!

“컥!”

“크억!”

“케헥!”

손문과 궁표의 사이를 날아간 창은 그 뒤의 북마련도와 철혈대원 다섯을 구멍냈다. 날벼락을 맞듯이 가슴과 등을 일렬로 꿰뚫린 다섯 사내는 피구멍을 터뜨리며 쓰러졌다. 창은 대로 건너편 상점의 문을 부수고 사라졌다. 보고도 믿지 못할 엄청나고도 충격적인 광경이었다.

“이, 이런!”

건너편으로 사라진 창을 보던 독목야차도 손문이 신음 같은 외마디를 뱉었다. 창의 궤적이 스쳐 간 곳에 쓰러진 다섯 사내는 선연한 피를 흘렸다. 모든 게 순간이었다. 그들은 서로 죽고 죽이던 다른 자들의 죽음과 달랐다. 항거할 수 없는 가공할 힘에 순식간에 도살당한 것이다.

손문은 어금니를 물고 고개를 돌렸다.

“넌… 누구냐?”

탁하게 가라앉은 음성이 손문의 입에서 나왔다. 손문처럼 창이 날아간 방향을 보던 철혈대 분대주 궁표도 홀린 듯한 시선을 돌렸다. 두 사람의 시선을 받는 계장수는 일 장여를 남겨두고 걸음을 멈췄다.

“너, 이름이 뭐라고?”

음성마저도 구릿빛으로 들리는 계장수의 질문은 궁표에게였다. 심각한 눈매로 쳐다보는 손문에게는 눈길도 주지 않았다. 물론 누구냐는 질문에 대답할 생각 같은 건 없어 보였다. 그냥 궁표만 쳐다보았다.

의문과 긴장, 생소함으로 계장수를 바라보던 궁표는 천천히 입을 열었다.

"궁표다. 넌 누구냐?"

손문과 똑같은 질문을 궁표는 던졌다. 그럴 수밖에 없으리라. 서로를 몰살시키려고 건곤일척의 승부를 내는 두 집단 간의 전투에 끼어든 계장수는 너무 낯설고 갑작스러웠다. 거기다 한순간에 보여준 살인적인 무위는 진정 놀라웠다. 눈 깜짝할 새에 북마련의 구룡을 포함한 기십 명이 조각난 것이다.

무거운 구릿빛의 시선을 보내고 있는 계장수를 중심으로 두 무리는 천천히 벌어졌다. 혼전을 그치고 각자의 우두머리 뒤쪽으로 모이는 그들의 눈은 한결같았다. 그것은 의문과 긴장이었다. 미친개나 소처럼 광기 어린 눈으로 심장을 꺼내던 북마련도들도 그랬고, 검을 휘둘러 가슴을 보호하기 바빴던 철혈대들도 똑같았다. 그들은 계장수만 봤다.

궁표의 눈에 시선을 맞추고 있던 계장수는 불쑥, 한 발을 더 다가서며 다시 물었다.

"귀도문을 아느냐?"

움찔, 검을 돌린 궁표는 가만히 계장수의 눈을 보다 의문스럽게 되물었다.

"멸문한 문파다. 그걸 왜 묻지?"

"왜 멸문했는데?"

꺼림칙한 눈으로 잠시 더 바라보던 궁표는 어깨와 허리를 꼿꼿이 하며 대답했다.

"귀도문주 계은범은 철무련의 권위에 반기를 들었다. 그건 묵과할 수 없는 일이지. 때문에 십삼 년 전 겨울, 철혈대의 삭주 원정으로 사라졌다."

스스로 대답하는 눈가에 힘이 들어차는 궁표의 얼굴을 계장수는 표정없이 바라보았다. 그러다가 천천히 다시 말했다.

"철무련의 권위에 반기를 들었다고? 그래서 다 죽였단 말이지? 그 선봉에 네놈이 섰고?"

궁표의 눈에 놀람이 스쳤다. 하지만 놀람과 의문은 잠깐, 백절불굴 철혈대의 분대주답게 궁표는 검을 계장수에게 겨누었다. 그리곤 강하게 되물었다.

"네놈은 누구냐!"

두텁고 긴 장검이 목을 겨누었지만 계장수는 표정 하나 변하지 않았다. 그런 계장수가 고개를 돌려 손문을 보았다. 작게 동요하는 그 얼굴에 대고 계장수는 조용하게 말했다. 하지만 누구라도 들을 수 있는 목소리였다.

"역시 내 기억이 맞았어. 난 혹시나 다른 놈인가 했었거든. 한데 투구 안 쓴 얼굴을 보니 저 수염이 확실하게 기억이 나. 저놈은 내가 죽었다 살아난 일곱 살 때 우리 집에 쳐들어왔지. 그리고 내 가족을 모두 죽였어."

담담한 목소리는 손문의 뒤로 선 백여 명의 북마련도들과 궁표의 뒤로 선 이백여 철혈대들의 귀로 또렷하게 파고들었다. 그 소리가 왠지 섬뜩하고 소름 끼치게 들리는 것은 궁표 하나만의 심정은 아니었다.

"너, 너는?"

궁표가 놀란 눈동자를 흔들며 한 걸음을 물러섰다. 손문을 보던 계장수는 궁표에게 시선을 돌리며 짧게 말했다.

"맞아. 귀도문의 마지막 생존자."

그 말이 끝남과 동시에 계장수의 왼손 수도(手刀)가 가슴 앞을 후려 그었다.

팡!

궁표의 검이 반 동강으로 부러지며 날아갔다. 전광석화와 같은 그 순간에 놀란 궁표는 뒤로 물러섰다. 하지만 돌아가는 계장수의 몸에서 오른발이 뒤로부터 휘돌아 나왔다. 수도와 뒤돌려 떠오르는 발뒤꿈치, 모두 순간이었다.

휘우우웅!

빠악!

"크흑!"

궁표가 정신없이 뒷걸음질쳤다. 물러서는 그의 두 팔엔 반 토막의 검이 보이지 않았다. 이미 어디론가 날아간 검보다는 옆으로 꺾어진 두 팔이 더욱 급선무였다. 궁표의 두 팔은 뼈가 튀어나온 채로 꺾어져 버렸다. 계장수의 발이 안면을 강타하려는 순간 검을 그어댔지만 결과는 이거였다.

"분대주!"

"궁 분대주!"

궁표 뒤의 두 철혈대원이 쓰러질 듯한 궁표의 몸을 부축했다. 하지만 그 순간 그들의 턱이 부서졌다.

퍼퍽!

얼음판을 미끄러지듯 죽 다가온 계장수의 두 주먹이 두 사내의 안면을 강타했다. 신음 한마디 못 지르고 두 사내가 부서져 내릴 때 계장수는 궁표의 목줄기를 잡았다.

"커헉!"

비틀거리는 궁표의 몸을 잡아 세우자 주변의 철혈대들이 달려들었다.

"이놈!"

"분대주를 놓아라!"

"죽여 버릴 테다!"

삽시간에 달려드는 철혈대들에게 계장수는 놀고 있는 오른손을 바깥으로 홱 뿌렸다. 꼭 젖은 손을 털어내듯, 움켜쥔 모래를 뿌려 던지듯 간단하고 명쾌한 동작이었다. 하지만 결과는 결코 그렇지 않았다.

푸아앙!

굉렬한 폭음과 함께 계장수의 내둘리는 손끝에서 검은 기운이 터져 나왔다. 기운은 채찍처럼 횡으로 늘어지고 벌어지며 철혈대들의 몸통을 후려갈겼다.

퍼어억!

"억!"

"컥!"

"으헉!"

단발의 신음들 속으로 철혈대원들이 쓰러졌다. 쓰러진 자들은 앞에서 달려들던 이십여 명이나 되었다. 그들의 몸을 때린 건 철령기였다. 거기 맞은 자들이 온전할 리가 없었다. 온통 부서지고 꺾어진 그들에게 계장수는 무감정하게 말을 던졌다.

"너희들은 잠깐 기다려."

그 말이 명령이라도 되는 것처럼, 아니면 주술이 깃든 주문인 것처럼 달려들던 철혈대원들은 주춤주춤 뒤로 몸을 물렸다. 그건 말을 듣는다기보다도, 계장수라는 한 사내가 쏟아내는 기세에 눌린 공포 같은 거였다.

물러서는 철혈대에게서 시선을 돌린 계장수는 궁표의 얼굴을 보고 씨익 웃었다.

"이런 날이 올 줄은 몰랐겠지?"

"커허억, 네, 네가 정녕… 귀도문주의… 아들?"

"그래. 살아남았지."

"커흐윽, 전쟁만… 아니었다면… 컥, 네놈은 살아남지… 못했을… 커헉!"

갑자기 손끝에 들어간 힘을 서서히 빼며 계장수는 궁표의 눈을 보았다. 흔들리는 그 눈동자에 깊고 무거운 시선을 박고 나직하게 말했다.

"맞아. 네놈이 소홀히 한 덕에 살았지. 철혈대는 삭초제근 발본색원이 근본 교육인데, 너 같은 놈이 어찌 분대주까지 되었는지 모르겠구나."

고통으로 일그러지던 궁표의 눈에 의문의 빛깔이 확 피어올랐다.

"너, 넌 도대체 누구냐?"

계장수는 싸늘하게 웃으며 오른손을 들었다.

"그런 건 저승에 가서 네가 죽인 사람들에게 물어보렴."

커다란 주먹은 궁표의 복부를 올려쳤다.

퍼억!

"컥!"

모가지를 잡힌 궁표는 발끝을 펄쩍 들어 올리며 입으로 피를 터뜨렸다. 주먹을 뗀 계장수는 가슴에 두 번의 주먹질을 더 안겼다.

퍼퍽!

"쿠억!"

갑옷이 움푹 들어가며 궁표의 가슴이 함몰됐다. 입과 코, 귀로까지 피가 터지고, 눈동자는 하얗게 까뒤집혔다. 그런 자의 두 다리를 걸어찼다.

뻐걱!

왼 무릎이 꺾어져 버린 궁표는 뒤집힌 눈으로 몸을 부들댔다. 학질 걸린 사람처럼 떨어대는 그 얼굴에 계장수는 조용하고 강직하게 말했다.

"곧 네가 봐야 할 사람들을 만날 수 있을 게다."

계장수는 궁표의 목을 잡았던 왼손을 놨다. 옷자락처럼 스르르 쓰러지는 궁표의 머리를 오른손 권륜(拳輪:매주먹)으로 내리찍었다.

후이잉!

퍼억!

궁표의 머리가 수박처럼 부서져 흩어졌다. 고요한 순간이었다. 집단 살육이 있었던 장소답지 않게 정적이 휩쓰는 찰나였다. 궁표의 몸뚱이가 땅바닥에 떨어지는 소리는 그래서 더욱 크고 요란하게 느껴졌다.

털썩.

쓰러져 몇 번의 꿈틀거림을 보이던 궁표의 몸이 잦아들자 계장수는 작은 소리로 중얼댔다. 바람결에 흩어지는 아주 작은 소리였다.

"먼저 가서 기다려라. 나도… 때가 되면 만날 게다."

흩어지는 말을 던지고 계장수는 돌아섰다. 돌아선 계장수의 시선은 다시 무쇠처럼 굳어진 채로 손문을 보았다. 경련처럼 눈가를 꿈틀대던 손문은 쌍수도를 계장수에게 겨누었다. 죽기 전의 궁표와 같은 몸짓이었다.

무겁게 바라보는 계장수의 시선 속에서 사방은 침묵 그 자체였다. 안개는 어느새 말끔히 걷혀 햇빛이 내리비쳤고 살인자들의 침 삼키는 소리만이 간헐적으로 들렸다. 북마련, 철혈대 모두 움직이는 자는 아무도 없었다.

"위, 원하는 게 뭐냐?"

처음으로 손문이 입을 열었다. 말을 하면서도 그는 뭔가 크게 잘못되었다고 생각했다. 상대는 하나고 자신들은 백여 명이 넘었다. 또한 비공을 익혀 철혈대마저도 궤멸시켜 버린 새로운 북마련인 것이다. 그런 자신들이 한 사내에게, 아니, 중원을 손에 넣겠다는 북마련 삼수장 중의 하나인 자신이 저런 이름 모를 애송이에게 겁을 집어먹은 상황인 것이다.

"네놈의 정체를 밝혀라! 아니면 사지를 보존치 못하리라!"

손문은 버럭 고함을 질렀다. 하지만 상대의 비릿한 웃음에서 바로 깨달았다. 자신의 목소리가 공허한 허장성세에 불과함을, 그저 마음의 공포를 벗어보려는 허무한 외침에 불과함을 바로 알 수 있었다. 다른 모두도 그랬다.

"내가 누군지는 먼저 죽은 놈한테 말했다. 이젠 네가 말할 차례야."

담담한 계장수의 목소리에 손문은 미간에 골을 그렸다. 계장수는 바로 물었다.

"네놈들이 심장을 뽑아내는 수법. 그건 어디서 배웠지? 그건 분명 사람의 정기를 빨아들이는 사공이다. 그걸 어디서 배웠는지 말해라."

듣고 있던 손문의 미간은 더욱더 골이 깊어졌다. 잔뜩 구겨진 눈매로 계장수를 보던 그는 일그러진 입술을 열어 대답했다.

"내가, 아니, 우리가 그런 대답을 해줄 이유가 있나?"

계장수는 빙긋 웃었다.

"그래? 대답하기 싫으면 말려무나. 어차피 여기 있는 네놈들 모두 단 한 놈도 살려 보내지 않을 거다. 궁금한 건 네 형제 놈들에게 물어

보지."

담벼락 밑의 잡초를 뽑겠다는 말처럼 간단하게 나오는 계장수의 살인 통첩에 북마련은 물론 철혈대들도 모두 소요를 보였다. 그 속에서 손문은 칼을 두 손으로 내밀고 음산하게 말했다. 결의가 맺힌 음성이었다.

"누가 죽든 죽긴 죽어야겠구나!"

계장수의 웃음이 더욱 짙어지는 걸 본 손문은 칼을 그어 올리며 뛰쳐나왔다.

"하앗!"

그것이 신호가 되어 북마련도들은 손문의 뒤를 따라 돌격했다. 같은 순간 사태의 추이를 살피며 기다리던 철혈대에서도 누군가 소리쳤다.

"병진(竝陣)!"

철혈대들은 횡렬로 늘어서며 신속하게 진영을 갖췄다. 방패를 든 창수들이 앞에 섰고 검수들이 그 뒤를 섰다. 궁수들은 화살을 재우고 삼렬로 섰다. 분대주가 죽었지만 다른 선임자가 명령을 내린 것이다. 철혈대다운 신속하고도 명확한 진영 체계였다.

앞에서 달려들고 뒤에서 진영을 갖추는 두 집단의 사이에서 계장수는 앞으로 마주쳐 나갔다. 한 걸음을 내미는 순간, 이미 손문의 쌍수도는 목젖을 그어오는 중이었다. 시린 그 칼날에 몸을 들이밀며 앞발을 쭉 내디뎠다.

피이잇!

숙여진 머리 위로 지나가는 칼날의 궤적이 느껴졌다. 눈앞엔 손문의 열린 가슴이 보이고 당황하는 핏발 선 눈매가 보였다. 두 주먹을 주저 없이 앞으로 내질렀다.

파팡!

손문의 좌우 늑골이 움푹 들어갔다. 입에선 피가 뿜어졌다. 그 몸통에 어깨를 들이받았다.

파앙!

손문의 몸이 뒤로 당겨진 것처럼 날아가며 북마련도들 사이로 떨어졌다. 제 두목의 뒤를 따라 달려나오던 북마련도들은 순간 전진을 멈췄다. 바로 그 순간에 계장수는 등에 멘 귀신도를 잡아 뽑았다. 그리곤 횡으로 몸을 한 바퀴 돌리며 칼을 그었다.

부아아아아아아아!

공기가 찢어지는 듣기 거북한 소리가 들리기도 전에, 시커멓고 가공할 검은 도강이 파도처럼 밀려 나갔다. 검은 칼끝에서 시작한 파도는 사람의 허리 높이로 확산되며 북마련도들을 덮쳤다. 그리고 지옥이 벌어졌다.

서 있는 모두가 쪼개졌다. 마치 짚단이 베어 넘어지듯, 허리와 팔과 가슴, 목과 어깨와 다리, 북마련도들은 생선처럼 갈라지며 삽시간에 넘어갔다. 비명 지를 틈이 있는 자는 아무도 없었다. 꼭 무의 허리를 쌍둥 잘라낸 것처럼 앞선 오십여 명의 북마련도들은 일시에 베어졌다.

씨이이이이이잉!

계장수의 몸이 또 한 번을 돌았다. 검은 파도는 다시 한 번 물결을 터뜨렸고, 앞선 자들의 쪼개짐으로 목숨을 연장했던 뒷사람들의 몸이 낙엽처럼 흩날렸다. 그들의 잘라진 몸뚱이들이 먼저 갈라진 자들의 몸 위로 떨어져 내렸다. 말로도 표현 못하고 보고도 눈을 감지 못할 충격이었다.

한순간에 인간 도살장으로 변해 버린 장내에는 벌레 움직이는 소리도 들리지 않았다. 얼음 같은 정적이 흘렀다. 그 정적을 깬 것은 누군가의 기침 소리였다.

"쿨럭!"

피를 토하는 손문이 상체를 꿈틀대며 일으켰다. 버르적대는 몸으로 제 뒤를 돌아본 손문은 악귀처럼 얼굴을 일그러뜨렸다. 지옥, 말 그대로 지옥이었다. 나가떨어진 자신의 몸을 받아 같이 쓰러진 몇몇을 제외하곤 살아남은 자가 없었다. 백여 명의 수하들이 한순간에 장작처럼 쪼개져 버린 것이다.

분노보다도 공포가 앞섰다. 살아남은 몇몇의 수하들도 그렇기는 마찬가지였다. 그들의 눈에도 경악만이 맴돌 뿐이었다. 진영을 갖추고 대비하던 철혈대도 놀라기는 매한가지였다. 단 한순간에 벌어진 경악스러운 참상은 그들의 입을 얼어붙게 만들었다. 이것은 말 그대로 지옥이었다.

"쿠헉! 어떻게… 어, 어떻게 이럴 수가!"

부서진 가슴과 늑골을 움켜쥐며 손문은 계장수를 보았다. 그의 눈엔 일순간에 몰살당한 수하들의 죽음이 지옥처럼 떠올라 있었다. 하지만 바로 하루 전에 벌어졌던 마을의 참상은 잊은 눈길이었다. 자신과 자신의 수하들에 의해서 벌어진 목불인견의 지옥도를 망각한 얼굴이었다.

고통과 공포로 부들대는 손문을 무심하게 내려다보던 계장수는 차갑게 입을 열었다.

"다시 묻겠다. 네놈과 네놈 부하들이 마을 사람들과 철혈대 놈들의 심장을 뽑아내던 그 수법. 인간의 정기를 취하는 그 마공을 어디서 습득했는지 말해라. 이제라도 말하면 편하게 죽여주마."

손문은 계장수를 바라보다 그 뒤에 횡으로 진영을 갖춘 철혈대를 보았다. 그 눈에 떠오른 것은 철혈대의 최후에 대한 궁금증 같았다. 모두 다 죽이겠다고 했으니 철혈대도 무사할 리가 없다. 하지만 단 한 사내에 의해서 천하의 철혈대와 북마련이 전멸을 당하고, 또 그것을 걱정해야 하는 상황이 꿈만 같은 그런 눈길이었다. 그리고 그건 동요하고 있는 철혈대도 똑같아 보였다.

"말 안 할 모양이구나."

냉정하게 뇌까린 계장수는 손문에게 저벅저벅 걸어갔다. 다가오는 그 걸음에 놀라 손문의 곁에서 수하들이 후다닥 물러났다. 그런 움직임과 등 뒤의 철혈대도 무시한 채 계장수는 손문의 발 앞에 우뚝 섰다.

부들거리는 손문의 눈을 내려다보며 계장수는 나직하게 말을 건넸다.

"괜찮아. 죽음은 잠깐이야. 어차피 여기 있는 놈들 모두 네 뒤를 따르게 된다."

혼자 죽는 게 아니라 모두 죽여줄 테니 심심하지 않을 거다라는 말과 똑같았다. 그 말을 내뱉고 계장수는 손을 스윽 내밀었다. 그 손짓에 따라 바닥에 쓰러져 있던 손문의 몸이 둥실 떠올랐다. 그리곤 모가지가 손에 잡혔다.

"커헉!"

죽기 전의 궁표와 똑같은 모양이었다. 고통스럽게 얼굴을 찡그린 손문은 무심하게 들리는 계장수의 칼 쥔 손을 보며 다급하게 말을 꺼냈다.

"컥! 자, 잠깐!"

계장수의 손이 멈췄다.

“말하리다! 말하겠소!”

모가지를 잡은 손엔 힘이 살짝 빠졌다. 손문은 다급하게 말을 몰아냈다.

“유령문! 유령문이라고 했소! 철무련에게 멸문당한 그곳의 소문주라는 놈이 일신을 의탁해 왔소! 십삼 년 전이오! 쿨럭! 그놈이 자신들의 비기라며 내놓은 기공이오! 사공인 줄은 알았지만 공력을 증강시키는 탓에 버리지 못했소! 쿨럭! 제발! 용서해 주시오! 쿨럭! 쿨럭!”

밭은기침을 핏물과 같이 쏟으면서 손문은 용서를 구했다. 하지만 바라보는 계장수는 한 치의 표정 변화도 없이 굵은 음성으로 다시 물었다.

“그놈은 지금 어디 있나?”

떨리는 눈동자를 굴리던 손문은 조심스럽게 대답했다.

“본 련의 주력과 같이… 하남(河南) 정주(鄭州)에 있소이다.”

“하남 정주? 네놈들 나머지가 거기 다 있단 말이냐?”

“그렇소. 발해만으로 나와 황하를 타고 화산으로 가는 도중이었소. 쿠훅, 무림맹 창건에 화산 장문인으로부터 초청을 받았소. 내가 선발대요. 커흑.”

“선발대? 선발대로 온 놈이 소금을 약탈하는 걸 보면, 정주에 있는 놈들도 다른 걸 강도질하겠구나?”

계장수의 눈길을 외면하던 손문은 작은 목소리로 다시 대답했다.

“정주 인근의… 차(茶)밭을 노리고 있소이다.”

사그러지는 손문의 목소리를 듣던 계장수는 차갑게 미소 지으며 손을 틀어쥐었다.

“커헉!”

"소금과 차라, 돈이 되는 걸 모두 노렸구만. 그 두 가지면 중원에 뿌리내리는 데 아무 지장 없겠는걸?"

고통스러워하는 손문의 모가지를 더욱 거세게 쥐어 잡으며 계장수는 미간에 힘을 주었다. 그리고 피 흘리는 손문의 귀에 입을 갖다 대고 나직하게 속삭였다.

"이제 약속대로 죽여주마."

손문의 눈이 부릅떠졌다. 하지만 계장수는 손문의 모가지 잡은 손을 번쩍 들어 거칠게 뒤로 던져 버렸다.

휘이이익.

베개가 던져지듯이 손문의 몸뚱이가 뒤로 날아갔다. 날아간 그 몸이 내려앉은 곳은 철혈대의 횡렬 한가운데, 방패들이 막을 친 곳이었다.

쾅!

"커흑!"

횡렬의 방패진이 무너지고 손문은 바닥에 내팽개쳐졌다. 뜻하지 않은 상황에 놀라 동요하는 철혈대를 향해서 계장수는 커다란 소리로 외쳤다.

"이제 너희들이 죽을 차례다! 도망갈 놈은 도망가라! 지금밖에 기회는 없다!"

소리친 계장수는 귀신도를 돌려 돌 바닥에 박았다.

콰악!

화강암을 간 바닥이 쪼개지며 수없이 균열했다. 두 손의 주먹을 떨치듯이 활짝 펼치자 시커먼 기류가 어리기 시작했다. 그 손에 바닥의 조각난 돌조각들이 달라붙었다. 꼭 벌 떼가 꿀통에 달라붙듯이, 순식간에 두 손과 팔의 하박과 상박에까지 돌조각은 수도 없이 달라붙었다.

그 두 손을 머리 위에서 십자로 올린 계장수는 철혈대를 무섭게 노려보았다. 짧은 시선의 시간이 지난 후, 양손을 바깥으로 뿌렸다.

후아아아앙!

폭풍. 이번엔 폭풍이었다. 밖으로 뿌려지는 두 팔에서 시작된 폭풍은 횡렬로 늘어선 철혈대의 전체를 휩쓸며 지나갔다. 그 중간에 서 있는 모든 것들이 구멍나며 터져 나갔다. 보이는 공간 전체가 벌집이 되어버렸다. 그 속에서 전부 흩어졌다. 사람, 창, 방패, 말, 검, 전차… 모든 것이 전부.

투투투투투투투투투투!

안개는 이미 걷혔지만, 자욱한 피 안개가 폭풍의 잔해로 떠올랐다. 붉은 그 연무의 아래로 성한 모습을 남긴 것은 아무것도 없었다. 사람의 형체를 남긴 것도 없었고, 이전의 모습을 간직한 것도 하나도 없었다. 이백여의 철혈대는 물론, 살려달라고 애걸하던 독목야차도, 손문도 피 벌집으로 변했다.

장내엔 피비린내만이 진동했다. 암왕의 절기인 만폭비영을 시전해 일수에 철혈대를 몰살시킨 계장수는 천천히 귀신도를 잡아 뽑았다. 땅에 박았던 칼을 다시 드는 그의 얼굴엔 무거운 침묵만이 있을 뿐, 다른 여타의 감정은 보이지 않았다. 그런 그가 되돌며 칼을 다시 휘둘렀다.

피이잇!

허공을 긋는 검은 도기 속에서 몇 개의 목이 다시 떠올랐다. 자신이 죽는 것도 알지 못한 채, 부릅뜬 눈으로 철혈대의 몰살을 보던 북마련의 생존자들이었다. 그들마저도 단 한 수의 칼질에 모두 목이 잘렸다.

역겨운 피비린내 속에 홀로 남은 자는 계장수 하나밖에 없었다. 강바람이 저 멀리로부터 불어와 피 냄새는 어디론가 날려갔다. 하지만 자욱한 붉은 피는 거리의 중앙을 점점 더 넓게 적셔갔다. 그 속에서 계장수는 칼을 도갑 속에 갈무리했다.

천천히 사당 쪽으로 돌아서는 계장수의 눈으로 풍오자와 임홍빈이 보였다. 둘의 입에서는 똑같이 떨리는 음성이 흘러나왔다.

"원시천존! 원시천존!"

"원시천존! 어찌 이런 일이!"

두 사람을 보던 계장수는 조금씩 더 뜨거워지는 태양을 보며 혼잣말을 중얼댔다.

"지옥은 피할 수 없겠지. 어차피 한번 스쳐 온 곳이니까."

걸음을 옮기기 시작한 계장수의 등 뒤로 태양은 뜨거운 빛을 내리부었다.

❷

무림맹 창건이 하남의 허창(許昌)에서 열린다는 소문은 정주로 가는 여정에 들려왔다. 원래의 개최지였던 화산에 일이 생겼다는 소문도 같이 돌았다. 화산이 쉬쉬하고 있지만, 장문인 풍열자가 회복 불능의 상태로 개처럼 맞았다는 소문이었다. 그 때문에 무림맹 창건을 주도하던 화산이 초상집이 되었다는 얘기였다.

장안 천주상가가 문을 닫아걸었다는 소문도 꼬리를 물었다. 두 사건은 같은 맥락에 있으며 일을 벌인 장본인은 하나라는 얘기였다. 그 범인을 쫓기 위해 화산이 추적대를 조직했다는 얘기와 무림맹 창건에 소림과 무당이 나섰다는 얘기가 길마다 파다했다. 하지만 정작 소문의 주인공은 길을 가기에 바쁜 날들이었다.

계장수 일행은 단봉을 떠나 배를 타고 길을 걷고 닷새 만에 허창에 도달했다. 원래의 목적지인 정주로 가지 않은 건 무림맹 얘기 때문이었다. 정주의 목표물인 북마련 놈들이 허창으로 내려온단 말을 듣고서였다. 그놈들 때문에 허창에 모인 무인들 역시 의견이 분분하였다.

"이게 말이 되는 소리야? 그런 도적놈들을 무림맹에 끌어들이다니? 도대체 그게 어느 대가리에서 나온 발상이냔 말야?"

간이 다관의 차일이 펄럭거리도록 삼십대의 사내 하나가 떠들었다.

"맞아. 미치치 않고서야 초원의 강도놈들을 초청할 까닭이 없지. 그놈들이 정주에서 또 강도 짓을 했다잖아. 차밭 주인들과 조합 상인들을 협박해서 헐값에 사들였대지? 정주 인근 차밭이면 황하 이남에서 장강 이북까지 전부라구. 그런 놈들이 공공연하게 무림맹에 초청받았다고 천지사방에 떠들고 다닌다니. 이것 참, 세상이 어찌 돌아가는 건지 원."

마주 앉은 다른 사내가 맞장구를 쳤다. 옆에 앉은 또 다른 사내는 심각하게 말을 꺼냈다.

"사긴 뭘 사? 돈은 나중에 준다고 하고 아예 뺏었다는구만. 그놈들이 철무련도 갈라지고 세상이 어지러우니 옳다구나 하고 내려온 게야. 북쪽에선 여진족들의 기세가 강성해 못살겠으니 도망 온 게지. 도처에선 민란이 끊이지 않고 외적들의 발호가 심상치 않은데 조정에선 당쟁만을 일삼고 있으니. 대관절 이 땅이 어찌 되려고 이러한가."

자못 심각한 세평을 늘어놓는 사내의 말에 맨 처음 말을 꺼냈던 사내가 다시 말했다.

"관의 힘이 다해서 관병들조차 도적에 매한가지인데 말해 무엇 하나? 그마나 도적놈들 같은 관병들조차도 지리멸렬하여 세가 다해가니 이제 이 나라는 망할 때가 온 것이야. 아마도 천지의 기운이 다한 듯싶어.”

허창 성내의 시전(市廛) 옆으로 탁자와 의자를 내놓은 간이 다관은 사람들로 빈자리가 없었다. 또한 한숨 쉬는 세 사내들처럼 저마다 시절과 무림맹에 대한 이야기로 입들을 쉬지 않았다. 그 한쪽 구석자리에 앉은 세 사람, 계장수 일행만이 말없이 차만 마셨다.

찻잔을 내려놓은 계장수는 풍오자와 임홍빈을 봤다. 지난 닷새 동안 세 사람이 나눈 대화는 많아도 열 마디를 넘기지 않았을 것이다. 가라앉은 세 사람의 어색한 분위기는 그 원인이 계장수 자신이었다. 북마련과 철혈대의 몰살. 삼백여 명의 목숨들을 한순간에 몰살시켜 버린 계장수를 인간으로 보기 힘든 것이다. 그 가공할 무력은 둘째 치고라도 인간의 탈을 쓰곤 차마 저지를 수 없는 그 참혹함에 진저리가 나는 것이다.

커다랗고 검은 손으로 찻잔을 만지던 계장수는 불쑥 두 사람에게 말했다.

“이젠 정말 각자 할 일을 합시다. 난 해야 할 일도 있고 두 사람과 어울릴 처지가 못 되오. 이쯤에서 헤어지는 게 서로에게 좋을 듯싶소.”

찻물을 들이키던 임홍빈이 동그란 눈으로 쳐다봤고 주변을 쓸데없이 힐긋대던 풍오자가 시선을 돌렸다. 그렇게 잠시 세 사람의 눈이 마주쳤다. 그리고 풍오자가 말했다.

“물어볼 엄두가 안 나서 묻지 못했다만, 너 도대체 누구냐? 그날 네가 철혈대를 몰살시킨 그것은… 내 견문으로 추측컨대 암왕의 만폭비영이다. 그렇지 않으냐?”

임홍빈의 눈은 더 동그래졌다. 암왕. 삼백 년 전의 전설인 무림육왕 중의 하나다. 그 이름이 풍오자의 입에서 거론된 것이다. 그렇다면 계장수는 도왕의 후손이면서 암왕의 절기를 습득했단 얘기가 되었다.

"아, 암왕이라구요?"

놀라서 되묻는 임홍빈을 무시한 채 풍오자는 계장수만 봤다. 계장수는 순순히 대답했다.

"맞소. 암왕의 절기요."

"그러니까 네놈 정체가 뭐냔 말이다."

"정체랄 것도 없소. 도장께 말한 그대로요."

"가문과 아비의 복수를 하려는 몰락한 귀도문의 후손이라고?"

"난 거짓을 말하지 않았소."

풍오자의 눈은 가늘어지며 계장수의 굵은 눈매 속을 바라보았다.

"네놈은… 뭔가가 더 있어."

나지막하게 나오는 풍오자의 음성은 강한 확신에 차 있었다. 그 음성을 계장수의 목소리가 잘랐다.

"그게 뭐든 더 이상 상관하지 마시오. 보았다시피 난 희대의 살인귀요. 복수를 위해서라면 지옥불도 마다하지 않을 것이오. 수백의 목숨쯤, 내게는 마소의 목을 따는 것과 다르지 않소. 그대들과는 다르오. 그러니 더 이상 내게 기대할 것들을 버리고 각자의 길을 갑시다."

날카롭게 각이 선 음성이었다. 가만히 바라다보던 풍오자는 찻물을 훌쩍 들이키고는 다시 입을 열었다.

"철혈대는 원수라 그렇다치고 북마련은? 그놈들은 왜 그렇게 죽인 거지? 또 그놈들의 본진을 쫓아서 여기 온 게 아니냐? 네가 쫓는 게 그놈들이 사람들을 참혹하게 죽이던 그 마공을 준 자, 그자가 아니냐?"

임홍빈이 풍오자의 가늘어진 눈과 계장수의 굵직한 눈을 번갈아 보았다. 그 순간 계장수가 대답을 꺼냈다.

"맞소. 사람을 도살하는 주제에 이런 말이 우습게 들릴지는 모르겠으나, 단봉에서 보았다시피 놈들은 마공을 습득해 사람들을 해쳤소. 다른 사람을 죽여 그 정기를 빨아먹는 거요. 놈들은 살아 있는 한 계속 그럴 것이오. 난 정의나 도의 따위는 모르오. 하지만 그런 놈들은 살려 둘 수 없소."

말을 그치며 풍오자를 직시하던 계장수는 다시 말을 꺼냈다. 이번엔 질문이었다.

"그러나 내게도 의문은 있소. 도장은 천기와 세상의 도의를 얘기하면서 나와 손을 맞추자지만 나는 화산의 원수나 다름없소. 그런 내게 진실로 원하는 게 뭐요? 또한 이자도 마찬가지요. 순식간에 전대 마두와 짐승들을 초토화시키는 이상한 거울을 가진 자요. 그런 자가 내게 들러붙었소. 뭔가 노리는 게 있지 않는 이상 그럴 이유가 없다고 나는 생각하오."

풍오자와 임홍빈은 서로를 돌아봤다. 눈만 껌뻑대는 임홍빈과 달리 풍오자는 많은 생각이 엿보이는 눈빛을 일렁였다. 그러다가 입을 벌렸다.

"좋다. 말하지. 사실은 적염호귀 한 놈이 아니다."

순간, 계장수의 눈빛이 굵어졌다. 옆에 앉은 임홍빈은 무슨 생각을 하는지 알 수 없는 눈이었다. 풍오자는 계속 말했다.

"놈이 잡히던 그 옛날, 놈처럼 암흑마궁의 경서 몇 줄을 얻은 자들이 또 있었다. 모두 세 놈인데, 그놈들도 모두 잡혔다. 소림삼신승(少林三神僧)들과 천기자 어른, 백봉 도장이 함께 손을 쓴 덕분이지. 그놈들은 모두 소림의 회심동(悔心洞)에 갇혔다. 하지만 천기를 짚어본 바에 의하면, 모두 금제(禁制)가 풀렸다. 아니, 그렇게 됐을 거다."

풍오자의 대답을 듣던 계장수는 바로 되물었다.

"그러한 일이 왜 알려지지 않았소? 그리고 왜 적염호귀란 자만 화산에 따로 잡힌 것이오?"

표시 나게 달라진 계장수의 눈을 보던 풍오자는 작은 숨소리처럼 다시 말을 꺼냈다.

"사실은… 모두 내부인들이었다. 소림과 무당과 화산, 세 문파의 후기지수들에게 암흑마궁의 경서가 전해졌다. 그들은 호기심에 그걸 보았지."

"익혔단 말이오?"

바로 되묻는 계장수의 검은 얼굴을 슬며시 올려다본 풍오자는 다시 찻잔으로 시선을 내리며 한숨처럼 말했다.

"그래, 익혔지. 무리(武理)에 목마른 그들에게 암흑경서의 단편들은 갈증을 해갈하는 샘물과도 같았던 거야. 하지만 그들이 남몰래 사람을 해치고 정(精)을 취하는 행위를 알았을 땐 이미 너무 늦었었지."

"다 도망갔나요? 잡았다면서요?"

바짝 얼굴을 들이밀고 임홍빈이 물었다. 풍오자는 미간을 찡그리며 힐끔 보다가 대답했다.

"적염호귀 놈처럼 그들을 죽일 수가 없었지. 이미 금강불과나 같아서 죽일 방법이 없었어. 육왕의 무공이나 그와 같은 경지에 있는 자가 아니고선 그들의 목숨을 취할 수가 없었던 거지. 그래서 결국은……."

"결국은?"

호기심으로 반짝대는 임홍빈의 거듭된 물음이었다. 풍오자의 주먹이 순간적으로 움찔댄 건 계장수만 보았다. 하지만 풍오자는 눈썹을 부르르 떨며 화를 눌러 삼키듯이 다시 말했다.

"결국은 그들 셋 모두… 제 사부와 가문의 어른들에게 붙잡혀 소림의 비동에 갇혔다. 그들이 나올 수 없도록 온갖 결계와 방법을 다 동원했던 게야. 하지만 그것이 팔 년 전 그날 파괴된 것이 확실해. 마른 벼락이 치던 그날 말이야. 천도의 변화는 그들을 말하는 게 틀림없다."

풍오자는 빈 찻잔에 찻주전자를 부어 찻물을 따랐다. 그리곤 목마른 사람처럼 거푸 마셨다.

의미 깊은 눈으로 풍오자를 보던 계장수는 자신의 의문을 물었다.

"그들은 백수십 년 전의 인물들인데 아직도 살아 있단 말이오? 또 그렇다고 해도 그들이 금제를 풀고 탈출했다면 소림도 알고 있을 게 아니오?"

의혹 어린 계장수의 눈을 마주 본 풍오자는 고개를 작게 가로저으며 대답했다.

"적염호귀도 살았다. 더군다나 그들은 미치지도 않았어. 셋 모두 각 문파의 가장 촉망받는 후기지수였다. 그런 자들이 마공을 익혔다. 내가 본 천기에 의하면 그들은 살았을 뿐 아니라 더욱더 강해졌어. 소림은 아마도 모를 거다. 나 역시 천기자 어른이 남긴 유훈을 보기 전까진 알지 못했다. 화산과 무당과 소림은, 묻어버릴려고 했던 거야."

"그럼 적염호귀란 자는 어찌 된 거요? 낭인이라고 하지 않았소? 그 자는 무슨 상관이오?"

"그자의 본래 이름은 백리추(白鯉追)로… 혼자만의 무도를 닦는 자였다. 무리가 단단하고 세간의 명성이 있어 세 문파의 후기지수들과 친분이 있었지. 내 생각엔 그들로부터 흘러간 것이 아닌가 생각한다."

찻물을 한 번 더 들이킨 풍오자는 계장수와 시선을 맞추며 다시 말을 이었다.

"그자가 뒤늦게 말썽을 일으킨 거지. 소림에서 돌아오는 길이었던 천기자 어른과 백봉 도장은 서둘러 그자를 붙잡은 거다. 그리고 알고 있는 것처럼 화산의 땅 밑에 가뒀지. 하지만 그자가 저지른 악행에 대한 소문은 이미 퍼진 후였어."

"그렇다면 마공을 전한 자는 누구입니까? 의도적인 것이 분명한데, 배후를 밝혔습니까?"

다시 나온 계장수의 질문에 임홍빈은 시선을 풍오자에게로 옮겼다. 멀뚱한 그 눈과 계장수의 묵직한 눈을 보던 풍오자는 고개를 저었다.

"밝히지 못했다. 분명 누군가에 의해 의도적으로 벌어진 일이란 것만 추측할 뿐, 누가 무슨 의도로 그런 짓을 벌인 것인지는 알지 못했지. 다만, 잊혀져 가는 암흑마궁의 일에 연루된 자파의 소문이 두려웠겠지. 그래서 모든 문제를 일체 함구하고 서둘러 묻어버린 게지."

"그럼에도 결국은 이렇게 드러나지 않았소? 시간이 흘렀을 뿐."

차갑게까지 여겨지는 계장수의 음성을 들으며 풍오자는 고개를 끄덕였다.

"맞아, 그걸 예견하셨는지 천기자 어른은 한 장의 기록을 남겼지. 장경각에서 찾아낸 그 기록은 후일의 염려로 가득했어. 기록엔 봉인된 자들의 파옥은 물론이고, 장차 닥쳐올 겁난에 대한 대강의 말씀이 계셨지. 마지막에 천기를 보신 게야. 또한 거울을 든 아이와 검은 칼을 든 장수의 이야기를 언급하셨지. 그 인연만이 유일한 희망이라 하셨다."

미간에 선이 생기는 계장수의 눈에서 시선을 옮긴 풍오자는 임홍빈을 바라보았다. 멀뚱거리며 눈동자를 굴리던 임홍빈은 천천히 시선을 탁자로 내렸다.

"난 저 친구에게 들러붙은 게 맞아요."

풍오자도, 계장수도, 눈매를 좁히고 임홍빈을 봤다.

"궁금한 게 많을 테지요. 내가 적염호귀를 알아본 일도 그렇고, 무극 조화신경을 지닌 것도 그렇고, 화산에 나타난 것도 그렇고. 사실 뭐……."

하려던 말을 끊고 풍오자처럼 찻물을 마신 임홍빈은 덤덤한 목소리로 말을 이었다.

"난 천기 같은 건 볼 줄 몰라요. 할 줄 아는 건 부적 만들고, 경을 읊고, 거울의 힘을 부리는 정도지요. 다 사부님한테 배운 것들이에요."

"전부터 물어보고 싶었다만, 네 사부란 사람은 누구냐?"

궁금스럽게 묻는 풍오자의 눈에서 계장수의 눈으로 시선을 돌린 임홍빈은 다시 차일 밖의 거리로 눈길을 돌렸다. 왠지 모르게 아득한 눈빛이었다.

"사부님은… 무명자(無名子)라는 분이세요."

"뭐, 뭣이! 무, 무명자?"

놀라는 풍오자에게 계장수의 시선이 돌아갔다.

"적염호귀 놈을 잡던 그날, 밤하늘의 흉성(凶星)을 쫓아온 젊은 도사가 있었다고 했다! 사문을 청성으로 밝힌 그 도사의 도호가 무명이라고 천기자 어른이 기록했다! 네가 그 도사의 후대더란 말이냐? 그렇단 말이지?"

다그치듯 큰 소리로 묻는 풍오자의 얼굴엔 시선도 주지 않으면서 임홍빈은 고개를 끄덕였다.

"맞아요. 그날 사부님은 천기자 어르신과 백봉 도장과의 짧은 만남

이후 계속 세상을 떠도셨어요. 물론 적염호귀를 쫓아 그곳까지 갔지만, 잡힌 놈이 진짜가 아니라는 걸 알고 다시 세상을 주유하셨지요.”

“뭐라? 진짜가 아니라고? 무슨 소리냐, 그게?”

풍오자는 거듭 놀라 안달이 난 눈이었다. 임홍빈은 여전히 거리 쪽을 보면서 말을 꺼냈다.

“사부님은 청성에서 버려진 존재지요. 어느 날 문득, 인간사의 흐름을 느끼게 된 사부는 천도의 맥이 뒤엉킬 날이 있으리란 걸 알게 되셨지요. 그에 대한 대비를 주창하셨지만, 괴이하고 편벽한 공부에 빠져 사도에 접어들었다 하여 파문을 당했습니다. 그때부터 사부는 홀로 세상을 돌며 공부에 전념하셨지요. 그리고 대설산에서 거울을 찾았습니다.”

임홍빈은 다시 찻물을 입술에 적셨다. 아직도 흰 눈썹을 떠는 풍오자는 조심스럽게 물었다.

“북해의 대설산에서… 무극조화신경을 찾았단 말이냐?”

찻잔을 내려놓은 임홍빈은 시선을 탁자에 놓은 채로 고개를 끄덕였다.

“맞습니다. 그리고 거기서 그놈과 만났다 하셨지요.”

“그놈이라… 하면?”

“적염호귀요.”

잠시 아무 말도 못하고 임홍빈만 보던 풍오자는 계장수의 눈을 한번 돌아본 뒤 다시 말했다.

“정말, 진짜라는 놈이 따로 있단 말이냐? 화산의 놈은 가짜고?”

임홍빈은 또 고개를 끄덕이며 대답했다.

“그래요. 사부는 세상에 흩어진 옛 문헌의 기록을 따라 설산의 깊숙

한 곳에 묻혀진 고대 문명을 찾은 거지요. 거기서 거울을 찾았구요. 한데 그곳에서 놈과 마주치게 된 것입니다. 놈은 거울을 뺏으려 했지요.”

“그래서? 그래서 어떻게 된 거냐?”

끊어진 말을 기다리지 못하고 풍오자는 재우쳐 물었다. 탁자에서 시선을 올린 임홍빈은 풍오자가 아닌 계장수를 보며 말을 이었다.

“놈에게 거울의 신력을 처음 사용하셨답니다. 하지만 놈은, 일전의 놈처럼 영혼을 제압당하지 않았어요. 제마광망(制魔光網)에 상처를 입었지만, 믿기지 않게도 그걸 찢고 도망갔답니다. 사부는 놈을 쫓아갔지만 놈의 아가리에서 나오는 겁화에 산사태가 일어났지요. 거기에 휩쓸렸다가 겨우 목숨을 보존했지만, 그 후로 놈을 쫓아 세상을 다니시게 된 겁니다.”

“그놈이 누구란 말이냐? 겁화를 뱉는다면 마공을 완성한 놈일 텐데, 그런 놈이 왜 알려지지 않았지?”

묵직하게 바라만 보고 있는 계장수에게서 풍오자에게 시선을 돌린 임홍빈은 다시 차분하게 말했다.

“그놈의 흔적과 기운을 쫓아 사부는 화산까지 가신 겁니다.”

풍오자의 눈매가 작게 가늘어지다 다시 확 떠졌다.

“그렇다면! 그놈이, 후기지수들에게 암흑마경의 단편을 전한 것이 그놈이겠구나! 그래, 그놈이 세 파의 후계자들을 망치고 조종한 거야!”

스스로 결론을 내리던 풍오자는 다시 의문에 휩싸였다.

“하지만 왜 그들을?”

대답은 계장수가 했다.

“그놈의 천기란 걸 짚어보니 죽지 않고 파옥했다면서요? 그놈도 그걸 노렸겠지요. 후일을 기약한 오늘 같은 결과를 말입니다. 그렇지 않나?”

　질문은 다시 임홍빈에게 돌아갔다. 임홍빈은 찻잔을 두 손으로 매만지며 대답했다. 여전히 차분한 목소리였다.

　"그것까진 모르겠지만, 사부는 확실하게 후일을 예견하셨어. 천기자 어른과 백봉 도장을 비롯한 소림삼신승들이 힘을 썼지만 그들이 죽지 않을 걸 아셨지. 그리고 후일에 다시 세상에 나오리란 걸 아셨어."

　풍오자는 화가 난 듯이 바로 물었다.

　"알면 막았어야지, 그냥 뒀단 말이냐?"

　임홍빈은 풍오자의 눈을 직시하며 대답했다.

　"부질없는 짓이란 걸 아신 때문이지요. 잠시 만나 도리를 논한 천기자 어른도 백봉 도장도, 결국에는 자파가 연루된 일련의 일들을 함구해 줄 것을 부탁했답니다."

　"그, 그런……."

　"천기에도 막을 수 없는 일로 나왔다 하셨지요. 때문에 사부는 근본의 원인을 찾아 없애는 것으로 결론을 내리셨습니다. 적염호귀를 잡아 없애는 일. 그것이 설령 천도의 순서를 거스르는 행위가 될지라도, 세상의 평안을 위해 그 일을 하기로 하신 겁니다."

　찻잔 바닥에 남은 마지막 찻물을 임홍빈은 훌쩍 마셨다. 풍오자는 천기자가 했다는 말을 되새기느라 곤혹스런 표정이었고, 계장수는 여전히 무표정했다. 그런 계장수가 불쑥 물었다.

　"천기자고, 백봉이고, 모두 백삼십여 년 전 사람이다. 그때 네 사부가 젊었다 해도 너를 만나 사제의 연을 맺기에는 시간상 무리가 있다. 어떻게 된 거지?"

　계장수의 무거운 눈길을 받은 임홍빈은 천천히 다시 입을 벌렸다.

　"거울 때문이야. 거울의 신력은 지닌 자의 수명을 늘려주는 공효가 있지. 하지만 불로불사 같은 건 아니고 그저 조금 더 늘려줄 뿐이야."

"수명을 늘려준다고?"

곤혹스런 생각을 접은 듯, 다시 끼어든 풍오자는 사뭇 궁금한 얼굴이었다.

"예. 그 때문에 사부와 만날 수 있었지요. 하지만 사부와 만난 그날은… 지옥 같은 날이었어요."

임홍빈의 얼굴이 창백하게 굳어지며 눈가에 경련이 일었다. 뭔가 버리고 싶은 것을 다시 기억하는 듯 얼굴은 점점 더 창백하게 일그러졌다.

사연이 있는 것이다. 말 못할 숨겨진 사연이 있는 게 틀림없었다. 그건 이미 잡아 죽인 적염호귀를 잡던 그날부터 눈치챈 것이기도 했다. 하지만 계장수나 풍오자 아무도 묻지 않았다. 그걸 지금 말하려는 것이다.

"여섯 살 때였어요. 내가 살던 곳은 감숙 땅 저 끝, 하루만 걸으면 몽고 야인들의 땅이 시작되는 오지의 화전 마을이었어요. 마을 사람이래야 고작 오십여 명, 모두가 가족 같던 산골 마을이었지요. 한데 어느 날……."

창백한 얼굴을 든 임홍빈은 허공의 어느 한곳에 초점없이 시선을 주었다. 희미한 막이 내린 것 같은 그 눈동자가 흔들리더니 다시 말이 이어졌다.

"마을에 손님이 들었어요. 오가는 길손이 없는 마을이라 반갑게 대접했지요. 촌장 집에서 밥을 먹고 나온 손님은 답례를 한다면서 마을 사람들을 모았어요. 몽고와 중원을 오고 가는 상인들의 물건을 봤던 사람들은 기뻐했지요. 모두가 기대 어린 얼굴로 촌장어른 집 앞에 모였을 때, 놈이 온몸으로 불을 내뿜었어요. 그리고 사람들을 죽였지요."

임홍빈의 눈동자가 흔들리며 눈가가 경련했다. 창백한 볼에 주름이 서고 이 갈리는 소리도 들렸다. 그리고 나직한 목소리가 다시 이어졌다.

"놈이 다 죽였어요. 촌장어른도, 우물머리댁 아줌마도, 마을에서 제일 오래 산 수염 할아버지도, 토끼몰이 갔다 온 아버지도… 다 죽였어요. 그놈은 사람들을 죽일 때마다 정(精)을 빨아먹었어요. 마을 사람들은 다 죽고 누나와 나만 남았지요. 놈이 나에게 손을 뻗치자 누나가 나를 밀치고 달려들었지요. 누나는… 나무토막처럼 빨려 죽었어요."

숨결이 잦아드는 목소리로 임홍빈은 고개를 숙였다. 호흡이 거칠어지는지 작게 어깨가 들썩거렸지만 눈물은 떨어지지 않았다. 목소리는 곧 이어졌다.

"누나마저 죽인 그놈이 무서워 울고 있을 때 사부가 나타났어요. 하루 동안의 치열한 싸움이 벌어졌지요. 그리고 결국은 놈이 도망갔어요. 사부는 놈이 뿜은 겁화에 치명적인 부상을 입었지요. 마을 사람들의 시체를 모두 수습한 뒤, 그곳에서 사부와 살았어요. 사부는… 열다섯이 되던 해 돌아가셨습니다."

뒷말은 듣지 않아도 알 수 있는 것들이었다. 그 기간 동안 임홍빈은 사부의 모든 것을 물려받았을 것이다. 거울을 포함한 법력과 주술, 그리고 놈을 쫓아 멸절하라는 유언의 의무까지도. 거기에 본인의 복수까지.

가만히 임홍빈의 고개 숙인 모습을 보던 계장수는 또 불쑥 물었다.

"그럼 그날 화산에 온 건 갇혔던 놈이 도망칠 걸 알고서였나?"

임홍빈은 고개를 들고 계장수를 봤다. 창백하던 안색에 작은 화색이 돌았다. 대답은 전혀 다른 것이었다.

"말했듯이 난 천기 같은 건 볼 줄 몰라. 사부님도 그런 구체적인 것까지 알려주진 않았어. 다만, 한 가지 당부가 계셨지."

"당부라고? 그게 뭔데?"

풍오자가 끼어들었지만 임홍빈은 계장수의 눈에서 시선을 떼지 않은 채 대답했다.

"이 즈음에 맞춰서 화산에 가라 하셨어. 그곳에서 검은 칼을 든 자를 만나야 하고, 그자를 통해서만이 모든 일의 대응이 가능하다 하셨어."

계장수의 눈이 뜨악해지다가 미간이 일그러졌다. 옆에서 듣던 풍오자는 입에 거품을 문 듯이 말을 쏟아냈다.

"뭣이! 네, 네놈의 사부도 그런 말씀을 했단 말이냐? 허어, 난 긴가민가했는데, 그러면 이거 모든 게 아귀가 들어맞는구만! 하면, 저놈이 그들을 다 잡을 수 있단 말이더냐?"

계장수를 손가락질하며 풍오자는 임홍빈에게 급히 물었다. 점점 더 일그러지는 계장수의 얼굴을 보던 임홍빈은 조심스럽게 말을 꺼냈다.

"그런 말은 듣지 못했습니다. 임종 직전까지도 하늘이 뒷모습을 보여주지 않는다 하시면서 안타까워하셨지요. 또한 천기를 짚으신 후에는 심한 열병으로 며칠씩 신벌을 앓으셨습니다."

풍오자는 입맛을 쩝쩝 다셨다. 그런 풍오자에게 임홍빈은 넌지시 물었다.

"어르신도 천기를 본다 하지 않았습니까? 그러면 직접……."

입맛 다시던 풍오자의 입이 모질게 다물렸다. 하지만 곧바로 다시 열렸다.

"말인즉슨 그렇다는 거다! 별들의 흐름이나 위치를 보건대 분위기상 그렇다는 거지! 내가 세세하게 그런 거 볼 줄 알면 여기 앉아 있겠냐? 엉?"

성내는 걸로 변명을 대신하는 풍오자의 얼굴을 임홍빈은 빤히 바라다보았다. 그럴 줄 알았다는 것이 역력한 얼굴은 이제 겁도 먹지 않는 표정이었다.

침 튀기는 풍오자와 금세 표정을 회복한 임홍빈을 보던 계장수는 골치가 지끈지끈 아파왔다. 두 사람이 전하는 말에서 자신의 존재가 지목된 것이다. 전생의 자신, 조극강도 태어나기 훨씬 전의 일이었다. 한데 전혀 다른 두 도인의 입에서 자신의 존재가 언급된 것이다.

검은 칼을 든 장수. 누가 뭐라 해도 자신이었다. 하면 그들은 무얼 보고서 자신의 존재를 예견한 것일까? 또한 그들의 존재를 보건대 이 일은 긴 시간을 수면 아래로 흘러왔을 뿐, 결코 매듭 지어진 일이 아니었다.

풍오자의 말은 마고지나의 잔당이나 그 후계가 저지른 일로 세 사람, 아니, 이젠 세 마두가 된 자들의 존재를 확인시켜 주었다. 임홍빈의 이야기는 그 모든 일을 오랫동안 꾸민 원흉의 존재, 즉 마고지나의 숭배자가 존재함을 알게 해주었다. 죽여야 할 자들이 더 늘어났다.

단봉을 떠나 허창으로 오는 동안 내내, 마음은 호북 땅 무한으로 달려가고 있었다. 그곳의 철무련 본전으로 달려가, 뒤엉켜 있을 정소연과 사마용추를 도륙 내는 생각만 했다. 하지만 손에 잡힌 일은 그곳과 점점 멀어지게 했다. 사람의 정을 취하는 마공, 마고지나와 그 잔당들과의 관계가 확실히 의심되는 단서를 잡은 것이다.

'누가 됐든… 모조리 죽여주마!'

생각이 북마련에게 미치자 계장수는 놈들에게 마공을 전한 자가 누굴지 무척이나 궁금했다. 유령문의 소문주라고 했다니 자신과도 필연으로 얽힌 놈이 분명했다. 놈들의 문파를 멸문한 것이 자신이고, 그들의 생사비결을 얻어 환생의 기회를 잡은 것도 자신이었다. 얄궂은 운명이었다.

하지만 그런 생각을 하는 동안 자신이 다시 두 명의 늙고 젊은 도인과 얽혔다는 것을 잊어갔다. 그리고 뭔가 머리 속에서 아슴아슴하게 나타났다 사라질 때, 거리의 저쪽에서 깃발 든 무사가 말을 달렸다.

"무림맹 개회를 알리오! 동쪽 광장이오!"

소리치며 말을 달리는 무사는 곧 거리를 돌아 사라졌다. 거리 곳곳의 객관과 주루에서 무인들이 쏟아져 나왔다. 임홍빈도 풍오자에게 말했다.

"우리도 가봐야지요?"

"그럼, 가야지! 야, 가자!"

풍오자는 일어서며 계장수를 재촉했다. 엉겁결에 따라 일어선 계장수는 두 사람의 뒤를 따라나서며 잊었던 생각을 떠올렸다. 지금의 이 상황이, 마을을 떠나 단봉으로 향할 때와 너무도 흡사한 때문이다.

미간을 구기며 두 사람의 씩씩한 뒷모습을 보던 계장수는 한숨을 내쉬고 뒤따라갔다.

허창성 바로 밖의 동쪽 광장은 관에서 대규모 군사 훈련을 실시하던

곳이었다. 하지만 불안하고 어지러운 세상의 정세를 대변하듯, 관병이나 군졸의 모습은 코빼기도 뵈지 않았다. 아마도 모두가 성내에서 귀만 세우고 있을 게 틀림없었다.

관에선 괜히 나서봐야 본전도 안 되는 무림인들의 일에는 모른 척하는 게 상수였다. 그나마 있던 군사들도 북방의 여진족에 대항키 위해 징발되어 간 지 오래였다. 중과부적의 숫자로 강호인들에게 큰소리칠 일이 아니었다. 상소나 고변을 위해 찾는 사람들도 볼기를 쳐 보내는 실정이었다.

세상 모든 곳이 어지러웠다. 한족이 저희들의 위세를 높이기 위해 부르던, 사방의 오랑캐로 불리던 민족들이 깃발을 세우고 북을 울렸다. 우매한 황제와 탐욕한 관리들의 실정은 민가의 기반을 흔들고 민란을 부채질했다. 도적이 들끓고 강도가 판을 치는 세상이었다. 무림인들도 그중의 하나였다.

동쪽 광장. 달리 전검평(戰劍坪)이라 불리는 곳이라고 했다. 역시 군사 훈련과 관계가 있는 이름일 게다. 그곳에 사람들이 들끓었다. 모두 무인 복색이었다. 저마다 검과 칼을 찬 무인들은 어지러운 세상의 틈을 타 처세하려는 눈으로 반짝반짝 빛이 났다. 모두가 그래서 모인 것이다.

"저자들이 대륙상가의 사람들인 모양이로군."

인홍빈의 말에 게장수는 성벽이 있는 쪽으로 시선을 돌렸다. 서쪽인 그곳에는 사람 가슴 높이의 기다란 연단이 마련되었고, 차일과 천막들이 들어섰다. 그 주변으로 가슴에 대륙의 두 글자를 새긴 남색 무복의 사내들이 분주하게 움직였다. 저들이 소림과 무당에서 민다는 그들이 틀림없었다.

"어, 재주도 좋은 자식들일세. 어찌 냄새나는 중놈들과 도사 놈들을 동시에 구워삶았누?"

입맛 다시는 풍오자의 말에 계장수는 의문스러운 점을 물었다.

"저들은 어떤 자들이오? 대륙상가라면 상가가 아니오?"

천주상가를 떠올린 때문이었다. 대답은 임홍빈이 해줬다.

"그냥 상가는 아니야. 가주가 태극사자검(太極獅子劍) 이호패(李鎬貝)라는 자인데, 현 무당 장문인 고월자(高月子)의 제자이지. 처음엔 대륙표국이란 표국업으로 일어선 자인데 지금은 주루, 전장, 해상 무역, 북방 무역 할 것 없이 돈 되는 일에는 모두 발을 뻗친 거대 상가이지."

"그래? 그런데 일하는 놈들은 모두가 무사들 같은걸? 뭐, 강도 짓 같은 거도 하는 놈들이냐?"

손에 잡은 검 손잡이로 턱을 긁으며 풍오자가 심드렁히 물었다. 마뜩찮은 눈빛을 보내던 임홍빈은 건성으로 대답했다.

"가주 된 자의 원래 바탕이 무인이고, 표국업을 기반으로 일어선 자들이니 무인들이라 할 수 있겠지요. 강도 짓도 돈이야 되겠지만, 그런 짓이야 하겠습니까? 화산처럼 강도를 끌어들이는 그런 짓은 아무나 하는 게 아니지요."

턱 긁던 풍오자의 눈이 벌컥 돌아왔다.

"뭐라? 이 개쌍노무 새끼가!"

"헉! 어, 어르신! 제, 제 말은 그게 아니고요."

"너 이 새끼! 지껄여 놓고 뻑하면 아니라는데, 오늘 뭐가 얼마나 아닌지 한번 느껴봐라! 이 불쌍노무 새끼야!"

"어억! 어, 어르신!"

임홍빈의 멱살을 틀어잡은 풍오자는 잡아먹을 것처럼 눈을 부라렸다. 광장을 오가던 사람들 중 주변의 사람들이 시선을 보내왔다. 미친 것 같은 산발한 늙은이와 젊은 도사의 드잡이질은 흔한 광경이 아니기 때문이었다.

두 사람의 흔하지 않은 진풍경은 때마침 들린 연단의 외침으로 중지됐다.

"알리오!"

커다랗게 외치는 사내는 선이 굵어 보이는 사십대의 무사였다. 연단의 중앙에서 외치는 우렁찬 목소리는 광장의 곳곳에 퍼져 나갔다. 범상치 않은 내력의 소유자였다.

"잠시 뒤 정오에 무림맹 개회의 역사적인 선언이 있을 것이오! 그때까지 구대문파를 비롯한 각 문파에 연고가 있는 자들은 신분 증명을 본부에 접수 바라오! 또한 중차대한 결맹이 행해지는 자리이니 서로 간에 화기를 해치는 일이 없도록 무림동도 여러분의 협조를 바라오!"

사내가 말을 마치자 광장에 모인 수천여 군웅들은 환호를 내질렀다.

"와아아아아!"

저마다 기대에 가득한 얼굴로 소리치는 모습들은, 그 기세가 꼭 개세의 의지로 건국을 외치는 소리 같았다. 어쩌면 이것조차도 하나의 나라를 세우는 일과 다를 바가 없을지도 모른다. 무림이라는 세상에 무림맹이라는 나라를 세우는 일. 그랬다. 바로 그 때문에 사람들이 환호하는 것이다.

연단을 바라보던 계장수는 임홍빈과 풍오자를 돌아보며 짧게 말했다.

"시장기나 채웁시다. 요기가 될 만한 걸로."

아직도 멱살잡이를 풀지 않은 채, 멀뚱멀뚱한 눈으로 연단을 바라보던 두 사람은 슬그머니 자세를 풀고 계장수를 따라 발을 옮겼다.

"뭐 먹을까? 비린 것 좀 먹어볼까? 사실 아까부터 시장했는데 말이야."

"그렇지요? 아침도 부실하게 때우고 차만 마셨더니 속이 허하네요. 이럴 땐 걸쭉한 잉어탕에 오리 구이 정도면 얼추 요기가 될 텐데요. 그지요?"

"허험, 뭐, 그것도 좋다만 새우에 해삼과 전복을 곁들여 완자로 튀겨 낸 해물 요리도 괜찮고, 거기에다 소홍주나 죽엽청 정도 기울이면 더할 나위 없겠지. 암 그렇구말구."

드잡이질하던 두 사람은 언제 그랬냐는 듯, 은근히 손발을 맞추며 계장수의 뒤통수에 대고 지껄였다. 앞서 걷는 계장수의 어깨가 움찔, 꿈틀, 하는 것이 보였지만 두 사람은 개의치 않고 주절댔다. 이곳까지 오는 동안의 경비를 모두 계장수가 댄 때문이었다. 미친 것 같은 늙은 이 풍오자가 돈이 있을 까닭이 없었고, 임홍빈은 목에 칼을 들이밀어도 제 돈을 쓰지 않았다. 때문에 언제나 계산은 계장수가 해야 했다.

"어, 저기, 제법 괜찮아 보이는데요?"

손가락으로 가리키던 임홍빈은 말을 하기가 무섭게 뽀르르 앞서 나갔다. 임홍빈이 가는 곳은 광장의 주위 곳곳에 위치한 간이 음식점과 주점들이었다. 성내의 내로라하는 주루와 음식점들이 모두 이곳에 간이 주점을 세운 것이다. 무림맹의 호재가 그들을 끌어당긴 때문이었다.

연단의 귀빈석들처럼 차일을 늘어 친 주점에는 벌써 많은 사람들이 먹고 마시는 중이었다. 꼭 그러기 위해서 온 사람들처럼, 전망이 좋은 곳을 찾아 앉은 사람들은 연단 쪽을 보며 웃고 떠들었다. 그중의 한 곳에 들어간 임홍빈은 맨 우측의 탁자를 차지하고 앉아 풍오자와 계장수를 불렀다.

"여기요! 여기!"

풍오자는 냉큼 걸어갔고, 계장수는 미간에 골을 그리며 느리게 다가갔다. 두 사람이 탁자에 앉기를 기다란 듯이 점소이가 두 손을 비비며 물었다.

"어서들 오십시오. 뭘로 올릴갑쇼? 저희는 성내에서도 유명한 허창제일루의 특급 요리사가 직접 솜씨를 부리는 만큼, 손님 여러분들도 만족하실 겁니다요. 헤헤헤헤."

미끈덩하게 웃는 점소이에게 풍오자는 바로 주문했다.

"새우하고 전복하고 해삼 섞어서 만든 완자 튀김 있지? 그거하고 죽엽청이나 소홍주!"

점소이가 고개를 끄덕이는 사이 임홍빈도 질세라 말을 꺼냈다.

"잘 구운 오리 구이하고 잉어탕! 설마 안 된다는 소리 같은 건 안 하겠지?"

급히 고개를 돌리고 주문을 암기하던 점소이는 두 손을 내둘렀다.

"어허, 그러믄입쇼! 그런 걱정은 붙들어매십시오. 만족하실 겁니다요. 헤헤헤헤."

또다시 느끼하게 웃던 점소이는 계장수에게 시선을 돌렸다. 하지만 위압스런 계장수의 외모와 분위기에 쉬 말을 꺼내지 못하고 우물거렸다.

"저기, 이쪽 손님은 뭘……."

"보리를 섞은 쌀밥과 돼지고기 편육, 청경채 볶음 하나."

바로 이어 나온 주문에 점소이는 혹시나 잊을세라 고개를 주억댔다.

그러다가 넙죽 고개를 숙이고 물러갔다.

"잠시만 기다리십시오, 곧 올리겠습니다요."

점소이가 사라진 지 일 다경이나 되었을까? 주변을 두리번대느라 풍오자와 임홍빈이 몇 마디 지껄이지도 않았는데 요리가 나왔다. 모락모락 김이 피어오르는 요리는 탁자를 꽉 채운 모습만으로도 풍성해 보였다.

"맛있게 드십시오!"

한마디를 남기고 점소이는 또 바람같이 사라졌다. 풍오자가 혀를 내둘렀다.

"허, 귀신같은 놈들일세."

"그러게요. 이렇게 빨리 요리가 나오다니 정말 신속하네요. 그리고… 와아, 정말 맛있어 보이는데요? 어디, 음음, 아, 맛있다. 정말 맛나는걸?"

잉어탕을 떠먹은 임홍빈은 숟가락을 들고 계장수를 봤다. 감탄스러운 그 얼굴은 야릇했다. 네 덕분에 이런 음식을 먹는다는 것 같기도 했고, 어차피 네 돈 내고 먹는 거니 맛있게 먹어주마 하는 것 같기도 했다. 하지만 저 얼굴을 보고 마음속에 떠오르는 것은, 패주고 싶다는 거였다.

'후우, 내가 않느니 죽지.'

심정을 누그러뜨리며 수저를 드는 순간 옆에서 풍오자의 광란스런 주둥이 소리가 들렸다.

"쩝쩝쩝쩝, 냠냠, 짭짭, 쪼옥, 쪼오옥."

완자를 잡았던 손가락까지 빨아대는 풍오자는 정신없이 먹어댔다. 술잔에 술을 따라 입으로 가져가는 동작은 거의 무아지경에 이른 것 같았다. 계장수는 절로 이가 갈렸다.

'거지 같은 늙은이가 뱃속에 거지새끼가 들었나? 꼭 미친놈마냥…
어쭈어쭈, 놀고 있네. 이거, 이렇게 식탐 많은 늙은인 줄 전생엔 몰랐
는데.'

더 보고 있다간 식욕이 없어질 것 같아 계장수는 고개를 떨구고 밥
을 떠먹었다. 그렇게 먹은 한 공기의 밥이 얼추 비어갈 무렵 커다란 목
소리가 차일을 흔들고 들어섰다.

"어, 배고프구만. 뭐 먹을 만한 게 있나?"

시야를 꽉 채우는 그림자는 사내였다. 그것도 천막의 천장에 머리가
닿을 듯한 엄청난 거구의 사내였다. 대략 칠 척 반 정도는 될 듯싶은
신장이었다. 계장수보다도 머리 하나는 훌쩍 더 커 보였다. 그런 사내
가 들어서자 모든 사람의 시선이 몰렸다.

"어참, 사람도 많구나."

아무것도 개의치 않는 듯, 사내는 빈 탁자에 앉으며 연단 쪽을 보고
혼자 말했다. 키만큼 몸뚱이도 커다란 사내였다. 소매 없이 어깨가 드
러난 상의 바깥의 팔은 기둥처럼 굵고 우락부락했다. 바윗덩이를 뭉쳐
놓은 것 같은 근육들이 사내가 팔을 움직일 때마다 꿈틀거렸다.

주눅 든 채 다가간 점소이에게 주문을 하는 사내를 보며 임홍빈은
작게 말했다.

"이 친구보다도 더 큰데요? 저 팔뚝은… 사람 팔이 아니라 절간 기
둥 같네요."

풍오자가 입을 우물대며 고개를 끄덕였다.

"확실히 세상이 변했어. 쩝쩝, 사람 같지 않은 놈들이 자꾸 나오는
걸 보면 변하긴 변해가는 게야. 쩝쩝."

계장수는 편육에 청경채 볶음을 얹어 입에 넣으며 사내를 봤다. 커다란 신장에 강철 같은 근육으로 둘러싸인 균형 잡힌 몸매. 돌기둥 같은 허벅지와 종아리는 사내의 기초가 튼실함을 말해 줬고, 얼핏 보아도 도검이 불침할 것처럼 보이는 단단한 몸뚱이는 외공을 극한까지 익힌 자가 분명했다.

연단을 보던 사내가 때마침 계장수 쪽으로 시선을 돌렸다. 짙은 눈썹에 그보다 더 짙게 뺨을 내려간 구레나룻. 커다란 사자코에 굵고 투툼한 입술. 그런 사내와 계장수가 서로를 마주 보았다. 사내가 풀썩 웃었다.

계장수는 시선을 돌리고 다시 음식을 먹었다. 사내의 시선도 곧 돌아갔다.

'정말 괴물 같은 놈이구만. 전생에 만났다면 좋은 상대가 되었겠는걸.'

음식을 씹으며 계장수는 생각했다. 사내는 많아야 삼십 초반으로밖에 보이지 않았다. 하지만 눈빛을 마주친 순간 사내가 결코 풍오자의 아래가 아님을 알았다. 몸으로 보건대 신력이야 타고났을 것이고, 청정하고 고요한 사내의 눈빛 뒤쪽 기운은 오랫동안 수련한 근기(根氣)를 느끼게 했다.

"방랑자일까요? 비무 수련자, 뭐 그런 거겠지요?"

궁금한 눈을 깜작대며 임홍빈이 물었다. 제 앞의 음식 그릇은 이미 텅 비어 오리 뼈다귀만 남은 상태였다. 혹시나 하고 넘겨다보던 풍오자는 못마땅하게 입맛을 다시며 술잔을 들이켰다.

"신경 꺼라. 네놈이 알아서 뭐 할 게냐. 크으읍! 거어억."

술 넘김 소리를 낸 후, 곧바로 진한 게트림까지 터뜨린 풍오자는 또 다시 술을 따랐다. 하지만 술은 반잔이 채 나오지 않았다.

"어? 이런."

안타까운 눈으로 술잔과 술병을 보던 풍오자는 훌떡 손을 들고 입을 벌렸다. 누군가를 부르려는 자세였다. 그 누군가가 점소이일 거라고 임홍빈은 생각했다. 하지만 풍오자의 동작은 거기서 멈추고 더 이어지지 않았다. 다만 눈길이 계장수에게로 돌아갔을 뿐이었다. 임홍빈은 계장수를 봤다.

천천히 젓가락을 탁자에 내려놓은 계장수는 식사를 끝마친 얼굴로 모른 척했다. 점점 애처롭게 표정이 변하던 풍오자는 눈꼬리를 휘어 내리며 흥얼댔다.

"이보라구. 먹을 때 제대로 먹어놔야 힘을 쓰지. 나 같은 늙은이가 살면 얼마나 살겠나? 으응?"

마지막에 들린 콧소리에 계장수는 못 들을 걸 들은 사람처럼 진저리를 쳤다.

"이보쇼, 도장! 더 들어갈 자리가 있단 말이오? 원래 그렇게 많이 먹었소?"

계장수가 소리치자 풍오자는 한층 더 불쌍한 표정으로 말을 했다.

"아이아, 원래는 나도 소식가였다네. 수도하는 사람들이 다 그렇지. 한데 철혈무제 조극강이란 놈한테 맞고 나서는 속에 헛증이 생겼지 뭔가. 먹어도 먹어도 허전하고, 매맞은 사람처럼 어지럽고 힘없고……."

계장수는 버럭 소리쳤다.

"됐소! 시켜요!"

바로 웃는 얼굴로 변한 풍오자는 점소이를 향해 소리쳤다.

"이봐라! 여기 술 한 병하고 오리 구이 두 마리 더!"

술에다가 오리가 따라붙었다. 거기다가 한 마리도 아니고 두 마리였다. 포기한 계장수가 얼굴을 돌릴 때 임홍빈은 득의한 미소를 입에 물었다.

'이런 쌍노무 새끼!'

계장수는 속에서 불이 일었다. 그걸 알았는지 임홍빈은 슬그머니 시선을 딴 데로 돌렸다. 한데 돌아간 임홍빈의 시선이 또다시 호기심으로 반짝댔다. 계장수는 자신도 모르게 그 시선을 쫓아갔다.

"에이, 웬 떨거지들이 이렇게 많이 모인 거야?"

거친 소리를 내뱉으며 한 사내가 들어섰다. 험상궂은 눈매에 수염으로 가득한 얼굴의 사내는 커다란 대도(大刀)를 들었다. 그런 사내의 뒤로 똑같은 칼을 든 사내 둘이 더 들어왔다.

"어, 자리가 없네?"

뒤따라 들어온 사내 중 눈꼬리가 쭉 찢어진 자가 말했다. 옆에 선 긴 턱의 사내는 버럭 소리 질렀다.

"이봐라! 자리 좀 만들어라! 대도삼군(大刀三君)이 서서 기다릴 순 없다!"

사람들이 술렁거렸다. 점소이는 재빠르게 달려가 고개를 숙이며 알랑댔다. 주변의 술렁임과 그 꼴을 보고 풍오자가 입을 비죽대며 말했다.

"꼬라질 보니 더러운 이름 석 자로 한 수 먹고 들어가는 놈들인가 본데, 어서 듣도 보도 못한 놈들이 저 지랄이누?"

여차직하면 일어나서 검으로 그어주겠다는 표정이었다. 임홍빈은 맘대로 하라는 듯 제가 아는 걸 말했다.

"사람들은 삼군이 아니라 삼귀라고 부르는 놈들이죠. 그저 저희들

듣기 좋으라고 스스로 붙인 호칭입니다. 하지만 대도를 쓰는 솜씨가 귀신같다고들 하죠. 셋이 한 사부 밑에서 수학한 사형젠데 사문은 알려지지 않았습니다. 요 근래 하남과 안휘에서 저놈들을 모르는 사람은 없지요."

사내들과 점소이의 수작질을 보던 풍오자는 임홍빈에게 고개를 돌리고 멀뚱히 쳐다보았다. 불안스런 눈길이 된 임홍빈이 넌지시 물었다.

"왜… 그러십니까?"

"넌 참 좋겠다."

"예?"

"아는 게 많아서."

묘해지던 임홍빈의 얼굴이 일그러지는 순간 사내들의 거친 고함이 들렸다.

"뭐야! 우리더러 저런 놈과 합석하라는 거냐?"

눈꼬리 째진 사내가 소리치자 긴 턱의 사내는 점소이의 멱살을 잡았다.

"아이구! 자, 자리가 없는 걸 어쩌겠습니까요! 사정을 좀!"

"이놈이 그래도!"

긴 턱 사내가 멱살을 더욱 틀어 올리자 수염 덮인 사내가 점잖게 타일렀다.

"아아, 소란 피우지 마라. 자리야 만들면 되지."

말을 한 사내는 점소이가 권했던 합석 탁자의 젊은 남자를 보았다. 커다란 체구로 앉아 관심없는 눈길로 바깥만 보고 있는 사내. 기둥 같은 팔뚝이 예사로워 보이지는 않았지만 자신들은 셋이고, 상대는 혼자였다. 또한 대도를 쓰는 일에는 누구라도 자신이 있었다. 그래서 수염 사내는 웃었다.

"이봐라, 곰 같은 아이야. 형님들이 오붓하게 식사를 하셔야겠으니 네가 양보 좀 하렴. 식대는 지불해 주마."

달그락.

탁자에 소리 내고 떨어진 것은 작은 은 조각이었다. 수염사내는 소리없이 웃었고, 눈 째진 사내와 긴 턱 사내는 양 옆에서 살기를 피워댔다.

천천히 바깥 광장의 풍경에서 시선을 돌린 커다란 사내는 세 사내를 보며 입을 열었다.

"딴 데 가서 놀아라."

그 한마디를 하고 사내의 시선은 다시 광장으로 돌아갔다. 대도삼군 이란 자들의 표정이 변한 것은 당연했다.

"이런, 아가리를 찢어 죽일 놈이!"

째진 눈 사내가 앞으로 나서자 수염사내는 팔을 들어 막았다.

"아서라. 오늘 같은 날 피를 보여서나 쓰나. 좋은 말로 해야지."

"하지만 형님! 저놈이 감히 우리에게 막말을 하지 않았소?"

"그냥 머리를 쪼개 버립시다!"

째진 눈 사내를 뒤이어 긴 턱 사내는 대도를 들어 올렸다. 도갑 없는 커다란 도신이 칙칙한 살기를 뿌렸다. 하지만 수염사내는 억지로 웃음 을 지으며 두 동생을 말렸다. 그리고 커다란 사내에게 다시 말을 붙였다.

"날이 날이니만큼, 상대가 어느 방면의 사람인지는 알아야 하지 않 겠냐? 이봐, 그렇지 않은가? 이렇게 안면을 텄으니 인사나 나누세. 어느 고인의 문하인가?"

수염사내의 말은 상대의 정체를 파악하자는 얘기였다. 무림맹을 결맹하는 날, 천하 각지에서 어떤 이들이 몰려들지 알 수 없는 일이었다. 수염사내는 처음엔 대수롭잖게 여기다가, 사내의 반응을 보고 혹시 하는 생각이 든 것이다. 늙은 생강 같은 그 의중을 두 동생도 알아차렸다.

"체구를 보아하니 외공을 익힌 듯싶은데… 사문의 존장들이 누가 계신가?"

수염사내의 거듭된 질문은 문파와 인물 여하에 따라서 진퇴를 결정하겠다는 의중이었다. 만약 커다란 사내의 출신이 막강하거나 상대하기 곤란한 인물들이 얽혀 있다면 사내를 건드리지 않을 것이다. 또 그 반대로 별 볼일 없는 출신이라면 사내는 오늘이 제삿날이 될 것이다.

주변에서 안 듣는 척 듣고 있는 모든 사람들이 그렇게 생각했다. 사내의 말 한마디가 국면을 바꿀 것이다. 그래서 대도삼군의 횡포와 사내의 대응을 예의주시했다. 하지만 정작 커다란 사내는 엉뚱한 소리를 했다.

"그런 거 없으니까 지껄이지 말고 꺼져라."

정말로 귀찮은 표정이 역력하게 사내는 손까지 내저었다.

세 사내의 표정이 급속하게 변했다.

"그래? 그렇단 말이지? 그런 놈이 우리 대도삼군에게 아가리를 놀리며 대꾸했단 말이지?"

수염사내의 눈매는 점점 더 올라갔다. 옆에 선 째진 눈 사내와 긴 턱 사내는 대도를 올려 잡으며 탁자로 다가섰다.

"버르장머리없는 노무 새끼!"

“하룻강아지 같은 놈아! 당장 엎드려 빌지 않으면 아가릴 찢어주마!”

두 사내가 내민 대도는 앉아 있는 커다란 사내의 양쪽 관자놀이 쪽으로 다가왔다. 점점 가까워지는 칼끝을 본 척도 안 하던 커다란 사내는 짜증스런 얼굴로 말했다.

“에이, 씨부러질 새끼들이 정말 화나게 하네!”

사내의 욕설에 칼을 위협으로 내밀던 째진 눈 사내와 긴 턱 사내는 눈을 부릅떴다. 짧은 순간 눈길을 주고받은 사내들은 대도를 두 손으로 고쳐 잡고 동시에 내려쳤다.

“이 새끼!”

“죽어라!”

시에엑!

도끼처럼 두 개의 대도가 앉은 사내의 머리로 찍혀 내렸다. 한데 그때까지 시선을 들지 않던 커다란 사내의 고개가 들렸다. 그 눈이 번쩍하고 번개불을 뿜는다고 느껴진 순간, 사내의 두 주먹이 앞으로 흔들렸다. 소매의 먼지를 털어내는 것 같은 동작이었다. 하지만 사내 옷엔 소매가 없었다.

파팡!

“커흑!”

“쿠훅!”

허공을 때린 것 같은 두 주먹에서 공기가 터질 때, 대도를 내리찍던 두 사내의 복부에서 공 터지는 소리가 났다. 그리고 뒤로 날아갔다.

수염사내의 눈이 순간적으로 번쩍 뜨여졌다. 사내는 뒤쪽의 탁자를 뒤엎고 쓰러진 두 동생과 커다란 사내를 번갈아 보며 주춤거렸다.

“이, 이게!”

수염사내의 상식으론 있을 수 없는 일이 일어난 것이다. 하남과 안휘 어느 곳에서도 자신들의 이름 석 자면 양보를 받았다. 또한 그렇지 못한 경우엔 세 개의 칼이 모든 걸 결말지었다. 한데 오늘 이름도 모를 젊은 놈한테서 자리를 양보받으려다 두 동생이 맞아 쓰러졌다. 이건 좋지 않았다.

“수염 덮인 새끼, 너 이리 와봐.”

커다란 젊은 사내가 개를 부르듯이 수염사내를 불렀다. 제 동생들을 보던 수염사내가 험상궂은 눈매를 화악 치켜떴다.

“이, 이, 천둥벌거숭이 같은 놈이!”

이를 문 수염사내는 두 손으로 대도를 잡고 커다란 사내를 향했다. 얼굴엔 분노가 가득했지만, 상대를 얕보는 기색은 이제 눈 속에 없었다.

“오냐! 한 수 재주가 있다만, 오늘 그 주먹을 잘라내 주마!”

다짐을 내뱉는 것처럼 말을 씹어뱉은 수염사내는 대도를 중단으로 잡았다. 짧게 심호흡을 들이 내쉬며 노려보던 사내는, 커다란 젊은 사내가 피식 웃는 순간 달려나갔다. 사내가 앉은 탁자의 옆쪽, 측면이었다.

“죽어랏!”

순식간에 거리를 좁힌 수염사내의 대도가 커다란 사내의 머리 위에서 떨어져 내렸다. 그때까지 보고만 있던 커다란 사내는 갑자기 몸을 일으키며 옆으로 돌아 나갔다. 내리찍는 칼과 부딪치는 형국이었다. 하지만 희끗하게 격돌하는 그 속에서 사내의 굵은 팔이 앞으로 뻗쳤다.

턱.

“어헛!”

커다란 사내의 솥뚜껑만한 손이 수염사내의 대도를 잡은 두 손을 잡았다. 칼을 향해 마주 나간 몸은 찰나간에 거리를 없앴고, 팔을 뻗어 내리찍는 칼을 멈춘 것이다. 수염사내는 놀랐다. 한데 그 순간 커다란 사내의 남은 손이 날아왔다.

부우우우!

퍼억!

“켁!”

옆으로 돌아온 주먹이 망치처럼 턱을 돌려 버렸다. 수염사내의 몸은 옆으로 팽그르르 돌며 떠오르다 패대기질쳤다. 뒤늦게 칼이 바닥에 떨어지며 소리를 냈고, 수염사내는 꿈틀꿈틀 벌레처럼 바닥을 비볐다.

일촉즉발의 긴장은 말 그대로 일촉즉발로 소란을 종식했다. 주변에 앉았던 사람들은 놀란 눈으로 커다란 사내를 쳐다봤다. 또 한편으론 바닥에 널브러진 대도삼귀를 보며 혀를 차댔다. 언젠간 저럴 줄 알았다는 소리도 작게 나왔다. 풍오자도 혀를 끌끌대며 대수롭잖게 말했다.

“어째 꼬라지가 딱 그 꼬라지더라니. 한데 참 이상스럽기도 하지?”

고개를 갸웃대던 풍오자는 습관처럼 턱을 긁적대며 눈을 찌푸렸다.

“저런 놈들은 어디 먹을 걸 먹으러 가거나 술을 마시러 가면 꼭 나타난단 말이야? 그리고 꼭 쥐어터지거든? 그것도 객잔이나 주루에서 말야. 나 젊었을 적에 세상 구경한다고 다닐 때도 그랬어. 어째서 꼭 때를 맞춘 것처럼 저런 놈들이 나타나냔 말이야? 이상해, 정말 이상해.”

연신 고개를 갸웃대고 턱을 긁어대는 풍오자에게 임홍빈은 핀잔을 던졌다.

"이상할 것도 참 많습니다. 좋은 놈 있으면 나쁜 놈 있는 것이 세상 사 이치지 뭘 그런 걸 이상하다고……."

임홍빈은 더 말을 잇지 못했다. 풍오자의 눈이 불기를 뿜어 올리는 걸 봤기 때문이다. 임홍빈은 재빠르게 시선을 돌려 점소이를 불렀다.

"이봐! 여기 시킨 거 어떻게 됐어?"

두 사람의 수작을 귀로 들으며 계장수는 커다란 사내에게 시선을 줬다. 바닥에서 기신을 못하는 대도삼귀에게서 관심을 끊은 사내는 다시 탁자에 앉았다. 그리곤 음식을 기다리며 광장 쪽을 봤다. 처음과 똑같은 자세였다.

'권경(拳勁)이 대단하군. 그저 손을 털 듯했을 뿐인데 저 정도면 실제 숨은 힘은 거의 파산지경(破山之境)일지도 모르겠는걸?'

계장수는 흥미가 일었다. 젊은 나이에 저 정도의 수련을 쌓자면 자신처럼 기연과 혹독한 수련이 있지 않고서는 어림없는 얘기였다. 무공이란 것이 결코 일조일석에 이루어지는 것이 아닌 이상, 기본 이상의 힘을 보일 때는 반드시 그 원인이 있게 마련이었다. 저 사내도 그랬다.

때마침 사내의 눈이 돌아왔다. 계장수의 눈과 사내의 눈이 마주쳤다. 두 번째 마주침이었다. 사내는 아까처럼 웃지 않고 지그시 바라보다 불쑥 말을 던졌다.

"너도 엉겨보고 싶으냐?"

이번엔 계장수가 웃었다. 말은 풍오자가 했다.

"어라? 이게 뭔 소리야? 엉? 저 자식이 왜 우릴 노려봐? 가만, 쟤가 지금 한 소리가 뭔 소리야?"

임홍빈이 해석을 거들었다.

"이 친구한테 시비 거는 것 같은데요?"

"뭐라? 시비?"

커다란 젊은 사내와 계장수를 번갈아 본 풍오자는 사내에게 시선을 맞춘 후 눈을 부라렸다.

"이런 핏덩어리 같은 자식이, 주먹질 좀 한다고 아무한테나 시비 걸면 네 명에 못 돼진다. 알겠냐? 사람을 봐가면서 덤비란 말이다, 이 자식아!"

사내의 눈꼬리가 꿈틀댔다. 풍오자의 말에 자존심이 상한 것 같았다.

"노인장, 노인장한테 시비 걸지 않았으니 조용히 하슈."

"뭐, 뭣! 노인장? 조용히 하슈? 이런 후레자식이!"

풍오자가 발끈해서 일어섰다. 임홍빈도 덩달아 쌍심지를 돋우며 일어섰다.

"이봐! 말이 너무 심한 것 아냐? 아무리 노인네지만 노인장이 뭐야, 노인장이? 젊은 사람이 말이야."

커다란 사내에게 달려나가려던 풍오자는 벌컥 뒤돌아 임홍빈을 봤다.

"너 이 새끼!"

"어? 왜, 왜요?"

풍오자는 임홍빈의 멱살을 또 틀어쥐었다.

"커헉!"

그때 광장에서 종이 울렸다.

뎅. 뎅. 뎅.

계장수는 자리에서 일어서며 차일 밖으로 향했다. 곁으로 붙어오는 커다란 사내의 시선엔 눈길도 주지 않고 나지막하게 말했다.

"난 애송이들은 상대 안 한다만, 기회가 되면 한 수 가르쳐 주마."

그 말을 남기고 계장수가 나가는 순간 커다란 사내는 벌떡 일어섰다. 한데 그 순간 어느새 다가온 건지 풍오자가 앞을 막으며 기세를 일으켰다.

"아서라. 네가 누군지는 모르지만 씨나 뿌려놓고 덤벼라. 그래야 조상들께 욕 안 먹을 게다."

주변의 공기가 삽시간에 조여오는 것 같은, 숨 막히는 기세였다. 그런 기세를 뿜던 산발한 노인, 풍오자가 뒤돌아 나갔다. 그 뒤를 임홍빈이 따라붙었다.

차례로 사라진 세 사람의 뒷모습을 보던 커다란 사내는 자리에 주저앉아 크게 소리쳤다.

"이봐 식사 안 나오나? 빨리 가져와라! 시간 없다!"

빨리 먹고 뭔가 할 일이 있는 사람처럼 사내는 재촉했다. 소리 지른 사내의 눈은 멀어지는 세 사람의 등을 뜨겁게 바라다봤다. 할 일이 뭔지 짐작 가는 눈이었다.

바닥엔 아직도 쓰러진 대도삼귀가 누워 있고, 차일은 바람에 흐느적댔다. 무림맹 개회를 알리는 종소리는 계속 울렸다.

제6장
모여드는 사람들

❶

정오의 태양이 높이 떠올랐을 때 약속처럼 종이 울렸다. 광장을 울린 종소리가 신호가 되어 군웅들은 운집하기 시작했다. 순식간에 연단을 바라보며 모인 사람들은 수천 명에 달했다. 그 사람들의 귀로 누군가 소리쳤다.

"만장하신 무림동도 여러분! 드디어 역사적인 무림맹의 개회를 선언합니다!"

"우와아아아아!"

우레와 같은 함성이 터져 나왔다. 사람들의 환호 소리 속에서 연단의 자리에 각 문파의 인물들이 좌정했다. 중앙에는 소림과 무당의 인물들이 나란히 앉았고, 그 양 옆으로 청성, 공동, 아미, 종남, 점창의 문파가 무작위로 자리를 잡았다. 해남과 화산의 모습은 보이지 않았다.

사람들은 이미 소문을 들은 후였다. 화산이 불참한 이유를 알고 있는 것이다. 화산은 이번 무림맹의 일을 주도한 세력이었다. 그런 화산에 일이 생김으로써 소림과 무당이 일을 주재하게 되었다. 소림과 무당이라는 벽을 뛰어넘으려던 화산은 이로써 다시 물러나게 된 것이다. 해남은 죽은 조극강의 처가, 정소연의 친정이며, 철무련과 한식구였다.

"먼저 본 맹의 기초가 되신 대무당과 소림, 그리고 나머지 오대문파의 어르신들을 소개해 올리겠습니다!"

우렁찬 사내의 목소리가 다시 들렸다. 오전에 소리치던 그 사내였다. 사내의 소개를 받은 늙은 중 청율 방장(淸律方丈)과 무당의 장문 고월자를 필두로 군웅들에게 인사가 시작되었다. 몇 마디 덕담과 인사치레가 끝나고 늙은이들이 주저앉자 이번엔 대륙상가가 소개되었다.

"이번엔 본 맹의 주관과 후원을 맡으신 대륙상가의 가주, 태극사자검 이호패 어른을 소개해 올립니다!"

열화와 같은 환호가 또 터져 나왔다. 그 속에서 무당 장문 고월자의 옆에 앉아 있던 중년의 사내가 천천히 연단 앞으로 걸어나왔다. 한눈에도 범상치 않은 기개가 엿보이는 사내였다. 당당한 체구는 둘째 치고라도 사자처럼 부리부리한 눈은 수천의 군웅들을 아우를 정도였다.

형형한 눈으로 광장의 군웅들을 쓸어보던 이호패는 여유롭게 입을 열었다.

"이렇게 수많은 무림동도 여러분들을 모신 자리에 서게 되어 영광스럽기 한량없소이다. 오늘의 이 자리는 역사를 만드는 자리이고, 그 첫발을 내딛는 자리입니다. 그 도도한 물결에 한 손이나마 담그게 된 것을 이 모(李某)는 삼생의 광영으로 여기오."

말을 잠시 끊은 이호패는 다시 군웅들을 천천히 쓸어보았다. 바라보는 군웅들의 눈이 반짝반짝 빛을 낼 때, 굵은 음성이 다시 이어져 나왔다.

"세상은 지금 격변하고 있소이다. 중원을 둘러싼 사방에서는 오랑캐 외적들의 발호가 끊이질 않고, 지방 곳곳에서는 초적(草賊)과 강도적(强盜賊)의 무리들이 난을 일으키는 실정이오. 백성들은 살기 위해 유랑민이 되어 떠돌고, 돌봐야 할 조정과 목민관들은 허수아비가 된 지 오래외다. 이에 본 맹은 세상을 바로잡기 위한 일에 천명을 받들고 적극 나서는 바이오!"

이호패의 목소리가 외침으로 커지자 군웅들이 또 환호했다. 술렁대는 그 인파의 물결을 형형한 눈으로 바라보며 이호패는 또 말했다.

"본 맹은 정도세상(正道世上)의 기치를 내걸고 이제 첫발을 떼오! 오늘부터 삼 일간, 맹의 수뇌부를 결성하고 조직을 정비할 것이오! 그에 동참하고자 하는 제문파나 무림동도 여러분들은 언제라도 청해주시오!"

"우와아아아아!"

환호와 갈채는 전염병처럼 퍼지며 터져 나왔다. 군웅들은 꼭 집단 최면에 걸린 사람들처럼 흥분해서 저마다 술렁댔다. 그런 사람들의 모습을 차분히 바라보며 이호패는 목례를 보이고 물러났다.

광장의 한쪽 구석에서 연단을 바라보던 계장수는 혼잣소리를 내뱉었다.

"냄새가 나는데……."

풍오자가 고개를 돌리며 맞장구쳤다.

"너도 그러냐? 그지? 구린 냄새가 나지?"

임홍빈은 고개를 갸웃하며 물었다.

"냄새요? 무슨 냄새가 나는데요?"

풍오자가 냉큼 돌아보며 침을 튀겼다.

"넌 눈치가 귀신같은 자식이 이럴 때만 병신이 되는 거냐? 너도 머리가 있으면 생각 좀 해봐라. 무림맹은 삼십여 년 전에도 있었다. 한데 조극강한테 죄 쥐어터지고 지리멸렬했지. 근데 저놈들이 뭐 빌어먹겠다고 또 뭉치겠냐? 다 자기 잘났다고 설치던 놈들이 말이야?"

"그럼 그게, 뭔가 먹을 게 있다는 말씀인가요?"

"지금 지껄이고 들어간 놈, 저놈이 대륙상가의 주인이라며?"

"그렇지요. 무당 장문 고월자의 제자이고요."

"그런 놈이 소림의 청률과 제 사부를 제쳐 두고 저렇게 설레발을 쳐? 제가 꼭 무림맹주라도 되는 것처럼? 아니, 그 둘은 제껴두고 눈깔 높은 구파의 다른 늙은이들 앞에서? 이건 뭔가 이상하지. 암, 이상해."

"듣고 보니 그렇긴 한데… 대륙상가가 일의 후원자라면 저쯤은 되는 게 아닐까요? 막말로 이런 막대한 행사의 돈을 대는데 말이지요."

임홍빈의 말에 풍오자의 표정이 뜨악하게 변해갔다. 뭔가 말을 꺼내려는 그 입에 앞서 계장수가 먼저 말했다.

"맞아. 어쩌면 그 돈이 문제겠지. 난세엔 저런 자들만이 돈을 벌지. 그리고 저런 자들만이 돈이 있어. 어쩌면 그 돈이 모든 문제의 근원인지도 모르지. 하지만 저자의 지금 발언은 역모로 들릴 수도 있겠어."

"여, 역모(逆謀)라고?"

임홍빈이 화들짝 놀랄 때 풍오자는 바로 말을 붙였다.

"놀랄 거 없어. 역모가 달리 역모냐? 세상을 바꾸겠다면 그게 바로 역모지. 그리고 저놈들도 처먹고 살려면 밥이 필요하고, 처먹고 난 뒤엔 밑 닦을 것이 필요할 거 아니냐? 그것들이 다 공짜로 생기느냐 이 말씀이야. 모르긴 몰라도 소림과 무당을 제외한 나머지 문파의 밥줄이

간당간당한 지 오래일걸? 풍열자 놈도 그래서 상인(商人) 놈을 꾀인 거지."

코가 간지러운지 씰룩대던 임홍빈은 풍오자의 말에 의문을 제기했다.

"설마요? 구대문파 같은 곳은 막대한 전답을 소유하고 있잖습니까? 그 땅에서 나는 소출만도 엄청날 테고 이익을 주고받는 집단도 부지기수인데… 거기다 천하에 산재한 제자들의 인맥은 돈줄이나 마찬가지 아닙니까?"

일리있는 말이었다. 하지만 그 말에 풍오자는 혀를 찼고 계장수는 차분하게 대답해 줬다.

"지금은 난세다. 본격적으로 전쟁이 벌어진 것은 아니지만 세상은 그렇게 치닫고 있지. 하지만 작은 전쟁은 이미 오래전부터 수없이 벌어지고 있다. 철무련과 벽력월인궁의 일만 해도 그렇지. 난세에는 있는 것도 지키기 힘들게 마련이지. 저들은… 그래서 한자리에 모인 거다."

임홍빈의 눈매가 묘하게 돌아갔다. 풍오자는 보충을 해줬다.

"자고이래로 도적들이 담을 넘는 이유는 두 가지로 요약되지. 배가 고파서거나 더 갖고 싶어서. 그 두 가지 다 남의 것을 훔치거나 빼앗는다는 데는 다른 점이 없다."

뭔가를 알 듯한 표정이 된 임홍빈은 작게 고개를 주억거렸다. 그러다가 얼른 되물었다.

"그렇다면 저들이 뭉치는 이유도?"

풍오자는 연단으로 고개를 돌리며 말했다. 손은 또 턱을 긁으면서였다.

"짐작일 뿐이지만 네 생각과 다르지 않을 거다. 이 참에 큰소리도 좀 내고 세상의 주류가 되어보겠다는 것이겠지. 철무련이나 벽력월인궁 같은 곳의 눈치도 안 보고 말이야. 저 구랭이 같은 것들의 속 깊은 생각이야 알 수 없지만… 좀 좋아? 조극강도 죽고 철무련은 둘로 쪼개졌고.”

“하지만 왜 이제 와서? 조극강이 죽은 지 벌써 십삼 년이나 지나지 않았습니까?”

풍오자는 다시 눈을 돌리고 인상을 찌푸렸다. 하지만 이번 대답도 계장수가 해줬다.

“저들은 여간해선 뭉쳐지지 않는 자들이야. 오랜 세월의 역사가 저들을 그렇게 만들었지. 그런 저들이 뭉친다는 건 계기가 필요하지. 가령 예전처럼 조극강이란 자, 그런 자에게 멸문의 위기를 당한다든지 말이야.”

“지금은 그런 게 없잖아?”

계장수는 임홍빈에게 시선을 돌리며 똑바로 쳐다봤다.

“없어? 정말 그렇게 생각하냐?”

가만히 눈을 맞추던 임홍빈은 조금씩 눈동자가 흔들리기 시작했다.

“그럼, 설마 저들도…….”

계장수는 다시 연단으로 시선을 돌리며 대답했다.

“우리가 아는 걸 저들이라고 왜 모르겠어? 다만 뿌리와 잎의 차이겠지. 비가 오기 전의 습기 먹은 바람을 쐬면 누구라도 비 피할 생각을 하게 마련이야. 저놈들이 저래 보여도 누백년(累百年)을 이어 내려온 전통이 있다. 그런 건 그냥 생기는 게 아니지. 분명 본능적인 위기의식을 느낀 거야. 세상이 이상하게 돌아가고 있다는 걸 병신이 아닌 이상 알겠지.”

입을 닫고 연단 쪽을 보는 계장수의 옆얼굴을 임홍빈은 물끄러미 쳐
다봤다. 임홍빈의 눈은 새삼스러워 보였다. 무식하고 잔인하게 사람만
죽이는 줄 알았던 젊은 놈의 식견이 유달라 보이기 때문이었다.

꼭 곰의 탈을 쓴 여우를 보는 눈길로 임홍빈은 다시 물었다.

"시절이 저들을 저렇게 만들었다는 얘기인가? 어지러운 세상이 말
이야? 저들에게 우리와 같이 이면(裏面)의 진실을 알고 있는 자들이 있
을 리가 없고… 아니, 어쩌면 아는 자들이 있을지도 모르지. 묘하군.
평소에는 서로 간을 소 닭 보듯이 하다가 저렇게 위험에 처하면 뭉치
는 것이 저들의 생존 방법인 건가? 수백 년의 전통을 이어 내려온?"

평소답지 않은 묵직한 물음에 계장수는 힐끗 임홍빈에게 시선을 줬
다. 때마침 두 사람을 가자미눈으로 바라보던 풍오자와도 시선이 얽혔
다.

계장수는 다시 시선을 돌리며 짧게 말했다.

"그런 건 그 자리를 이끌어본 사람이 가장 잘 알겠지."

임홍빈의 시선은 바로 풍오자에게 돌아갔다. 풍오자는 가자미눈으
로 계장수를 쏘아보다 고개를 돌렸다.

"난 몰라. 다 잊었어. 저놈들하고 난 이제 별개야. 케헴."

토라진 아이처럼 볼을 부풀리며, 스스로 야인이라고 말하는 풍오자
의 눈은 왠지 편안해 보이지 않았다. 임홍빈은 그 얼굴에서 시선을 떼
며 말했다.

"옛날에도 별로 친했을 것 같진 않아요."

정해진 순서처럼 풍오자는 폭발했다.

"이 개누무시키!"

풍오자의 손이 임홍빈의 멱살을 잡아 올리는 순간 종이 또 울렸다.

뎅. 뎅. 뎅. 뎅.

종소리가 울리자 시끌벅적하던 수천 군웅들이 조용해졌다. 그들의 시선을 잡아끈 연단에서는, 처음의 그 사내가 다시 큰 소리로 말했다.

"오늘은 맹의 수장이 되실 무림맹주와 부맹주, 그리고 맹의 실질적인 주춧돌이 될 백룡단(白龍團)의 단주를 선출하겠습니다! 각각의 자리에는 소림의 방장이신 청율 대사와 무당의 고월 장문인, 그리고 대륙상가의 이호패 가주님이 다른 모든 분들의 추천을 받으셨습니다! 이에 특별한 이의가 없는 한 내일 정오를 기해 취임 선포를 하겠습니다! 다른 의견이나 이의가 있으신 동도들께서는 신분 증명과 함께 의견 접수를 바라오이다!"

사내의 우렁찬 외침이 끝나자 군웅들은 또다시 술렁술렁거렸다. 대부분 수긍하는 분위기였지만 여기저기서 작은 소리들이 다른 의견을 말했다. 어쩐지 짜고 치는 골패와 같은 느낌이란 소리였다. 그리고 그건 풍오자도 같은 생각이었다. 임홍빈의 얼굴을 손바닥으로 훌떡 밀어버린 그는 대놓고 궁시렁댔다.

"저 빌어먹을 늙은이들이 아주 속 보이는 짓을 하는구나. 지들끼리 사전에 다 짜놓고선, 보는 놈들한테 물멕이자는 수작이구먼. 헤헹, 이젠 확실하구만. 저놈들끼리 아주 확고한 묵계가 있어, 지덜끼리만 아는."

"맞아요. 저기에 대고 누가 반대 의견을 말하겠어요?"

푸닥대고 밀려갔던 임홍빈이 어느새 바짝 다가와 말을 거들었다. 풍오자의 눈매가 또 치켜 올라갔지만 성질을 부리진 못했다. 누군가 반대 의견을 말했기 때문이었다.

"다른 의견이 있소!"

커다란 목소리가 광장의 뒤쪽에서 들렸다. 사람들의 시선이 한꺼번에 목소리를 쫓아 돌아갔다. 연단의 구대문파 인물들도 시선을 던졌다.

다가닥. 다가닥. 다각. 다각.

사람들의 시선 속에서 말을 탄 자가 광장의 중앙을 가로질렀다. 천천히 움직이는 말의 발굽 소리가 조용하게 울려 퍼졌다. 그 속을 여섯 명의 사내가 느릿하게 전진해 왔다. 하지만 두 번째 사내가 쥔 깃발을 보고 군웅들은 소리쳤다.

"저, 저자들은 북마련이다!"

"맞다! 북마련! 그들이다!"

외침은 술렁임으로 퍼져 소요가 되었다. 하지만 황의를 똑같이 입은 여섯 사내들은 선두의 곰 같은 장년 사내를 필두로 연단을 향해 갔다.

인파의 물결을 쭉 헤치고 말을 걸어온 북마련의 여섯 사내는 깃발을 세워 들고 말에서 내렸다. 연단 바로 앞에 선 사내들의 머리 위로는 북마련 세 글자가 써진 깃발이 선명하게 휘날렸다. 그런 사내들을 향해 이호패가 일어서며 입을 열었다.

"초원의 패자들이 아니시오? 그대들이 이 먼 곳까지 어인 일이시오? 허어, 먼 길을 오셨구려."

지극히 담대하고 매끄러우면서, 어딘지 모르게 상대를 내려보는 언사였다. 그런 이호패를 올려다보며 곰 같은 어깨와 허리를 가진 선두의 사내는 웃으며 입을 열었다. 한데 그 웃음이 아주 비릿한 살기를 풍겼다.

"크흐흐흐흐흐, 우리가 언제 멀고 가까움을 마다하더이까? 말 달릴 길이 있고, 취해야 할 물건이 있으면 초원의 끝, 세상 끝도 내쳐

가지요."

표정 변화 없이 곰 같은 사내를 보던 이호패는 고개를 끄덕대며 말을 받았다.

"그렇구려. 어쨌든 위로 오르시오."

이호패의 선선한 청에 곰 같은 사내는 잠시 눈빛을 빛내다가 나무 계단을 올랐다. 그 뒤를 깃발 든 사내와 나머지 네 명의 사내가 차례로 올라갔다. 천천히 이호패와 그 뒤쪽으로 정연하게 앉은 구대문파의 사람들을 보고 사내들은 마주 섰다.

구대문파의 늙은이들과 문도들은 의외로 차분한 표정이었다. 그들의 앞에 대표로 선 이호패는 더욱 그랬다. 그런 그가 담담하게 다시 물었다.

"그래, 말씀처럼 목적이 있는 곳엔 원근(遠近)을 개의치 않으시니 이곳의 발걸음도 뜻이 있겠구려. 청한 바 없는 곳에 얼굴을 보인 그대들의 뜻이 무엇인지는 모르겠으나, 이곳은 역사적인 무림맹의 결성이 이루어지는 자리인만큼 신중하지 못한 언행은 모두에게 누를 끼치오. 그러한 점을 알고도 오신 것이라면 그 뜻이 무엇인지 청하는 바이오."

단정하고도 조리가 정연하지만 단호한 말이었다. 초청하지도 않은 자리에 뻔뻔하게 나타난 도적 떼들 따위가 어디서 망발을 부리느냐는 얘기와도 같았다. 또한 속뜻은 재미없게 놀면 정말 재미없어진다는 협박이기도 했다. 그리고 그걸 못 알아들을 북마련 또한 아니었다.

"크흐흐흐흐흐, 이 가주야말로 뜻이 깊은 소리를 하시는구랴."

비릿한 웃음을 웃어 보인 곰 같은 사내는 이호패를 직시했다. 그러다가 불쑥 말을 이었다.

"나, 염왕도 손필이 이곳에 온 이유는 한 가지요. 그대들에게 인사를 하러 왔소이다. 중원에 온 인사 말이오. 더불어 무림맹에 초청된 한 문파의 대표로서 권리를 행사하고자 하오. 맹주 선출에 이의가 있소."

광장의 군중들에게서 또다시 웅성거림이 일었다. 그 소리들을 잠재우며 이호패는 입을 열었다.

"원래 북마련의 둘째 두령이셨구려."

염왕도 손필의 눈매가 꿈틀했다. 이호패는 자신의 소개는 하지도 않았을뿐더러 의도적으로 둘째 두령이란 호칭을 씀으로써 상대와 상대의 세력을 멸시한 것이다.

이호패의 말은 바로 이어졌다.

"그대들이 어찌 이 자리에 온 것인지 궁금해했더니 청했다 하는구려? 하지만 우리네는 그대들을 청한 사실이 없는데 이상한 일이구려. 그런 사람들이 무림맹주 선출과 같은 중차대한 일에 이의가 있다 하니 정말 곤혹스럽소이다. 그러나 그대들은… 자격이 없는 것 같구려."

너무도 담담하게 말을 끝내는 이호패를 보고, 손필은 느릿하게 웃었다. 처음에 보았던 그 미소였다. 손은 천천히 품속에서 한 장의 붉은 배첩을 꺼냈다.

"청하지 않고 자격이 없다 하지만… 우리는 분명히 청첩을 받았소. 무림맹 결성을 주관했던 화산파의 장문 직인이 찍힌 청첩이오. 간곡하게 청하는 내용이 적혀 있소. 이것마저 자격이 없다 하지는 않을 테지요?"

붉은 배첩은 염왕도 손필의 손을 떠나 허공을 날아갔다. 천천히, 보이지 않는 끈으로 연결된 것처럼 날아간 그것이 마주 선 이호패의 손 안으로 들어갔다.

손에 잡힌 붉은 배첩을 보는 이호패의 눈썹 끝이 미미하게 흔들렸다.

하나 소맷자락을 곧 소리나게 팡, 하고 뿌리고는 배첩을 열어보았다.

이호패가 배첩을 보는 사이 구대문파 사람들의 표정엔 작은 변화가 생겼다. 염왕도 손필이 보인 한 수는 예사 것이 아니었기 때문이다. 지고한 내공이 뒷받침되지 않는다면 꿈도 꾸지 못할 한 수였다. 더구나 배첩이 날아가는 속도와 균형이 더욱 그랬다. 느리게 보내는 것은 빨리 보내는 것에 비할 바가 아닌 것이다. 때문에 군웅들도 웅성거렸다.

"확실히 화산파의 청첩이 맞구려."

이호패의 입이 다시 열리자 군웅들은 숨을 죽이고 시선을 모았다.

"하나 이 배첩은 화산파의 것. 그들만의 생각으로 그대들에게 전달된 것이오. 그러나 화산파는 오늘의 역사적인 일에서 손을 거두었소. 그들이 무엇 때문에 그러하며 무슨 생각으로 그대들을 청했는지 우린 알지 못하오. 결론 지어 말하자면, 그대들의 청첩장은 우리에게 소용이 없소."

간단명료한 이호패의 결론이었다. 군웅들은 곳곳에서 소리치며 동조했다. 하지만 그냥 물러가기 위해서 온 북마련이 아니었다.

"소용이 없다……. 화산이 보냈다 하지만 중원무림맹의 이름으로 보낸 것이나 다름없거늘. 화산이 예정대로 일을 추진했다면 그대들이 그런 소리를 할 수 있었을지 궁금하군. 하지만 뭐, 어쩔 수 없는 일이겠지. 약한 자는 잊혀지는 것이 무림이니까. 그렇지 않소, 이 가주?"

염왕도 손필은 소리없이 웃었다. 그 웃음이 사악하게 느껴지는 것은 이호패만이 아니었을 것이다. 또한 잊혀지는 약한 자가 화산인 건지, 북마련 자신들의 처지를 말한 건지, 그도 아니면 또 다른 의미를 두고서 한 말인지 모호했다. 손필은 그런 모두의 심정을 긁어대듯이 다시 말을 꺼냈다.

"형님 말씀대로 그대들은 우리를 인정하지 않는구려. 하나 우리 또한 그대들을 인정하지 않는 터. 이로써 피장파장이라고 해야 하나? 크흐흐흐흐."

손필은 또 웃었다. 이번엔 소리나는 웃음이었다. 그 웃음을 이호패가 막았다.

"그대들이 무엇을 인정하고 하지 않고는 상관치 않겠소. 다만 한 가지 당부하고 싶은 말은, 차후에 본 맹의 걸림이 되는 적들은 그 누구라도 목숨을 부지하기 어려울 것이오. 그대들은 그 점을 상기하길 바라오."

북마련은 숫자가 팔백여에 불과한 강도 집단. 그런 그들이 구대문파가 연합한 무림맹에 대항할 경우 가만두지 않겠다는 선언이었다. 규모나 역사, 세력과 판도, 모든 것에 상대가 되지 않으니 까불면 밟겠다는 소리였다. 하지만 웬일인지 손필은 여유만만했다. 대꾸가 곧 나왔다.

"그렇구려. 우리 또한 그대들에게 할 말이 있소. 사실 오늘의 자리는 이 말을 전하기 위해 온 것이오. 기실, 맹주 자리 같은 건 누가 되어도 상관없소."

이호패는 물론 뒤에 앉아 말없이 듣고만 있던 청율과 고월자, 그리고 나머지 문파의 모든 이들이 손필의 얼굴로 시선을 모았다. 그런 모두의 시선을 천천히 돌아본 손필은 군웅들의 시선을 마저 받으며 입을 열었다.

"우린 중원에 뿌리내리기 위해서 왔소. 거처는 호북 땅 단봉이 될 것이오. 그곳은 이미 우리가 접수했소. 개파 의식이 조만간 치러질 것이오."

군웅들이 또다시 술렁거렸다. 하지만 손필은 개의치 않고 뒷말을 마저 꺼냈다.

"우리의 존재가 걸끄러운 사람들은 언제라도 방문하시오. 개인이든, 집단이든, 누구라도 마다하지 않겠소. 하지만 올 때는, 돌아갈 생각을 마시오. 우린 우리를 밀어내려는 자들을 갈가리 찢어 죽일 것이오."

이호패처럼 염왕도 손필의 목소리도 너무 담담했다. 그래서 그 말이 전하는 내용이 더욱 소름 끼쳤다. 이것은 선전포고였다. 말 그대로 건드리면 가만두지 않겠다는 소리였다. 하지만 사람들은 무리한 소리라고 생각했다.

세상엔 철무련도 있고 벽력월인궁도 있다. 더군다나 지금 이 자리는 그에 버금가는, 아니, 어쩌면 능가하는 세력이 될 무림맹 창단의 자리였다. 그런 곳에서 북마련이라는 강도적 집단 따위가 해댈 말은 아니었다.

설령 북마련이라는 집단이 그 규모는 작으나 철혈대에 버금가는 전투력을 지닌 집단이라 해도, 상대는 전 중원의 무림 그 자체라고 할 수 있는 구대문파, 무림맹인 것이다. 한데도 손필은 너무도 당당하게 말을 했다. 미치거나 뭔가 그럴 만한 수가 있지 않고선 있을 수 없는 일이었다.

사람들의 술렁거림이 소란으로 커질 때 이호패는 입을 열었다.

"그대들은… 꿈을 꾸고 있구려. 하나 그 꿈이 길지 않길 빌겠소."

손필은 소리없이 또 웃었다. 그 웃음이 너무 짙어 이호패는 미간을 찌푸렸다. 하지만 손필은 이를 드러내 보이며 마지막 말을 했다.

"누구의 꿈인지는 깨어보면 알겠지요. 그대들만의 잔치, 잘하시구려."

손필은 돌아서서 계단을 내려갔다. 나머지 사내들도 그 뒤를 따랐다. 그들의 앞은 군웅들의 시선이 찔렀고, 뒤로는 이호패를 비롯한 구대문파의 인물들이 좇았다. 한데 그들이 말고삐를 쥐기도 전에, 누군가가 연단 뒤쪽으로 다급하게 올라갔다. 젊은 무당의 도사였다. 그는 청율과 고월자에게 다가가 뭔가를 고했다. 아주 긴박한 모습이었다.

"원시천존!"

"아미타불!"

두 늙은이가 동시에 도호와 불호를 외쳤다. 그리곤 또 동시에 일어나며 소리쳤다.

"멈추시오!"

"기다려라!"

소림의 청율 방장은 긴 수염을 휘날리며 연단을 박차고 나갔다. 기다리라고 한 자신의 말이 미덥지 못했던지, 아예 손필 일행의 앞쪽으로 날아 내렸다.

"아미타불 나무관세음보살!"

주변으로 물러나는 군웅들 속에서 청율은 불호를 침중하게 외웠다. 갑작스런 두 노인의 행동에 의아한 눈이던 이호패는 고월자에게 다가서며 물었다.

"사부님, 무슨 일로……."

"단봉의 주민들이 몰살당했다는구나."

"예엣?"

놀라는 건 비단 이호패뿐만이 아니었다. 연단에 선 고월자의 말을 들은 모든 사람들이 그랬다. 때문에 충격은 일파만파 커져만 갔다.

"지금 막 뱃길로 들어온 소식이다. 닷새 전이라는구나. 원흉은 삼백여의 말탄 무리들로… 모두 황의를 입은 자들이라 했다."

고월자의 눈은 말과 함께 선 손필과 다섯 사내를 무섭게 노려봤다. 하지만 손필은 기쁜 소식을 듣는 듯 소리없는 웃음을 입가에 또 걸었다.

술렁대는 군중들과 뒤편에서 일어서는 구대문파 사람들을 보던 이호패는 다급하게 물었다.

"민간인들이 학살당했다는 겁니까? 어떻게 그런 일이… 관군은 기대하지 않는다 해도 그곳에서 멀지 않은 곳에 철혈대의 지대가 있을 텐데요?"

고월자는 한층 더 무거워진 눈으로 손필을 봤다. 그러다가 검은 수염을 떨면서 대답했다.

"그들도 전멸했다는구나."

이호패는 너무 놀라 말을 하지 못했다. 그제야 흰 수염, 검은 수염으로 불리는 청율 방장과 자신의 사부가 떨쳐 일어난 이유를 알 것 같았다. 철혈대가 전멸했다는 거다. 그 일을 만든 자들이 북마련인 거다. 그렇다면 조금 전까지도 저들이 당당했던 이유가 밝혀진다. 하지만 저들이 어떻게 그런 일을 만들 수 있는지는 의문이다. 철혈대의 전멸이라니.

놀란 시선을 수습하지 못하는 이호패에게 고월자는 더 충격적인 말을 꺼내놓았다. 그리고 그 말은 모든 사람들을 충격과 경악으로 몰아넣었다.

"장수보라는 사내가 살아서 다 보았다는구나. 철혈대의 전멸 후, 하루가 지나 다른 지대가 그들과 격돌했단다. 하지만 그들의 싸움에 한 명의 늙은 도인과 또 한 명의 젊은 도인, 그리고 검은 얼굴의 커다란 무사가 끼어들었다는구나. 그리고는 양쪽 모두… 다 죽였다는 거다."

사람들 사이에선 숨이 넘어가는 것 같은 소리가 터져 나왔다. 하지만 그 순간 보인 손필의 반응은 어느 누구보다도 뜨거웠다.

"그게 무슨 소리요? 다 죽었다니? 우리 북마련이, 내 동생 손문이 이끄는 선발대가 다 죽었단 말이오? 어떤 놈이! 어느 놈이 그 따위 소리를 한단 말이오? 그런 꿈같은 소리를 지껄인 놈이 대관절 누구요?"

눈에 핏발이 선 손필과 그를 둘러싼 다섯 사내를 보며 고월자는 낮게 도호를 외웠다. 손필의 말에 대꾸를 해준 것은 앞을 가로막은 청율이었다.

"비단! 다 죽었을 뿐만 아니라 치욕을 남기고 죽었다!"

손필의 붉어진 눈이 신경질적으로 청율에게 돌아갔다. 깡마른 얼굴에 횃불처럼 이글대는 눈매로 손필을 마주 보는 청율 방장은 단호하게 또 말했다.

"너희 북마련과 철혈대 모두! 얼굴이 검은 무사 단 일 인에게 몰살당한 거다!"

"우우우우우."

군웅들은 억눌린 소리를 냈다. 그와 동시에 손필은 바로 소리쳤다.

"거짓말하지 마라! 어떻게, 어떻게 그런 일이 일어날 수가 있단 말이냐? 단 한 놈에게! 우리도 모자라서 철혈대까지 다 죽었다니! 그걸 말이라고 하느냐!"

흥분한 손필은 경어를 버리고 반말로 외쳐 댔다. 어금니를 문 그는 어깨를 들썩이며 숨을 몰아쉬다 곧 다시 말했다.

"너희들이 본 북마련의 행보가 탐탁치 않아 수를 쓰나 본데, 역사와 분별을 자랑하는 구대문파의 수치고는 치졸하구나. 어서 길을 비켜라! 만일 이 자리에서 피를 보자고 하면 마다치 않겠으나, 결과가 비참하리라!"

한층 가라앉은 목소리였다. 살기는 더욱더 짙게 묻어 나왔다. 그러나 여전히 강렬한 눈빛을 쏘고 있는 청율은 각이 진 음성으로 말했다.

"네놈이 뭘 어찌해도 상관없다만, 그전에 한 가지 말해 줘야겠구나. 네놈들이 사람들을 죽인 수법. 그건 어디로부터 유래한 것이냐?"

나직하고 강렬한 청율의 물음에 손필은 더욱 이를 악물었다. 하지만 붉게 핏발이 선 눈에 굳은 의지의 빛이 들어찬 순간, 사악한 웃음으로 대답을 했다.

"크흐흐흐흐흐흐, 그게 궁금했던 게로구나? 궁금한 건 직접 봐야 하겠지?"

손필의 몸이 주욱, 늘어나듯이 청율에게 들이닥쳤다. 웃음소리는 아직도 허공에 남아 흩어지지 않았다. 청율이 눈을 부릅뜬 순간 손필의 손이 가슴 앞이었다.

"헛!"

다급한 숨을 들이킨 청율 방장은 두 손을 앞으로 내밀며 연속해서 후려쳤다.

파파파팡!

네 개의 손 그림자가 손필의 손과 얽히며 바람 터지는 소리를 냈다. 하지만 정작 손필의 손은 청율의 육장을 교묘히 비끼며 격돌을 피했다. 선공을 빼앗겼던 청율은 손필의 가슴을 향해 금강수를 거듭 내질렀다.

슈웃!

권경이 터져 나오는 소리가 날카로웠다. 그것이 손필의 가슴에 격중하는 순간 손필의 몸이 우로 돌았다. 얼핏, 금강수에 맞아 옆으로 돌며 밀려가는 모습 같았다. 하지만 손필의 손은 금강수의 권경을 받아 옆쪽으로 흘리며 손을 뿌렸다. 그리고 손필의 몸이 멈추는 순간 비명이 터졌다.

"크어억!"

주변으로 밀려났던 군웅들 중의 한 사내였다. 옆으로 밀려나던 손필의 몸이 사내의 몸 앞에서 멈춘 것이다. 그러나 그냥 멈춘 것이 아니라 손필의 손이 사내의 가슴을 파고들었다. 정확하게 심장 부위였다.

"네 이놈!"

청율이 경악과 분노를 담고 소리쳤다. 달려들려는 그를 손필은 멈추게 했다.

"가만히 있어라. 이자의 꼴이 안 보이느냐?"

손필의 말에 청율은 물론 연단 위의 고월자와 이호패를 위시한 모두가 움직임을 멈췄다. 손필의 손이 가슴을 뚫고 들어간 사내는 학질 환자처럼 부들대는 중이었다. 입가로는 가는 피가 흘렀고 눈은 흰창이었다.

천천히 느릿하게 주변을 돌아본 손필은 수하들에게 명령을 내렸다.

"준비해라."

명령을 받은 다섯 사내들은 말에 올라타 길을 열며 전진했다. 그들이 손필을 지나 청율마저도 지나고 멈추자 손필은 사내의 몸을 붙잡고 걸음을 옮겼다. 정확히 자신의 수하들을 등지고 멈춘 순간, 손필은 위치가 바뀐 청율과 연단을 바라보며 하얗게 웃었다. 그리고 말했다.

"우리의 수법이 알고 싶다고 했나? 못 알려줄 것도 없지."

말이 끝나자마자 손필의 손이 쑥, 잡힌 사내의 가슴에서 뽑혀져 나왔다.

"커헉!"

강렬하게 솟구친 핏줄기가 손필의 얼굴을 적셨다. 꿈처럼 현실감이 없는 상황이었다. 사내가 내뿜는 피는 거짓 같았고, 쓰러지는 사내의 몸은 연극 같았다. 하지만 손필의 손이, 가슴에서 뽑혀져 나온 손이 너무 끔찍했다.

벌떡대는 심장. 피를 뚝뚝 떨어뜨리는 심장이 손필의 손에 잡혀 있었다. 그게 누구의 것인지는 모두가 아는 일이었다. 그 심장을 손필이 높이 들어 올렸다. 피를 뒤집어쓴 얼굴은 악귀처럼 웃었다. 그리고 악귀처럼 소리치며 심장을 움켜쥐었다.

"끼아아아아!"

손필의 손아귀에서 심장이 터져 나갔다. 조각조각 흩어지는 그 육편들이 구역질을 나게 했다. 하지만 그 순간 손필의 손에서 푸른 번개가 일렁였다. 그것이 손을 타고 팔을 거슬러 가슴과 몸을 휩싼 순간, 우뚝우뚝 경직하는 것 같은 손필의 몸속으로 물처럼 스며들어 갔다.

"저, 저럴 수가!"

누군가 탄식을 뱉었다. 청율은 물론, 고월자와 이호패를 비롯한 연단 위의 모든 사람들, 그리고 주변을 둘러쌌던 수많은 군웅들이 다 지켜보았다. 너무도 충격적인 광경이었다. 그 속에서 손필은 바람처럼 말에 올라탔다.

"더 궁금한 놈은 동안평(東安平)으로 찾아와라! 그곳에 우리의 본진이 있다! 크하하하하하하!"

넋을 잃은 것 같은 사람들의 시선 속에서 손필과 다섯 사내들은 말머리를 돌리고 박차를 가했다. 하지만 그들은 달릴 수가 없었다. 선두에서 맹렬히 달려나가던 사내의 말이 공중으로 솟구쳤기 때문이었다.

키히히히힝!

말과 거기 탄 사람은 허공에 던져졌다. 그 말의 울음소리 뒤로 앞을 막은 한 사내의 윤곽이 보였다. 얼굴이 검은 커다란 젊은 사내였다.

❷

계장수는 달리는 말 앞으로 유령처럼 스며들었다. 그리고 어깨로 말을 받아버렸다.

파앙!

히히히힝!

아래로부터 올려 받친 말이 사람을 태운 채로 허공에 솟구쳤다. 뒤따르던 다른 말들이 급히 서며 앞발을 치켜들고 울부짖었다. 너무도 짧은 찰나에 벌어진 일에 손필을 비롯한 사내들은 당황한 얼굴이었다.

쿵!

솟구쳤던 말이 떨어졌다. 말에 탔던 사내는 허공을 돌아 땅에 착지했다. 그때서야 손필의 눈이 계장수를 보았다. 흥분한 말의 고삐를 당기며 눈썹을 곤추세운 그는 거칠게 소리쳤다.

"네놈은 뭐냐?"

손필은 바로 또 소리쳤다.

"이익! 죽이고 길을 터라!"

사내들의 말이 다시 앞발을 들고 울부짖었다. 그리고 곧바로 달려나왔다. 사내들은 안장 옆에서 기다란 마상월도를 빼 들었다. 그걸 계장수에게 휘둘렀다.

부웅! 부우웅!

두 필의 말이 달려들고 말에 탄 사내들은 월도를 찍어 내렸다. 눈썹 하나 꿈쩍않고 바라보던 계장수는 발끝을 밀며 마주 달려나갔다. 달림과 동시에 도약한 계장수는 우측 말의 머리를 차며 왼편으로 솟구쳤다.

팡!

키히히힝!

우측 사내가 휘두른 월도가 어깨를 스치며 지나갔다. 머리 터진 말이 바깥으로 쓰러져 나갈 때 계장수의 무릎은 왼편 사내의 월도를 넘어, 안면에 틀어박혔다.

퍼억!

안면이 함몰되는 사내의 머리가 등 뒤로 꺾어졌다. 계장수는 안장을 차며 허공에서 몸을 틀었다. 같은 순간 우측 사내는 몸을 솟구쳤다. 사내는 쓰러지는 말 등을 찬 탄력으로 솟구치며 계장수의 등에 월도를 그었다.

부아아악!

계장수의 몸에서 발이 휘돌았다. 그 발이 장대처럼 횡으로 돌며 월도와 충돌했다.

파앙!

월도가 조각 내며 터져 나갔다. 그 순간 이번에 뒷발이 돌아 나왔다. 두 번째 반월이 터져 나온 것이다. 그 궤적의 끝에서 사내의 머리통이 수박처럼 박살났다.

퍼어억!

핏무리를 뿌리는 사내의 몸이 공중에서 핑그르르 돌며 날아갔다. 날아간 사내의 몸이 군웅들의 사이로 떨어졌다.

찰나지간에 벌어진 두 사내의 죽음이었다. 검고 커다란 청년에게 달려들던 북마련의 두 무사가 일순간에 무참하게 죽어버린 것이다.

모두가 입을 벌리고 말을 하지 못했다. 손필을 비롯한 말탄 두 사내와 말에서 떨어졌던 선두의 사내까지 모두, 착지한 계장수를 쳐다만 볼 뿐 움직이지 못했다. 마치 얼어붙은 것 같았다. 그건 청율을 비롯한 고월자, 이호패와 모든 군웅들, 전부가 한결같았다.

"너, 너!"

염왕도 손필의 입에서 알 수 없는 소리가 나왔다. 하지만 그는 곧 안장 옆에 맨 자신의 성명무기, 넓고 두터운 날의 염왕도를 빼 들며 말에서 내렸다.

천천히 계장수를 향해 다가선 손필은 머리 터진 말의 시체와 안면이 함몰되고 등 뒤로 머리가 꺾어진 자신의 수하를 봤다. 저만큼 군웅들 사이로 던져진 다른 수하의 몸뚱이도 봤다. 현실감이 없는 눈이었다.

손필의 시선이 다시 계장수에게로 돌아왔다. 어느새 그의 뒤로는 말에서 내린 두 사내와 나머지 한 사내가 깃대를 들고 다가섰다. 작게 펄럭이는 북마련의 깃발 아래 모인 사내들의 눈은 결의와 살기로 번들거렸다.

"네놈은 누구지?"

손필이 나지막하게 물었다. 이미 길을 뚫고 벗어나겠다는 생각 따윈 없어 보였다. 뒤쪽에 있는 구대문파의 수장들이나 정예들도 개의치 않는 눈이었다. 다만 눈앞에 서 있는 검고 커다란 청년을 잡아먹을 듯한 시선이었다.

무표정한 얼굴로 손필의 시선을 받아내던 계장수는 입을 벌렸다. 손필에겐 전혀 엉뚱한 소리였다.

"심장 뽑는 마공을 전해줬다는 그놈, 그놈은 어디에 있냐?"

굵고 고저없는 목소리였다. 그 목소리, 계장수의 질문을 받은 손필은 미간을 와락 찌푸렸다.

"네놈이 어떻게?"

좁혀지고 구겨졌던 손필의 미간에 작은 떨림이 일었다. 그 순간 손필의 눈동자는 급격하게 팽창했고 놀란 음성이 터져 나왔다.

"서, 설마! 네, 네놈이 단봉의 그 무사?"

손필은 주춤 반걸음을 물러났다. 그런 손필에게 확신을 심어준 것은 불쑥 튀어나온 임홍빈이었다.

"대가리는 있는 자로구만. 누군지 알았으면 제 처지를 돌아볼 줄 알아야지."

젊은 도사 임홍빈에게 손필과 그 수하들은 물론 사람들의 시선이 몰려들었다. 그리고 그들은 또 보았다. 젊은 도사의 뒤로 어슬렁대며 걸어나오는 산발한 늙은 도사를.

군웅들 속에서 소요가 물결처럼 일었다. 알아본 것이다. 커다란 신장에 검은 얼굴의 계장수와 산발한 미친 늙은이 같은 도사 풍오자, 그리고 젊은 도사 임홍빈까지 모두 알아본 것이다. 그들의 이야기를 들은 지가 불과 수각 전이었다. 하지만 너무도 충격적인 이야기는 그 주인공들을 눈앞에 두자 천둥처럼 되살아났다. 꿈이 아닌 것이다.

"저, 정말로 네놈이, 그, 그놈이냐?"

제 목소리가 떨리는 줄도 모르고 손필은 다시 물었다. 거짓 같은 이야기의 주인공들이 눈앞에 나타난 것이다. 믿을 수 없는 이야기였다. 하지만 그 이야기 속에 거론된 인물이 앞을 막았고, 그가 보여준 한 수는 보고도 막을 수 없었다. 그래서 손필은 목이 타 들어갔다.

"다시 묻겠다. 마공을 전해준 놈, 그놈은 어디 있나?"

여전히 무표정한 얼굴로 계장수는 거듭 물었다. 손필의 의문 따윈 안중에도 없는 태도였다. 그런 계장수를 경련하는 눈길로 바라보던 손필은 이를 악물었다. 그리고 천천히 제 등 뒤의 수하들을 돌아보았다.

자신처럼 당황과 놀람, 긴장과 두려움 등 여러 가지 감정으로 뒤섞인 수하들의 눈을 본 손필은 느릿하게 시선을 돌렸다. 다시 돌아온 그의 눈빛은 종전과 달리 차분하게 가라앉았다. 그가 수하들의 눈 속에서 최종적으로 본 것은 수치였다. 그것이 손필의 마음에 날을 세웠다.

"네가 내 동생을 죽였나? 내 형제들과 철혈대를… 정말로 네가 죽인 거냐?"

손필은 질문을 했다. 계장수가 던진 말에 대한 답이 아니라 질문을 했다. 그리고 염왕도를 고쳐 잡았다. 떨리던 눈가는 고정되고 눈동자는 살기를 뿜어냈다.

"난 그런 꿈같이 허황된 얘기를 믿을 수 없다. 설령 그렇다고 해도… 네가 아우와 형제들의 원수라면 가만둘 수 없겠구나. 죽여주마."

낮게 가라앉은 평이한 어조였다. 하지만 목숨을 건 굳은 의지가 배어 나오는 음성이었다.

계장수는 염왕도를 고쳐 잡는 손필과 그 뒤에서 월도를 잡는 사내들을 보며 다시 말했다.

"대답을 하든 안 하든, 네놈들은 어차피 다 죽일 거다."

손필의 눈꼬리와 입매가 씰룩거렸다. 그 순간 계장수가 손필에게로 걸음을 옮겼다. 손필은 바로 소리쳤다.

"죽여라!"

손필의 등 뒤에 있던 세 사내가 솟구치며 튀어나왔다. 월도를 든 둘이 바닥을 한 번 참과 동시에 앞으로 쇄도했다. 좌우에서 낮게 달려드는 그들의 월도는 양 옆구리로 그어 들어왔다. 그리고 같은 순간 깃대를 든 사내가 허공높이 솟구쳤다. 사내는 깃대 끝의 창날을 머리에 쑤셔 내렸다.

피이이이웃! 쇄에에엑!

걸음을 멈춘 계장수는 좌우로 주먹을 한 번씩 내지르고 허공을 올려쳤다.

팡팡팡!

너무도 간결하고 전광석화 같은 동작이었다. 하지만 그 세 번의 주먹질이 남긴 결과는 믿기 어려웠다. 양 옆구리로 월도를 박아 넣던 두 사내가 칼과 함께 뒤로 터져 날아갔다. 꼭 입바람에 불린 깃털 같았다. 하지만 사내들의 칼과 몸통을 때린 검은 번개는 입바람이 아니었고, 피 터지는 사내들의 몸은 깃털이 아니었다.

두 사내가 비명도 없이 피떡으로 터져 나가는 같은 순간, 계장수의 머리 위쪽에서 깃대를 쑤셔 내리던 사내는 경악해야 했다. 자신의 손에 잡힌 깃대가 끝 쪽인 창날부터 터지기 시작해서 창대를 타고 팔을 휘감았기 때문이다. 그 검은 번개가 가슴을 때렸을 때에야 사내는 죽음을 실감했다. 사내의 몸뚱이는 다시 허공에 치솟기며 뒤로 날아갔다.

상황은 그것이 끝이 아니었다. 어쩌면 처음부터 이런 기회를 노렸는지도 몰랐다. 양 옆으로 달려들던 두 사내가 날아가고 머리 위에서 내리 꽂히던 사내가 다시 튕겨 나간 그 찰나에, 손필의 몸이 귀신처럼 달려들었다. 마치 잘 짜여진 합격의 마지막처럼, 계장수의 가슴에 손을 박았다.

콰악!

계장수의 가슴에서 소리가 났다. 심장 위치였다. 손필은 그 가슴에 다섯 개의 손가락을 세워 쑤셔 넣었다. 계장수의 청의 무복에 구멍이 났다. 하지만 거기까지였다.

"허엇!"

계장수의 가슴을 뚫지 못한 손필은 기겁한 소리를 냈다. 손가락은 비단 가슴을 뚫지 못했을 뿐 아니라 고통을 느꼈다. 꼭 철벽을 친 느낌이었다. 뭔가 잘못된 것이다. 이런 일이 벌어질 수는 없었다. 위험이 뇌리를 후려쳤다.

번개가 치는 걸 백 번으로 나눈 것 같은 그 짧은 시간에 손필은 후퇴를 결심했다. 결심과 동시에 손을 떼며 뒤로 몸을 밀었다. 하지만 움직일 수 없었다. 계장수의 검고 커다란 손이 가슴에 뻗은 손을 붙잡았기 때문이다.

"이익!"

손필은 나머지 한 손을 갈퀴처럼 모아 계장수의 안면을 후려 그었다. 하지만 그마저도 계장수의 다른 손에 잡혔다. 이를 악문 손필은 요음각을 차올렸다. 하지만 그것도 역시 계장수의 허벅지 사이에 잡혀 버렸다.

"뭐, 더 남았나?"

계장수가 묻자 손필은 얼굴을 악귀처럼 일그러뜨렸다. 그 순간 계장수의 이마가 손필의 안면을 때려 박았다.

쾅!

손필의 머리가 훌떡 제껴지며 축 늘어졌다. 소리도 못 지르고 한순간에 혼절해 버린 그 몸을 계장수는 이불보 털 듯이 털어댔다. 콧잔등이 터져 움푹 꺼진 얼굴이었다. 그 몸뚱이가 흔들리는 모습은 이상하기 짝이 없었다. 두 팔이 계장수에게 잡힌 데다 정신까지 잃었으니 별 도리는 없었다.

먼지 털듯 손필의 몸을 흔들어 털던 계장수는 오른손을 놓았다. 손필의 몸이 한쪽으로 축 늘어졌다. 고개도 땅으로 처졌다. 계장수는 오른손을 아래로부터 위로 올려쳤다.

쫙!

손필의 고개가 벌컥 위로 올랐다. 반대쪽으로 돌아가 버린 그 고개를 손등으로 다시 후려쳤다. 고개는 반대쪽으로 홀떡 돌았다. 뺨과 입술이 순식간에 터지고 피가 흩어졌다. 하지만 손필은 정신을 차리지 못했고 계장수는 또다시 따귀를 돌려쳤다.

쫙! 쫙! 쫙!

“쿠헉!”

세 번의 따귀를 더 후려쳤을 때 손필이 기침을 터뜨리며 깨어났다. 하지만 얼굴은 이미 정상인의 것이 아니었고, 기침과 함께 이빨 부스러기들이 튀어나왔다.

“허억! 크허억!”

밭은 숨을 몰아쉬는 손필을 계장수는 가만히 쳐다봤다. 하지만 좌우로 돌려 치던 오른손은 어깨 높이로 들려진 채였다. 계장수는 말을 걸었다.

“한 번만 더 묻겠다. 그놈이 어디 있지?”

안면의 고통과 감당 못할 충격으로 신음하던 손필은 떠지지 않는 눈을 억지로 띄웠다.

“네, 네놈이… 우, 우리를……”

“말 안 할 모양이구나.”

계장수의 손이 주먹으로 말렸다. 그리고 손필의 복부를 올려쳤다.

퍼억!

"케엑!"

펄쩍 떠올랐던 손필의 몸이 다시 쭉 늘어졌다. 입에선 피 거품이 몽글댔고, 가늘었던 눈은 초점이 없었다. 그 몸의 한쪽 팔을 잡고 있는 계장수는 조용하고 덤덤하게 입을 열었다.

"사람의 생명을 빨아먹는 너 같은 놈들은 전부 다 죽일 거다."

흐느적대는 손필의 고개가 힘겹게 올려졌다. 초점없는 그 눈이 계장수를 보며 끊어진 말을 전했다.

"지옥… 에서… 너… 를… 기다… 리마…….

계장수는 손필의 팔을 놓았다. 그리고 오른발을 횡으로 후려 돌렸다.

부아아아!

퍼억!

손필의 머리가 터지고 몸통은 홀떡 돌다가 떨어졌다.

쿵.

제 수하처럼 머리가 터진 채 죽은 손필의 몸이 잠시 경련했다. 그러다가 곧 움직임이 없어졌다.

광장은 쥐 죽은 듯이 조용했다. 북마련의 둘째 두령 염왕도 손필과 그의 다섯 수하를 눈 깜짝할 새에 쳐죽인 사내를 쳐다보느라 정신들이 없었다.

사내의 정체도 알았다. 고월자가 얘기한 허황스런 이야기, 철혈대의 한 개 분대를 몰살시킨 북마련의 선발대와 그들과 격돌한 또 다른 분대를 혼자서 떼죽음시켰다는 검은 얼굴의 무사. 그자가 바로 저자인 것이다.

죽은 손필을 내려다보다 계장수는 뒤돌아섰다. 옆쪽에서 눈을 찡그리고 바라보던 임홍빈도 걸음을 옮겼다. 턱을 긁으며 심드렁하게 바라보던 풍오자도 몸을 돌렸다. 그런데 그때 누군가 그를 불렀다.

"이보오! 그대는 혹시 화산의 첫째 도우가 아니시오?"

불러 세운 자는 고월자였다. 힐긋 돌아본 풍오자의 얼굴을 본 그는 훌쩍 연단을 도약해 군웅들의 머리를 넘어왔다.

"맞구려! 풍오자, 그대가 맞구려! 이게 얼마만이오!"

반갑게 소리치는 고월자의 옆으로 흰 수염의 청율 방장이 다가서며 합장했다.

"아미타불. 진기가 느껴진다 했더니… 그대였구려."

군웅들은 또 다른 일의 국면에 눈동자를 밝혔다. 하지만 정작 고월자와 청율을 본 풍오자는 대수롭잖게 말했다.

"아아, 지금은 바쁘니까, 당신들은 하던 일이나 마저 하라구."

손을 바깥으로 내둘러 보이는 풍오자의 얼굴엔 귀찮은 기색이 역력했다. 어리둥절하고 뜨악한 눈으로 흰 수염의 청율과 검은 수염의 고월자가 바라볼 때, 풍오자는 저만큼 멀어져 가는 계장수를 보며 소리쳤다.

"야, 이 자식아! 같이 가!"

뒤도 안 돌아보는 계장수와 임홍빈의 뒤로 풍오자는 부리나케 쫓아갔다. 고월자와 청율은 서로를 얼빠진 얼굴로 쳐다보았고, 연단의 이호패는 주변에 뭔가를 빠르게 지시했다. 군웅들은 광장을 벗어나는 세 사람의 뒤를 홀린 듯이 바라보았다.

❸

동안평은 허창성 동쪽의 넓은 평야였다. 사방이 평야인 허창은 질 좋은 곡식을 재배하는 곡창이지만, 유독 동안평만은 땅이 척박해 사람들이 경작을 포기했다. 그저 자갈과 마른 흙이 전부고 군데군데 잡초만이 박힌 쓸모없는 땅이었다. 그런 동안평에 수백의 사람들이 움직였다.

유목민들처럼 이동 천막을 친 모습은 꼭 군진과 흡사했다. 각종의 병장기로 무장한 사내들의 수는 대략 오백여 명에 달했다. 모두가 황의를 입었다. 둥그렇게 원진을 형성한 천막들은 오백여 필의 말과 함께 장중해 보였다. 하지만 뿔고동 소리와 함께 갑자기 소란스러워졌다.

뿌우우. 뿌우우. 뿌우우.

황색 먼지 저편 건너로 보이는 북마련의 움직임을 계장수는 지그시 바라보았다. 녹읍(鹿邑)으로 가는 관도의 옆으로 보이는 동안평은 광활했다. 그곳에 오백여 명의 북마련도들이 전투 준비를 하고 있었다.

"저놈들이 준비하는데?"

임홍빈이 걱정스럽게 바라보며 말했다. 풍오자도 꺼림칙하게 보긴 마찬가지였다. 하지만 관도의 바람을 맞으며 선 계장수는 아무 말도 하지 않았다.

이미 놈들의 척후가 손필의 죽음을 알렸을 것이다. 놈들은 손필이 겪을 만일의 사태를 대비해서 따로 척후를 잠입시켰다. 그건 다시 말해 여차한 경우가 생길 경우, 허창으로 밀고 들어오겠다는 말에 다름 아니었다. 상대는 구대문파. 하지만 전력이 모인 것이 아닌 그들을 상대할 자신이 있다는 반증이었다. 북마련다운 발상이 아닐 수 없었다.

하지만 전혀 엉뚱한 곳에서 일이 꼬였다. 계장수 자신의 존재가 느닷없이 튀어나왔고, 손필은 저항도 못해보고 죽었다. 뱃길로 닷새 만에 퍼진 소식은 단봉을 접수해야 할 손문의 죽음도 알렸다. 손문의 죽음을 둘러싼 북마련 선발대와 철혈대의 괴멸은 믿을 수 없는 충격을 던져 주었다.

놈들은 지금 공황에 빠진 것이다. 그것이 확연하게 보였다. 척후가 눈으로 보고 전한 사실이 그렇게 만들었을 것이다. 손필을 상대하는 동안 내내 광장 어디선가 계장수 자신을 주시하는 시선을 느꼈었다. 그때 이미 놈들의 척후를 눈치챘다. 하지만 위치를 파악하려 하면 시선의 기척은 교묘하게 사라지고 비껴 나갔다. 자신의 집중을 피한 것이다.

어떤 놈이 척후였는지는 모르지만 보통 놈이 아닌 것만은 분명했다. 그래서 이곳으로 오는 동안 마음 한편이 편치 않았다. 뭔가가 빠지고 구멍이 난 듯한 느낌이 자꾸만 들었다. 그것이 존재를 파악 못한 척후 때문인 것만은 틀림없었다. 하지만 지금은 저놈들을 죽일 때였다.

"저것들이 사신(死神)을 만난 줄 모르고 설쳐 대는구나. 쯔쯔쯔쯧."

풍오자는 정말로 안타까운 표정으로 혀를 찼다. 임홍빈의 걱정과는 정반대였다.

임홍빈은 계장수와 풍오자, 그리고 북마련 쪽을 번갈아 쳐다보았다. 아무리 계장수가 백여 명이 넘는 북마련 선발대와 이백여의 철혈대를 궤멸시켰다고 해도 눈앞의 오백 기마대는 너무 많고 강해 보였다. 자신은 거울의 신력을 빌리는 법력만이 있을 뿐, 무공은 한 초식도 할 줄 몰랐다. 일이 잘못될 경우 도망가야 하는데, 그것도 여의치 않아 보였다.

"괜찮을까? 저놈들 너무 많은데."

임홍빈의 작은 말소리에 풍오자의 눈매가 돌아왔다. 샐쭉하게 바라보던 풍오자는 핀잔을 던졌다.

"젊은 자식이 겁대가리만 많아가지고설랑."

임홍빈은 불만스러운 눈으로 돌아보며 말을 받았다.

"이게 지금 상식적인 일은 아니잖아요?"

"뭐, 상식? 핫, 상식 좋아하고 자빠졌구나!"

"생각을 해보세요. 오백이 넘는 기마대에 단신으로 맞선다는 일 자체가 얘기책에나 나오는 거지, 이게 세상에서 가당키나 한 일입니까?"

"그래? 그럼 넌 단봉에서 뭘 본 거냐? 너, 거기서 꿈꿨냐?"

"그건 저 친구가 워낙에 비정상적인 친구라봐서."

"너 말 잘했다. 저놈이 비정상인 건 아는구나. 그러면 저기 저놈들, 사람 심장 뽑아서 정기를 빨아 처먹는 저놈들은 정상으로 보이냐?"

"누가 정상으로 보인답니까? 전 단지 이 상황이 너무 터무니없는 것 같아서 드리는 말씀이지요."

"아는 놈이 왜 그 딴 소릴 해서 초를 쳐? 지금 세상에 정상적인 게 뭐가 있어? 저 미친 북마련 놈들도 터무니없고, 저놈들을 전부 죽이겠다는 이놈도 터무니없지! 너는 정상으로 보이는 줄 아냐, 이놈아? 세상 전부가 터무니없이 돌아가고 있는 게야! 나도 거기 끼었고!"

풍오자는 내밀던 턱을 신경질적으로 긁으며 시선을 돌렸다. 북마련을 보는 그의 시선을 따라 임홍빈도 마땅찮은 얼굴을 돌렸다. 계장수는 여전히 북마련의 진중만 바라보았다. 한데 그런 세 사람의 곁으로 누군가 저만치서 말을 던졌다.

"이봐!"

임홍빈의 시선이 제일 먼저 돌아갔고, 풍오자는 천천히 옆을 돌아보았다. 계장수의 시선은 움직이지 않았다. 임홍빈은 말을 건 사람을 알아봤다.

"어? 저 사람은?"

"저 자식이 쫓아왔구먼."

풍오자가 짐작했다는 듯이 말하자 임홍빈은 바로 물었다.

"아셨어요?"

"그럼 왜 몰라, 광장에서부터 줄곧 뒤를 쫓아왔는데."

"어? 근데 나는 왜 몰랐지?"

"너 같은 놈까지 알 것 같으면 코 박고 뒈져야지."

"아니, 어르신. 말씀이 지나치신 것 아닙니까?"

"지나치긴 개 코가 지나쳐?"

임홍빈이 눈을 치켜뜨고 풍오자가 턱을 내미는 순간, 말을 건 사내가 걸음을 멈췄다.

"이봐라. 나 좀 보자."

거구의 사내. 계장수보다도 머리 하나는 더 커 보이는 괴물 같은 사내. 간이 주점에서 대도삼귀를 패대기친 그 사내였다.

천천히 계장수의 시선이 사내에게 돌았다.

"나한테 볼일 있나?"

묵직하게 계장수를 보던 사내는 갑자기 씩, 웃었다.

"볼일이 있으니까 불렀지, 그냥 불렀겠나?"

옆에서 쳐다보던 풍오자가 끼어들었다.

"볼일은 무슨, 한판 떠보자고 온 거겠지. 야, 내 말이 맞지?"

마치 오래전부터 알던 옆집 청년을 부르는 것처럼 풍오자는 스스럼 없이 사내에게 물었다. 풍오자를 본 사내는 흔쾌히 고개를 끄덕이며 대답했다.

"노인장 말씀이 맞소. 이 친구와 한번 겨뤄보고 싶어서 쫓아왔소."

노인장이란 말에 풍오자가 인상을 바꾸는 순간 임홍빈이 놀라서 입을 벌렸다.

"겨룬다구요? 싸우겠다는 말입니까? 그게 무슨 소리예요? 안 그래도 이 친구는 지금 큰 싸움을 앞두고 있는데 당신이 왜 싸움을 걸어요?"

사뭇 성난 얼굴로 임홍빈이 말했지만, 사내는 계장수의 눈에 시선을 맞춘 후 대꾸하지 않았다.

사내의 묵직한 눈을 들여다보던 계장수는 작게 감탄을 했다. 동요 없이 육중한 무게를 보이는 사내의 눈길은 처음 본 자신의 눈이 틀리지 않았음을 알았다. 거구의 잘 닦인 몸은 극한의 수련을 거쳤음을 짐작케 했다. 전생의 조극강 자신도 저 나이에 저만큼은 안 됐을 터였다.

'흥미로운 놈이구만. 한번 데리고 놀아볼까?'

사내를 의미있게 쳐다보던 계장수는 불쑥 물었다.

"이름이 뭐냐?"

잠시 대답이 없던 사내는 선선히 입을 열었다.

"자신감이 대단하구나. 뭐, 상관없겠지. 나이 몇 살 더 먹은 대우를 받자고 널 찾은 건 아니니까. 난 용태웅(龍太熊)이라고 한다. 올해 서른 이지."

자신을 용태웅이라고 밝힌 서른의 사내. 그가 말한 것은 많아야 스물댓밖에 보이지 않는 계장수의 어투였다. 하지만 그것도 상관없다는 뒷말이었다. 승부를 가리려는 상대에게 그런 건 무의미하다는 얘기였다.

용태웅이란 거구의 사내를 보던 계장수는 피식 웃었다. 역시 겉모습처럼 단순명료하고 거침이 없는 성격이 분명했다. 하지만 성격이 그러니 지금 속에선 피가 끓고 있을 것이다. 호적수가 될 만한 상대를 만났으니 어찌 몸이 근질거리지 않으랴. 저것은 무인의 천성이었다.

계장수는 다시 물었다.

"나와 겨뤄보고 싶은 거냐?"

"그래. 간이 주점에서 나온 후 네가 광장에서 싸우는 걸 봤다."

"그래서 쫓아왔나?"

"적당한 때를 찾으려고 뒤를 밟았다. 너 정도면 나와 충분히 손을 나눌 수 있다고 생각했다. 제대로 싸워본 게 너무 오래라서 말이야."

계장수는 엷은 미소를 띠고 용태웅을 봤다. 그 미소가 어쩐지 어린 손자의 재롱을 보는 할아비의 것 같다고 용태웅이 느끼는 순간, 풍오자가 다시 끼어들었다.

"야, 임마. 너 뭘 착각하고 있나 본데, 주먹질 좀 한다고 저놈한테 덤볐다간 황천 간다. 넌 단봉의 얘기도 못 들었냐? 아까 늙은이들이 얘기하지 않든?"

풍오자를 힐긋 본 용태웅은 이를 드러내 보이며 미소를 그렸다.

"얘기란 부풀려지게 마련이지요. 설사 그 얘기가 사실이라고 해도 난 주저하지 않소. 목숨을 걸고 싸울 만한 상대라는 건 쉽게 찾을 수 없지요."

소문이 사실이라면 더욱 싸우고 싶단 얘기였다. 그건 자신도 그에 비견될 만한 능력이 있으며, 그걸 알기 위해서라도 꼭 붙어봐야겠다는 의지였다.

지긋하게 용태웅을 바라보던 계장수는 짧고 나직하게 말했다.

"죽을 수도 있다."

용태웅은 미소를 다시 그리며 대답했다.

"그건 너도 마찬가지지."

계장수는 마주 미소를 그렸다. 커다란 두 사내 사이에 이상하고 한기 도는 미소가 오고 갔다. 그리고 계장수와 용태웅 둘 다 주먹을 쥐었다. 발걸음은 약속을 한 것처럼 관도 옆으로 걸어나갔다. 둘이 동시였다.

뿌우. 뿌우. 뿌우우.

급박한 뿔나팔 소리는 둘의 걸음을 동시에 멈춰 세웠다. 계장수와 용태웅의 시선이 소리가 들린 쪽, 북마련의 진영이 있는 평원으로 돌아갔다.

북마련 놈들이 움직이는 것이 보였다. 뿌옇게 먼지를 피워 올리며 달려나오는 놈들의 모습이 평원에 가득했다. 먼지만큼 누런 황의를 입은 놈들은 미친 듯이 달려왔다. 멀리서도 놈들의 눈에 선 핏발이 보였다.

"헉! 노, 놈들이 온다!"

임홍빈이 소리칠 때 풍오자는 한철검을 잡아 뽑았다.

시이이잉.

맑은 그 소리를 들으며 계장수는 용태웅에게 말했다.

"아무래도 내 일을 먼저 끝내야겠다."

북마련을 보던 용태웅은 계장수에게 시선을 맞추고 고개를 끄덕였다.

“누구의 일이든, 그래야 될 것 같군.”

용태웅의 고갯짓을 본 계장수는 북마련 쪽으로 몸을 돌렸다. 놈들의 뒤로 일어나는 황토 먼지는 일대 장관이었다. 꼭 사막의 모래바람이 불어닥치는 것 같았다.

계장수는 달려오는 북마련의 오백 기마대를 향해서 걸음을 옮겼다. 천천히 한 발 한 발 내딛는 느긋한 걸음이었다. 뒤쪽의 풍오자나 임홍빈에게 피하라던가, 뒤로 붙으라던가 등의 한마디도 없는 냉정한 걸음이었다.

계장수가 채 열 걸음을 못 걸었을 때, 질주해 나오던 북마련 오백 기마대가 멈춰 섰다. 뒤를 쫓던 먼지 바람은 곧 그들의 무리를 지나 계장수의 몸을 때리고 뒤로 흩날려 갔다. 그리고 누군가 앞으로 나왔다.

무리의 중심에서 말을 몰아 나온 자는 손잡이가 기다란 쇠로 된 마상월도를 든 자였다. 나이는 대략 오십 후반쯤으로 보였지만 몸에서 뿜어지는 기세가 압도적인 자였다. 사내를 보던 풍오자가 뒤에서 말을 던졌다.

“지옥수라도 손묵이다. 마상월도를 쓰는 놈의 수라도법은 중원에도 상대할 자가 많지 않다. 그럴 리야 없겠지만 얕보지 않는 게 좋다.”

초절정의 고수라는 얘기였다. 풍오자가 저렇게 말하는 건 자신도 손을 나눠봐야 승패를 알 수 있단 말과 같았다. 풍오자 같은 자가 그렇게 말할 정도면 상당한 실력이 있는 놈이었다. 한데 놈은 사람의 정기를 빨아 제 공력으로 삼는 마공을 익혔다. 칼이 더 날카롭다는 얘기였다.

걸음을 멈춘 계장수의 앞으로 지옥수라도 손묵은 다각대는 말발굽 소리를 내며 천천히 다가왔다. 그 거리가 사 장여가 되었을 무렵, 느릿하게 입을 벌렸다.

“이름을 말해라.”

감정을 엿볼 수 없는 담담한 말투였다. 이미 척후가 모든 사실을 알렸고, 눈앞에 선 젊은 사내가 자신의 두 동생을 죽인 자임에도 불구하고 손묵은 침착했다. 하지만 늑대의 눈알처럼 반짝이는 저 눈빛이 극도의 분노라는 것을 계장수는 잘 알고 있었다.

“내 이름이 알고 싶으냐?”

대수롭잖게 대꾸하는 계장수를 손묵은 유심히 봤다. 그러다가 웬일인지 희미하게 웃었다.

“이상하군. 네가 정말 단봉에서의 결과를 만든 자라면 육왕에 버금가는 자가 틀림없다. 전설의 육왕이 아니고선 그런 일을 만들 수가 없지. 한데 넌 튼튼한 몸과 한 수가 있어 보이지만, 아직 애송이로구나.”

계장수는 마주 씨익 웃었다. 검은 얼굴 사이로 보이는 이가 유난히 하얗게 보였다.

“내 눈엔 네가 애송이로 보이는구나. 환갑을 앞둔 애송이. 맞나?”

손묵의 표정에 처음으로 변화가 일었다. 꿈틀 치솟긴 눈썹은 그의 심정을 말해 주었다. 그도 그럴 것이 계장수의 말은 환갑을 눈앞에 두고 있는 자신의 나이를 짐작해 조롱한 말이었다. 새파란 젊은 놈이 할 말이 아니었다.

“젊은 놈의 아가리가 매섭구나!”

잠시 계장수를 보던 손묵은 눈매를 내려앉히며 다시 말했다.

“동생들의 일이 과연 너로 인한 것인지 지금부터 알아봐야겠다. 들은 만큼의 실력을 보여주기 바란다. 만일 그렇지 못하다면… 죽지도 살지도 못할 것이다!”

손묵의 음성은 차가운 한겨울 서릿발 같았다. 피부에 소름을 돋워

세우는 그 음성에 멀찍이 뒤에 선 임흥빈은 부르르 어깨를 떨었다. 풍
오자는 검을 쥐고 눈을 부릅떴고, 용태웅이란 자는 꿈틀하며 한 걸음을
내디뎠다. 하지만 뒤에 남겨진 사람들의 반응과 상관없이 계장수는 태
연하게 말했다.

"너희들 모두, 다 죽일 거다."

손묵의 입매가 부르르 경련했다. 하지만 계장수는 너무도 덤덤하게
또 말을 던졌다.

"마공을 전해준 놈, 그놈은 어디 있나?"

계장수의 검은 얼굴을 바라보던 손묵의 표정이 시시각각 변했다. 분
노와 황당무계함, 놀람과 살기, 그리고 다시 원인 모를 허탈함으로 변
하며 소리 높여 웃었다.

"크하하하하하하하하!"

커다랗고 길게 웃음을 웃어 제낀 손묵은 지그시 계장수를 보며 낮게
말했다. 마지막 선고였다.

"네 능력으로 알아봐라. 어쩌면 오늘… 넌 지옥을 보게 될지도 모르
겠구나. 차라리 죽는 게 낫다고 애원할 만큼 고통스런 지옥 말이야."

음산하고 살기 가득한 손묵의 말은 눈빛만큼이나 진하고 강렬했다.
하지만 계장수는 다시 미소를 보였다.

"지옥이라면… 이미 봤지."

손묵은 악귀처럼 안면을 일그러뜨리고 말고삐를 돌렸다. 빠르게 자
신의 무리로 돌아간 그가 다시 돌아선 순간, 월도를 치켜든 그의 신호
에 따라 북마련은 함성을 질렀다.

"우와아아아아!"

평원을 흔드는 함성을 시작으로 지축이 흔들렸다. 놈들이 물결처럼

밀려 나왔다. 칼을 든 놈, 창을 든 놈, 도끼를 든 놈, 검을 든 놈, 쇠도리깨를 휘두르는 놈, 쌍도를 거머쥔 놈, 유성추를 돌리는 놈… 모두가 계장수 하나를 죽이려고 달려왔다.

점점 가까워지는 놈들의 모습과 땅의 진동을 발끝에 느끼며 계장수는 등 뒤로 손을 뻗었다. 손에 잡히는 두 개의 물건 중 목도가 아닌 쇠로 된 물건, 귀신도를 칼집째 잡아 뽑았다. 그리고 칼을 빼고 도갑을 땅에 박았다.

시릿한 한기가 손에서 느껴졌다. 몸에선 불길 같은 살기가 피어올랐다. 눈에 보이는 모든 걸 베어버리고 싶었다. 살아 있는 육체는 물론, 저들의 영혼마저도 갈가리 찢어발기고 싶었다. 저들은… 그렇게 해달라고 달려오는 것 같았다.

"이여어어어어!"

충만한 가슴속의 살기를 고함으로 내뿜으며 계장수는 달리기 시작했다. 마주쳐 오는 기마대의 선두가 이 장여 앞에 도달했을 때, 꼭 폭발하는 것처럼 계장수의 몸이 앞으로 터져 나갔다. 그건 마치 순간적으로 공간을 이동하는 것 같았다. 하지만 그 벼락같은 순간에 검은 칼이 휘둘러졌다.

씨이이이이잉!

칼끝은 보이지 않는 날을 길게 단 것처럼 말과 사람을 도륙했다. 달리던 선두의 오십여 인이 말 머리와 함께 수평으로 쪼개졌다. 달리던 속도를 못 이긴 말과 사람의 몸들이 피를 터뜨리며 앞으로 내동댕이쳐졌다.

선두가 한번에 무너지는 그 순간 계장수는 좌우로 귀신도를 맹렬히 그으며 전진했다. 검은 칼날은 걸리는 모든 것을 가르며 길을 뚫었다.

꼭 옥수수밭 한가운데를 낫으로 후려치며 나가는 것 같았다. 사람과 무기, 말, 모든 게 잘라지며 좌우로 흩어졌다. 북마련의 무리는 한순간에 가운데가 뚫렸다. 그걸 만든 계장수는 바로 뒤돌았다. 그리고 또 달렸다.

두 번째 길이 뚫리는 순간이었다. 경악한 손묵이 다급하게 외쳤다.

"좌우로 흩어져라! 각개진을 만들어라!"

피와 사람과 말의 몸뚱이가 흩어져 날리는 와중에서 북마련도들은 사방으로 흩어졌다. 애초부터 그런 전법이 있었던 듯, 사오십 명씩 소규모로 집단을 이룬 북마련도들은 계장수의 주위를 돌기 시작했다.

계장수는 숨을 들이쉬며 다시 달렸다. 놈들의 전법이래야 뻔한 거였다. 저렇게 소규모의 무리로 나눠서 차륜협격전을 펼칠 요량인 거다. 하지만 일개인을 상대로는 사오십 명의 인원도 많았다. 더더군다나 모든 것이 소용없는 일은, 상대가 다름 아닌 계장수 자신이라는 것이다.

계장수는 틈을 주지 않고 따라 달렸다.

"단(斷)!"

외침과 함께 계장수는 몸은 미끄러지듯이 옆쪽을 달리는 무리에게 다가갔다. 물을 밟고 눈 위를 스치듯, 환상 같은 움직임이었다. 하지만 그 환상 같은 움직임과 더불어 귀신도가 그어졌다. 갈 지 자로 난자되는 칼부림은 옆을 달리던 오십여의 북마련도들을 갈가리 찢어발겼다. 그것은 순간이었다.

쉬아아아앙!

칼바람은 흡사 폭풍이 몰아치는 것 같았다. 어김없이 피와 사람과 말의 파편들이 휘날렸다. 하지만 그 지옥 같은 순간에 계장수는 또 외쳤다.

"참(斬)!"

공간을 난자하던 귀신도가 계장수의 겨드랑이에 붙었다. 그 순간 계장수의 몸이 와선풍처럼 돌기 시작했다. 도는 그 몸은 질풍이 되어 다른 북마련도들을 덮쳤다. 시커멓게 돌아가는 계장수란 태풍이 지나가는 곳에서 모든 것이 산산조각으로 터져 날렸다. 하지만 지옥은 꼬리를 물었다.

"산(散)!"

돌면서 공중으로 숫구친 계장수는 또 외쳤다. 그 몸에서 칼날이 튀어나왔다. 시커멓게 뇌전처럼 뻗치는 칼날은 환영을 만들었다. 두 개, 네 개, 여덟 개, 열여섯 개, 서른두 개, 예순네 개, 백스물여덟 개…….

사방으로 흩날려 내리는 지푸라기처럼, 수없이 나뉘어 뻗치는 칼날들은 북마련도의 머리 위로 내려앉았다. 그리고 모두가 쪼개졌다. 수박을 쪼개 버리는 것처럼, 모두가 그 칼날에 갈리고 잘려 죽어나갔다.

황토만이 날리던 동안평에 피가 날렸다. 사람의 몸이 잘려 날리고, 말의 몸뚱이가 터져 흩어졌다. 칼과 창과 검과 방패가 조각나고 그걸 잡은 생명들이 쓰러졌다. 땅에는 피가 넘쳤고 허공에도 피 안개가 자욱했다.

전투를 시작한 지 고작 한 식경도 지나지 않았다. 그 짧은 순간에 수백의 목숨들이 죽어버렸다. 살아남은 자들은 대략 백여 명이 될까 말까 했다. 그 많은 사람들을 죽인 자는 단 일 인이었다. 그래서 모두가 그를 봤다.

경악과 공포보다도 믿기지 않는 현실을 직시한 혼란의 시선이 계장수의 몸에 모였다. 하지만 귀신도를 머리 위로 쳐든 계장수는 아직도 만족하지 못하는 듯, 미친 듯이 부르짖었다.

"강(罡)!"

칼이 내리그어졌다. 칼끝에서 시커먼 도강이 벼락처럼 터져 나갔다. 그것이 살아남은 자들의 몸통을 휩쓸었다.

슈하아아앙!

평원에 검은 번개의 광풍이 불었다. 마치 검은 해일이 쓸고 지나가는 것 같았다. 그리고… 모든 게 끝났다.

"저, 저럴 수가!"

뒤쪽 저 멀리서 누군가 탄식 같은 소리를 냈다. 바람결에 들려온 그 소리를 흘려 버리고 계장수는 천천히 주변을 돌아보았다. 지옥, 지옥이 펼쳐져 있었다. 그걸 만든 사람이 자신이었다. 단봉에 이어 두 번째였다. 이번엔 죽인 자들의 수가 물경 오백여나 되었다. 이것이 현실일까?

갑자기 소름이 돋았다. 눈앞이 뱅글거리며 구토가 나올 것만 같았다. 스스로가 사람처럼 여겨지지 않았다. 그래, 자신은 지옥에서 뛰쳐나온 괴수인 것이다. 그렇기 때문에 이런 일을 서슴없이 저지르는 것이다. 하지만 자신과 함께 지옥으로 가야 할 자들, 그 존재들을 죽이기 전까지는 멈출 수 없는 일이었다.

패앵!

귀신도를 소리나게 돌린 계장수는 단 한 명의 생존자, 평원에 선 북마련의 마지막 생존자 손묵을 봤다. 넋이 빠진 그의 모습을 지그시 보던 계장수는 천천히 걸어갔다. 하지만 손묵은 뒷걸음질을 했다.

"오, 오지 마! 저, 저리 가!"

손묵은 자신의 애병인 마상월도, 그걸 허공에 그으며 연신 뒷걸음질 쳤다. 자신의 무공도 잊은 듯, 그저 짐승 쫓는 약초꾼의 지팡이처럼 휘둘렀다. 그런 그에겐 더 이상 북마련 수장으로서의 근엄이나, 지옥수라도로 불리던 초절정고수의 면모가 없었다. 그저 살기 위해 몸부림치는 자였다.

"오지 마!"

휭! 휭! 휘잉!

얼굴 앞으로 스쳐 가는 월도의 날 끝을 보며 계장수는 발걸음을 멈췄다. 그러다가 귀신도를 횡으로 그었다.

피이잉!

캉!

손묵의 월도가 잘려 나갔다. 팽그르르 돌아간 월도의 날이 쓰러진 시체의 몸에 박혔다. 그 모습을 당황한 눈으로 보던 손묵의 시선이 돌아올 때, 계장수의 발이 손묵의 배를 후려찼다.

퍼억!

"컥!"

구부러진 손묵의 등줄기를 계장수는 주먹으로 내리찍었다.

퍽!

"커헉!"

손묵은 땅에 쓰러졌다. 입으로 침을 흘리며 벌레처럼 버르적대는 그에게 계장수는 나직하게 물었다.

"마공을 너희에게 전한 놈, 그놈이 어디 있는지 말해라."

꼭 그것밖에 물어볼 말이 없는 사람 같은 얼굴로 계장수는 손묵을 내려다봤다. 막힌 숨을 틔우기 위해 핏대를 세우던 손묵은 입을 옴찔거렸다.

"설마 저 중에 있다고 말하려는 건 아니겠지?"

　계장수가 가리킨 죽어버린 오백의 북마련도들, 그들의 모습을 보던 손묵의 눈이 흔들렸다. 그렇게 바라보던 얼굴에 알 수 없는 표정이 수 차례 떠오르다가, 차츰 본모습을 찾아갔다. 그러다가 머리를 땅에 박 고는 한참을 숨만 들이내쉬었다. 그 모습을 계장수는 가만히 내려다보 았다.

　고개 숙인 손묵과 그걸 내려다보는 계장수의 말없는 행동은 꼭 무언 의 대화를 나누는 것 같았다. 들썩이는 손묵의 어깨는 이렇게 잠시만 있게 해달라는 것 같았고, 아무 제재 없이 침묵으로 내려다만 보고 있 는 계장수는 그걸 용인하는 것 같았다. 그것이 끝난 것은 손묵의 고개 가 들린 때였다.

　손묵은 천천히 일어나 앉으며 말했다.

　“네가 찾는 그자, 그자가 바로 척후였다.”

　계장수는 미간에 주름을 세웠다. 손묵은 또 말했다.

　“너의 존재와 두 동생의 죽음을 고한 직후, 놈은 종적을 감췄다.”

　손묵은 이제 계장수를 똑바로 쳐다보았다. 바로 직전에 보이던 공포 의 광태는 거짓처럼 사라진 얼굴이었다. 그런 얼굴로 그는 부탁했다.

　“기회를 주겠나? 형제들의 죽음 앞에서 추태를 보였다.”

　손묵은 이제 완전하게 처음의 모습을 찾았다. 이제까지 살면서 처음 보는 엄청나고 믿을 수 없는 광경에 넋이 나갔었던 것이다. 그에겐 눈 앞에서 벌어진 끔찍한 살육이 꿈같았고, 믿을 수 없었다. 그 일을 만든 놈이, 지옥의 마왕 같은 놈이 다가오자 주체할 수 없는 공포가 밀려들 었던 것이다.

　손묵은 죽어버린 형제들에게 미안했다. 모두가 도망치지 않고 싸우 다가 죽었건만, 그들의 죽음 앞에서 자신은 추태를 보인 것이다. 있을 수 없는 일이었다. 초원을 질타하던 패자가, 팔백여 무리를 이끌던 수장이 결코 보여서는 안 될 행동을 보인 것이다. 무인의 자존심을 찾아야 했다.

점점 더 강렬하게 꿈틀거리는 손묵의 눈동자를 보던 계장수는 나직하게 말했다.

"결과는 같다."

그 말을 던지고 계장수는 뒤돌아 걸어갔다. 정확히 열 걸음을 걸어간 계장수가 뒤돌아서자 손묵은 천천히 몸을 일으켰다. 그리고 주변에 떨어진 월도를 한 자루 집어 들었다.

월도를 잡은 손묵은 계장수를 무섭게 노려보았다. 계장수는 처음처럼 시린 눈빛으로 마주 봤다. 그렇게 두 사람의 사이에 말없는 살기만이 뭉클댔다. 하지만 잠시 후, 손묵이 월도를 돌리기 시작했다.

부웅! 부웅! 부웅!

기다란 손잡이가 달린 월도를 돌리자 손묵의 몸이 점점 희미해졌다. 반면에 몸을 감싸고 돌아가는 월도의 날빛은 점점 더 시리게 변해갔다. 그러다가 그 빛이 은빛을 넘어 흰빛의 장막으로 변한 순간, 손묵이 터져 나왔다.

패애애엥!

도강의 장막, 흰 도강의 장막으로 둘러싸인 손묵이 달려오자 계장수는 발끝을 밀었다. 곧바로 계장수의 몸도 질풍처럼 터져 나갔다. 그렇게 서로를 향해 달려나간 두 사람이 스치듯 시로를 비껴갔다. 하지만 그 순간에 터진 희고 검은 빛줄기의 격돌은 천둥처럼 요란했다.

쉬카카카카카카카캉!

계장수는 손묵이 있던 자리에 멈춰 섰다. 손묵은 계장수가 있던 자리에 멈췄다.

어느새 손묵의 몸을 감쌌던 흰도강의 장막은 사라졌다. 한데 서로를 등지고 선 두 사람 중 손묵의 몸이 조금씩 흔들렸다. 흔들리는 그 몸이 조금씩조금씩 더 흔들리다가, 몸에 붉은 금들이 생기기 시작했다.

붉은 금들은 목과 가슴, 허리와 다리, 인중과 미간, 팔과 손목에 이르기까지 점점 더 많고 선명해졌다. 한데 그 순간 손묵이 잡고 있던 월도가 조각조각 흩어지며 떨어졌다. 그게 신호가 된 듯, 붉은 금들은 일제히 벌어지며 피를 뿜어냈다. 손묵은 몸은 월도처럼 조각으로 무너졌다.

무너지는 손묵의 살덩이 소리를 들으며 계장수는 몸을 돌렸다. 저만치 보이는 관도 위에 풍오자와 임홍빈의 모습이 보였다. 그 옆으로 싸우자던 용태웅이란 놈의 얼굴도 보였다. 그리고 그들의 뒤로 고월자와 청율, 이호패와 그가 이끈 무림맹 사람들이 무리로 보였다.

계장수는 바람이 등을 미는 대로 한 발 한 발 걸어갔다.

❶

"청진이 시켰다고?"

풍오자의 칼칼한 목소리가 실내를 울렸다. 어둑한 실내. 그 안에 모인 사람들. 모두가 무림을 이끄는 한 문파의 수장들. 그들이 기다란 탁자를 마주하고 앉았다. 구대문파의 수장들이 모두 모인 것이다.

"에이, 뭐가 어떻게 되는 거야? 야, 술 좀 줘라!"

풍오자가 주변에 대고 소리쳤다. 풍오자의 바로 옆에 앉은 고월자가 눈짓하자 젊은 도인 하나가 부리나케 밖으로 달려나갔다. 아마도 술을 구하러 나가는 게 틀림없었다.

시간은 벌써 삼경. 무림맹의 본전으로 사용할 대륙상가의 별채는 사방이 괴괴했다. 주변은 구파와 대륙상가의 무사들로 경계가 삼엄했고 횃불만이 너울댔다. 그 안의 회의실에 모인 구파의 늙은이들은 말없이 침묵만 지켰다.

마주 보고 앉은 고월자를 쨰려보던 풍오자는 상석의 청율에게 시선을 돌렸다.

"이보라구, 청율 도우, 아니, 청율 방장, 아니아니, 무림맹주 양반, 나 좀 보라구."

비딱한 풍오자의 말투에 청율은 가볍게 한숨을 쉬었다. 거기에 대고 풍오자는 시비를 걸었다.

"그러니까 회심동이 무너진 게 벌써 칠 년 전이라구? 그 안에 있던 자들은 정말로 살아서 다 도망갔고, 그자들을 대비하기 위해서 청진이 곤륜으로 간 게 이 년 전이라고?"

풍오자는 기가 막혔다. 소림도 그들의 존재를 알고 있었던 것이다. 소림삼신승과 무당의 백봉 도장도 천기자처럼 유지를 남긴 것이다. 그 유지를 장문들만이 알았고, 조극강과의 대결에서 패한 후 바로 칩거에 들어간 청진은 숭산의 토굴(土窟)에서 그들을 보았다는 것이다.

칠 년 전 그날, 천지간에 가득히 마기를 뿌리고 사라진 그들을 보고 청진은 바로 칩거를 깬 것이다. 그리곤 사제인 청율에게 세력의 연합을 명했으며, 자신은 곤륜이성(崑崙二聖)을 찾아 길을 떠났다는 거다.

'하긴, 내가 알고 있는 걸 이들이 모를 거라고 생각한 내가 병신이지. 하지만 아무리 그렇더라도 이런 일을 알리지도 않고 지덜끼리만… 이것덜이!'

눈꼬리를 치켜 올린 풍오자는 버럭 성질을 냈다.

"이런 씨부러질! 이렇게 중차대한 일을 우리 화산만 빼놓고서 속닥거렸단 말이야?"

청율은 고개를 모로 돌렸고, 고월자는 당황한 얼굴로 말을 건넸다.

"아니, 그게 아니고… 화산에서 먼저 무림맹의 얘기를 꺼내길래 우리는 옳다구나 했지. 당연히 화산도 내력을 아는 고로 그 때문인 줄 짐작했소. 해서 결맹 시에 얼굴을 맞대고 진지한 논의를 하려 했소. 다른 문파의 여러분들도 이곳에 도착한 며칠상간에 알게 된 일들이오.”

해명하는 고월자의 얼굴에서 탁자에 죽 둘러붙은 다른 문파의 늙은 이들을 풍오자는 노려봤다.

“말은 번지르르하게 잘하는구만. 전부 밥그릇 안 놓치려고 모여든 주제들이 그런 논의를 한다고? 언제부터 그렇게 세상 걱정들을 했지?”

거친 풍오자의 말에 늙은이들의 얼굴이 불그죽죽해졌다. 그중에서 종남의 태인(太仁) 장문은 참지 못하고 말을 꺼냈다.

“풍 장문인, 말이 너무 심한 것 아니오?”

풍오자는 바로 대꾸했다.

“난 장문인 아니야. 그리고 뭐가 심하다는 거야? 종남은 그 산 뒤에 나는 금광만으로도 평생 먹고살 텐데 뭐가 아쉬워서 여기 왔지?”

이미 반말지거리에는 이력이 난 듯, 태인은 자신이 할 말만을 정확히 전했다.

“그렇기로는 화산도 별수없지 않소? 현 장문인인 그대의 사제가 천주상가를 발판 삼아 북마련 같은 이들을 끌어들인 이유가 뭐겠소? 무림맹을 주도하려 했던 이유가 뭐겠냔 말이오? 화산이 남을 욕할 자격이 있소?”

정곡을 찌르는 한마디에 다른 늙은이들이 동조의 고개를 끄덕였다. 풍오자는 멍한 얼굴로 태인을 보다 시선을 고월자에게로 돌렸다. 계면쩍어하는 고월자의 얼굴을 잠시 바라보다 천천히 고개를 수그렸다.

“휴우, 풍열자, 그 빌어먹을 새끼 땜에 내가…….”

작은 한숨과 욕설을 내뱉은 풍오자는 다시 고개를 들며 말을 꺼냈다.

"그래, 서로 마주 보고 침 뱉기지. 지금은 그런 걸 따지기보다 앞일을 얘기해야겠지. 어떻게 모였든 이렇게 한자리에 모였으니까 말이야."

풍오자는 청율을 봤다. 슬며시 모로 고개를 돌리고 있던 청율은 따가운 그 시선을 끝내 피하지 못했다.

"아미… 타불. 허험."

"타불은 무슨 빌어먹을. 무슨 대안들은 가지고 있는 거야? 청진이 곤륜으로 간 거 말고 말이야? 그 노인네들이 여태 살아나 있겠어?"

풍오자의 물음은 곤륜이성에 관한 거였다. 살아 있다면 이미 백 세를 한참 넘긴 두 거인. 조극강이 천하를 질타하던 무렵 유일하게 그와 맞설 수 있는 인물로 꼽히던 두 사람. 하지만 천하의 패권에 관심이 없다며 고개 돌린 야인들.

둘 다 구대문파의 출신들이 아니었다. 전인초(全人礎)와 진옥당(眞玉瑲). 그게 두 사람의 이름이었다. 평생 세상을 떠돌며 검공에 몰두하던 두 사람. 운명적으로 두 사람은 만났고, 둘은 필연적으로 검을 겨뤘다.

승부는 무승부. 둘의 나이는 불혹. 그때부터 두 사람은 삼 년을 주기로 다시 만나 서로의 검을 견주었다. 세상은 그들의 존재를 알게 되었고 그들이 겨룰 때면 사람들이 모여들었다. 그 세월이 사십이 년.

도합 열네 번의 승부를 겨루었던 그들은 끝내 승부를 내지 못하고 함께 세상을 등졌다. 하지만 경천동지의 격돌을 사십 년간 본 세상 사람들은 그들을 검왕 이후의 최고 검객들로 꼽길 주저하지 않았다. 또한 세사에 관심 두지 않고 자신들의 무로만을 추구한 그들을 우러러보았다. 그래서 그들이 들어간 곤륜의 이름을 붙여 곤륜이성이라고 불렀다.

그들이 세상을 등진 이후에 세상엔 또 하나의 절대자가 등장했다. 그가 조극강이었다.

"이봐! 흰 수염쟁이! 말해 보라니까?"

우물대던 청율의 얼굴이 확 구겨졌다. 그만큼 풍오자의 언사는 자극적이고 거칠었다. 하지만 청율은 꾹꾹 눌러 참았다. 자신의 사형인 청진과 함께 조극강의 손을 백 초 넘게 받아낸 유일한 인물이 풍오자인 것이다. 더군다나 저 성질은 건드리면 건드릴수록 더 폭발했다.

욕먹은 흰 수염을 쓸어내린 청율은 목청을 가다듬으며 말을 꺼냈다.

"에에, 지금의 시점으로선 청진 사형의 말씀을 받들어 맹을 정비하고, 더불어 곤륜에서의 일을 마치고 돌아오실 때를 기다려 대비를 함이……."

"손가락 빨면서 하늘만 보자는 얘기구만."

청율은 또 인상이 구겨졌다. 하지만 개의치 않는 풍오자는 다시 한 번 실내를 죽 둘러보며 말을 이었다.

"잘들 들으시오. 다들 이 자리에 모인 이유가 조금씩은 다를 거요. 하지만 공통적으로는 저기 저놈의 제안에 넘어갔을 테지. 저놈이 돈이 많다면서?"

풍오자가 가리킨 사람은 대륙상가의 가주 이호패였다. 고월자의 옆에 앉았던 그는 표정없이 시선만 맞췄다. 오히려 당황한 건 고월자였다.

"아니, 그렇다기보다는……."

"저놈이 강남북의 힘있는 상권들과 모두 연계했다니 대단한 놈인 건 사실이군. 철무련과 벽력월인궁도 그런 뒷배는 없지. 천하 상인들의 반 이상이 뒤를 받치는 그런 일 말이야."

이호패는 무표정하던 얼굴을 풀고 가만히 미소 지어 보였다.

"화산에만 계셨는 줄 알았더니 잡다한 걸 많이 알고 계시군요."

풍오자는 느릿하게 마주 웃어 보였다.

"건방진 어린 놈이! 그래도 제 사부보다는 배짱이 있는 모양이로구나."

이번엔 고월자의 얼굴이 수염만큼 시커메졌다. 풍오자는 눈길조차 돌리지 않고 또 말했다.

"다 이곳에 와서 들은 얘기다. 그전엔 네놈도 몰랐지. 어쨌든 다 좋아. 세상을 뒤집으려고 모였든 철무련이나 벽력월인궁을 극복하려고 모였든 그 밖의 다른 것이든 간에, 이 자리엔 우리 화산과 조극강의 처가였던 해남파만 빼고 다 모였다. 이렇게 모였다는 게 중요하지."

풍오자의 시선은 다시 한 번 모인 자들의 눈을 일일이 마주쳤다.

"모인 이상 대비를 해야 하오. 내가 알기로 소림의 회심동을 탈출한 그들은 인간의 경지를 벗어났소. 즉, 우리가 가진 힘으론 대적할 방법이 없다는 얘기요."

군데군데 반발의 눈빛이 새어 나오자 풍오자는 바로 또 말했다.

"그것뿐이 아니오. 세 파의 후계자였던 그들에게 마공을 전한 자, 누군가 했을 것이라고 막연하게 추측만 했던 그자의 정체가 실존함을 난 파악했소."

"뭣이?"

"그게 정말이오?"

청율과 고월자의 물음이 바로 튀어나왔고 좌중은 술렁거렸다. 풍오자는 하얗게 눈빛을 빛내며 다시 말을 이었다.

"그자는 아직도 건재하며 우리가 모르는 곳에서 악행을 저지르고 있

소. 또한 길고 긴 시간을 암흑마궁의 재건을 위해 힘써온 것이 틀림없
소. 오늘의 일 또한 그자의 안배 하에 벌어지는 일들이라고 나는 확신
하오.”

청율과 고월자는 입을 벌리고 다물지 못했다. 그건 다른 사람들도
마찬가지였다. 그들이 알기로 풍오자는 거짓을 말할 사람이 아니었다.
또한 자신이 격은 확신이 있을 때에만 저런 단정을 내놓는 자였다.

“이럴 수가! 암흑마궁의 부활이라니!”

종남의 태인 장문은 탁자 위의 두 손을 부르르 떨었다. 다른 모두도
심정은 똑같았다. 직접 겪어본 일은 아니지만, 귀에 못이 박히도록 듣
고 자란 옛일은 그때의 참상을 잊지 않게 했다. 한데 그것이 오늘날에
까지 몸을 떨게 하는 것이다. 소림과 무당으로부터 숨겨왔다던 회심동
의 비사를 듣고도 반신반의했었다. 하지만 풍오자가 전하는 지금의 말
은, 막연하던 위기의 실체를 확연히 깨닫게 한 것이다.

장내의 탄식과 술렁임 속에서 이호패가 말을 꺼냈다. 풍오자에게였
다.

“외람되오나 한말씀 여쭙겠습니다. 말씀하신 존재들의 실체가 인간
의 경지를 벗어난 자들이라 하셨는데, 그 점은 저희 또한 인지하고 있
던 일입니다. 해서 그들을 대적하기 위해 곤륜이성을 청하러 청진 대
사께서 가신 겁니다.”

풍오자의 부라려진 눈은 물어보려던 게 그거냐 하는 눈빛이었다. 하
지만 이호패는 추호도 끊림없이 당당하게 말을 이었다.

“한데 제가 보기에는 도장 어른과 일행이던 그 청년, 얼굴이 검은 무
사 말입니다. 그자 또한 보통의 인간이라 보기에는 무리가 있더군요.
단신으로 북마련의 오백 무사를 몰살한다는 건 죽어버린 조극강이 살

아온다 해도 가능하지 않을 겁니다."

풍오자의 눈이 시큰 빛을 냈다.

"그래서?"

"그 친구가 단봉에서는 철혈대마저도 궤멸시켰다구요? 아마도 제가 보고 들은 견문이 맞다면… 그 친구가 가진 검은 칼은 도왕의 귀신도가 맞습니다. 그렇지 않나요?"

"더 지껄여 봐라."

"해서 드리는 말씀인데, 그 친구의 존재 자체가 하나의 방비책이 되지 않겠습니까? 그런 친구가 무림맹에 동참해 준다면 커다란 힘이 되겠지요."

풍오자는 피식피식 웃었다.

"그래, 결국은 그거구나. 너희들 마소로 부려먹고 싶다는 거 말이야."

"그렇게 단정 지으실 일이 아닙니다. 도장의 말씀처럼 닥쳐올 위기에 대비하자는 뜻이지요. 그 때문에 모두가 힘을 쓰는 것 아닙니까? 청진 대사님도 그렇구 말입니다."

"구변(口辯)이 교묘한 놈이로구나. 하지만 왜 내 눈엔 네가 한몫 눈앞에 둔 장사꾼처럼 보일까?"

이호패의 얼굴이 처음으로 굳어졌다. 고월자의 얼굴도 그렇기는 마찬가지였지만 풍오자는 말하기를 멈추지 않았다.

"입으로 위기를 떠들며 속으론 뭘 생각하든 내가 알 바 아니겠지. 하지만 진정을 가져야 할 것에 그렇지 못하면 후회할 날이 오며, 내가 손대선 안 될 물건에 욕심을 내면 화를 자초하게 되는 법이다. 이는 만고의 진리이지."

　굳어진 이호패와 고월자의 얼굴은 물론이고, 청율과 태인, 다른 문파의 장문인들 모두 풍오자의 얼굴만 봤다.

　"네가 거론한 그 청년, 그 친구는 너나 네가 속한 집단의 그릇으로 아우를 수 없는 자다. 이미 보았듯이 인간 같지 않은 능력을 가진 친구다. 그런 자가 적이 아닌 걸 다만 감사해라. 쓸데없는 생각은 네 명을 재촉한다."

　굳어진 이호패의 입가가 가늘게 경련했다. 그걸 못 보았는지 종남의 태인 장문은 풍오자에게 물었다.

　"그 젊은 무사가 대관절 누구요? 그리고 도장과 그 무사는 무얼 찾고 있는 거요?"

　이호패를 보던 시선을 태인에게 돌린 풍오자는 낯빛을 풀었다. 대답하는 목소리도 조금은 누그러졌다.

　"칼 보면 모르겠소? 도왕의 후예요. 십삼 년 전 철무련에게 멸문당한 귀도문주 계은범의 아들이라는구려."

　"헛! 그게 정말이오?"

　놀라는 건 종남의 태인 장문뿐이 아니었다. 다른 모두가 의표를 찔린 눈으로 풍오자를 봤다. 태인 장문은 바로 또 물었다.

　"실전된 것으로 알았던 도왕의 칼과 비기가 그 가문에 있었던 것이구려? 한데 이상하구려. 그랬다면 왜 그렇게 퇴락한 채로 지냈으며, 또 멸문까지 당한 건지. 어쨌든 아비의 복수를 하고자 하겠구려?"

　"유품이 있었는지는 나도 모르겠소. 하지만 복수는 하겠지. 아마도 철무련은… 지독한 악마를 적으로 두게 된 걸 게요. 꿈에서도 보기 끔찍한 악마 말이오."

　여운을 강하게 남기는 풍오자의 말에 듣는 장내의 사람들은 소름을 후두둑 털어냈다.

풍오자의 말은 정확했다. 사내, 검은 얼굴의 젊은 무사는 악마였다. 그들의 눈에 비친 사내의 모습은 악마보다 더했으면 더했지 덜하지 않았다.

사내와 맞선 오백의 북마련은 한 줌의 풀잎을 뿌려 날리듯 모두 흩어졌다. 죽음의 이슬로 변한 그들의 목숨이 차라리 허망하게 여겨졌다. 적으로 간주한 자들이고, 그들을 치기 위해서 동안평까지 무사들을 이끌고 갔지만, 그들이 본 것은 한편의 꿈이었다. 어쩌면 사내는 그들이 지금 얘기하는 적들보다도 더욱 두려운 존재일지도 몰랐다.

생각 속으로 스며드는 모두의 침묵을 깨고 청율이 풍오자에게 말을 걸었다.

"이제 어찌할 셈이오?"

청율을 돌아본 풍오자는 피식 웃으며 대답했다.

"어쩌긴 뭘 어째. 놀던 대로 놀아야지."

"청년과 따로 떠날 셈이오?"

"딱 보면 모르겠소? 저놈이 당최 인연 맺는 걸 싫어하오. 또 우린 쫓던 놈이 따로 있소. 결국에는 목표가 같아질 테지만, 지금이야 도리없구려."

청율은 고개를 끄덕였다. 고월자도 침묵을 지켰다. 이호패는 심중을 알 수 없는 얼굴이었다. 하지만 풍오자는 잊었던 걸 생각해 냈다.

"어, 참, 왜 술 안 가져와? 야, 어떻게 된 거냐?"

회의실 입구에 선 중년 승려에게 소리치자 승려는 당황해서 풍오자를 봤다. 청율이 헛기침을 하고 고월자가 돌아볼 때, 아까 나갔던 젊은 도인이 들어왔다. 소반에 술병을 들고 나타난 그는 풍오자에게 다가와 조심스럽게 내려놨다.

"찾을 때까지 기다렸다가 갖고 오는 거냐? 왜 이리 늦어? 일부러 그런 건 아니지?"

술잔에 술을 따르며 풍오자는 못마땅하게 물었다. 주뼛대며 서 있는 젊은 도인에게 고월자는 눈짓을 했다. 빨리 물러가라는 소리였다. 한데 똥마려운 강아지마냥 엉거주춤한 도인은 물러갈 생각이 없는 것 같았다.

"뭐냐? 할 말이 있냐?"

술 한 잔을 입에 털어 넣으며 풍오자가 묻자 젊은 도인은 고월자와 청율의 얼굴을 번갈아 보았다. 눈치를 파악한 이호패가 명령했다.

"보고할 일이 있는 게로군. 어서 말해 보게."

도인은 고개 숙여 읍을 보인 후 말을 꺼냈다.

"화산에서 손님들이 오셨습니다. 자신들을 화산칠검(華山七劍)이라 밝히셨습니다."

"푸웃!"

풍오자가 들이마시던 술을 내뿜었다.

"그, 그놈들이 여길 뭐 하러 왔어?"

젊은 도사는 주변의 놀란 눈과 궁금함을 살피며 조심스럽게 말했다.

"장문인을 암격(暗擊)한 자를 찾아왔다 하더이다. 그자가 도장과 함께 여기 있는 걸 알았으며, 때문에 연유를 여쭙기 위해 왔다 합니다. 한데, 단봉에서의 일과 오늘 낮의 일을 그저 풍문으로 치부하는 것 같았습니다."

젊은 도인의 말은 화산칠검이 계장수를 죽이러 왔으며, 그의 본실력을 못 본 그들이 이란격석의 우를 범하려 한다는 염려가 배어 있었다.

"어허, 말이 많구나!"

고월자가 호통을 던졌다. 젊은 도사 자신이야 낮의 일을 목격했으니 그런 심정과 말을 한다 해도, 타 문파의 일이고 사람들이었다. 더군다나 화산칠검이라면 화산의 자존심이요, 미래를 짊어질 중진들이었다. 충분히 실례가 되고 모욕이 될 수 있는 일인 것이다.

"따로 자리를 마련하리까?"

고월자가 넌지시 묻자 풍오자는 수염가의 술방울을 닦아내며 대답했다.

"됐소. 이리 들라 하시오."

풍오자의 대답이 있은 직후 젊은 도사는 다시 밖으로 나갔고, 잠시 후에 일곱의 도사들을 데리고 들어왔다. 중년에서 삼십을 갓 넘겼을 듯한 청년에 이르기까지, 등에 한 자루의 보검과 행낭을 멘 그들은 눈빛이 삼엄하고 진중해 보였다.

화산칠검. 다음 세대의 화산 전체나 다름없는 자들이었다. 풍열자의 제자인 범수나 범여도 저 중엔 끼지 못했다. 오로지 학문과 무공일도에만 힘을 쏟던 화산의 진정한 힘이 저들인 것이다. 그들이 몰려왔다.

"사숙을 뵈옵니다."

앞장선 중년의 도사, 상투 튼 이마가 반듯한 사내가 예를 보였다. 뒤따른 여섯이 곧 동시에 예를 보였다.

"사숙을 뵈옵니다."

여섯의 목소리가 동시에 실내를 울렸다. 곧바로 선두의 중년 도사는 청율과 고월자, 종남의 태진과 다른 문파의 장문인들에게 허리를 숙였다.

"여러 무림의 선배제현께 후배들이 인사드립니다."

똑같이 여섯이 따라 했다. 엄정한 예의와 반듯한 기도가 보이는 그들의 태도에 장내의 인사들은 고개를 끄덕였다. 과연 화산이라는 말이 나올 만한 인재들이었다. 하지만 그들의 인사를 받은 풍오자는 인상이 차가웠다.

천천히 탁자에서 뒤돌아 일어선 풍오자는 일곱의 사문 제자들을 보았다. 자신이 받은 제자는 하나도 없었지만, 손수 가르침을 주던 자식 같은 존재들이었다. 그들의 눈을 하나하나 맞추어보며 입을 벌렸다.

"화산칠검은 화산에 있을 때 화산칠검이다. 화산을 벗어나면 그때는 화산칠검이 아니다. 그저 강호를 떠도는 무뢰배가 되는 거지."

앞에 선 중년 도사 범중(範重)을 비롯한 범진(範進), 범교(範敎), 범학(範鶴), 범정(範靜), 범성(範成), 범현(範賢)까지, 모두가 반발하는 눈으로 풍오자를 봤다.

풍오자는 그런 제자들의 눈을 한데 아우르며 엄숙하게 말했다.

"내 너희들의 뜻은 알겠으나 이대로 돌아가라. 수도하는 자들에게 세상은 구린 오물통과도 같다. 오래 있으면 있을수록 오욕만이 남게 된다."

풍오자의 말에 탁자에 앉은 다른 자들의 얼굴이 찡그려지며 모로 돌아갔다. 하지만 풍오자와 눈을 마주 보고 선 화산칠검은 수긍하지 못했다.

"화산이 능멸을 당했습니다. 암격을 당해 장문인이 사경을 헤매고 있습니다. 이는 절대로 있을 수 없는, 결코 묵과할 수 없는 일입니다."

"그렇습니다! 저희는 사숙께서 그자와 함께라는 소식을 듣고 기뻐했었습니다! 저희보다 먼저 사숙께서 그자를 붙잡았다고 말입니다!"

먼저 말한 범중의 뒤에서 범진이 격앙되어 말했다. 격한 소리는 또 이어졌다.

"맞습니다! 한데 사숙은 그자를 잡은 게 아니라 동행이 되어 있었습니다! 오면서 들은 소문은 온통 허황된 거짓투성이였습니다! 진실을 말씀해 주십시오!"

제일 어린 범현이었다. 붉게 상기된 그 얼굴을 무섭게 노려보던 풍오자는 갑자기 범중의 따귀를 후려갈겼다.

쫘악!

소리는 연달아 터졌다. 나머지 여섯 개였다.

쫘악! 쫘악! 쫘악! 쫘악! 쫘악! 쫘악!

불시간에 따귀를 얻어맞은 화산칠검은 붉어진 뺨을 들고 풍오자를 보았다. 상기된 그들보다 더 붉은 얼굴의 풍오자는 이를 갈 듯이 말을 던졌다.

"어리석고 우매한 것들! 너희들이 상대하려는 자가 누구인지 알고나 하는 소리들이냐? 풍열자가 암격을 당했다고? 범여 놈이 그리 말하더냐?"

풍오자의 성난 눈은 화산칠검의 눈동자를 샅샅이 훑고 지나갔다. 낮고 강렬한 목소리가 다시 이어 나왔다.

"똑똑히 들어라. 풍열자, 그놈으로 인해 우리 화산이 멸문당하지 않은 걸 다행으로 여겨라. 놈은 제 어리석음에 겨워 벌을 받았다. 그 죄를 화산이 나눠 가질 필요는 없다. 이제부터 화산은 봉문(封門)한다."

"사숙! 무슨 말씀입니까?"

"사, 사숙!"

"사숙!"

범중이 놀라 묻고 나머지가 외쳤다. 말을 던진 후 훨씬 차분한 얼굴이 된 풍오자는 결연하게 말을 꺼냈다.

"이 시간 이후로 화산의 장문은 범중이다. 절차를 갖춰야 도리이겠으나, 세상의 상황이 너무나 급박하여 사문의 어른으로서 명한다. 풍열자는 이미 장문의 직을 수행할 수 없는 만큼, 다음 항렬의 제자들 중에 선택하여 명하노니 범중은 명을 받들라."

"사숙!"

당황한 범중이 되물었지만 풍오자는 엄숙하게 말했다.

"무릎 꿇고 명을 받아라!"

너무도 강경한 풍오자의 명령에 범중은 엉거주춤 무릎을 꿇었다.

"화산의 제이십삼대 제자 범중을 이제 장문인의 직에 명하노니, 그 명을 받든 자는 이제 화산의 문을 닫을지어다! 후에, 간난과 신고의 세월이 끝난 후에 문이 열릴 것인즉, 그때를 대비하야 화산의 숨결을 거두라!"

간결하고 강하게 임명의 말을 마친 풍오자는 뒤돌아 술잔을 잡았다. 무릎 꿇고 그 뒷모습을 올려다보는 범중이 입술을 움직거리는 순간, 술잔을 들이킨 풍오자가 다시 말했다.

"궁금해하지 마라. 하지만 한 가지는 알아라. 너희가 결코 이길 수 없는 상대를 적으로 만들지 말라. 그를 적으로 삼으면… 모두가 죽는다."

잔을 내려놓은 풍오자는 탁자를 돌아서 회의실을 나갔다. 천천히 휘적휘적 멀어져 가는 그 뒷모습을, 범중과 나머지 화산칠검은 물론, 회의실에 남은 모두가 바라다보았다. 바라보는 모두의 눈빛은 제각각이었다. 하지만 그중에서도, 범중과 이호패의 눈빛만이 유독 강렬했다. 둘 다 도전적이고 생각이 깊은 눈빛이었지만, 생각이 좇는 갈래는 달라

보였다.

❷

"아, 같이 갔어야 되는 건데, 이런 기회는 또 안 올 텐데. 아, 미치겠네, 정말."

접객실 안에서 임홍빈은 발정난 개처럼 안절부절못했다. 탁자에 앉은 계장수와 용태웅을 사이에 두고 쉼없이 왔다 갔다 했다. 부산스러운 그 모습에 용태웅은 미간을 찡그렸고 계장수는 신경 쓰지 않았다.

"이봐, 대체 왜 그러는 거냐? 똥구녕에 돌멩이라도 박힌 거냐?"

보다 못한 용태웅이 소리치자 임홍빈이 화들짝 놀라 걸음을 멈췄다. 하지만 곧 표정에 냉랭해지며 용태웅에게 쏘아붙였다.

"당신은 왜 안 가고 여기 있는 거야? 우리한테 돈 빌려준 거라도 있어? 왜 슬그머니 따라붙어서 여기까지 왔냔 말야?"

용태웅의 굵은 눈썹과 구레나룻이 꿈틀댔다.

"뭐? 너, 지금 나한테 반말한 거냐?"

험악해지는 용태웅의 얼굴을 본 임홍빈은 슬쩍 물러서며 옹알거렸다.

"아니, 그게, 뭐… 사실이 그렇잖아요. 우리 일행도 아닌데 따라붙은 건… 사실이지요."

"이 자식아, 내가 개냐, 따라붙게? 난 이놈한테 볼일이 있어서 여기까지 온 거야."

"그럼 볼일을 보던가."

"볼일을 언제 볼지는 내 맘이야."

용태웅을 보던 임홍빈은 몸을 돌리며 작게 중얼댔다.

"체, 얻어터질까 봐 안 덤비는 걸 누가 모를 줄 알고."

못 들을 용태웅이 아니었다.

"너, 이 새끼! 뭐라고 했어? 다시 말해 봐!"

"헉! 나, 난 아무 말도 안 했어요!"

용태웅은 탁자에서 일어섰고, 임홍빈은 후다닥 문 쪽으로 물러났다. 등이 문에 닿으려는 순간, 그 문을 누군가 벌컥 밀고 들어왔다.

쿵.

"아이구!"

등과 머리를 감싸 쥔 임홍빈이 물러나자 뜨악한 눈매의 풍오자가 들어섰다.

"넌 이 자식아, 왜 문 앞에서 얼쩡거려? 등짝이 문짝보다 더 센지 시험해 보는 거냐?"

"어? 어르신!"

구겼던 얼굴을 풀고 임홍빈은 반색해 달려들었다.

"어헛, 이 자식이? 야, 임마! 내가 계집으로 보이냐? 저리 안 가?"

안을 듯이 달려드는 임홍빈을 손으로 밀며 풍오자는 옆걸음쳤다. 임홍빈은 소맷자락을 붙잡고 침을 튀겼다.

"어찌 됐습니까? 얘기 잘됐습니까? 그들이 뭐라 합니까?"

"이놈이 미쳤나? 아, 잘되고 자시고 할 얘기가 뭐가 있어? 저들은 저들의 생각이 있고, 우린 우리 생각이 있는 거지."

"아니, 그 말씀 말고요, 제가 회의실로 가시기 전에 드린 말씀있잖습니까?"

"뭐? 무슨 말?"

의아스럽게 임홍빈을 보던 풍오자의 얼굴에 곧 생각이 떠올랐다. 그리고 임홍빈의 멱살을 틀어 올렸다.

"너 이노무 새끼!"

"케엑, 어, 어르신!"

"나더러 저놈들한테 돈을 울궈내라는 말이냐? 저놈들 힘든 일을 대신 해줬으니 그 대가를 내라고? 엉? 네놈이 하고픈 말이 그 말이지?"

"컥, 그, 그게 뭐가 어때서… 컥!"

"이 불쌍노무 새끼야! 장사를 해 처먹을 데가 따로 있고, 협잡질을 논할 사람이 따로 있지! 아무리 북마련을 때려잡았다지만 그걸 가지고 무림맹에 돈을 달라고 해? 그것도 그 말을 다른 사람도 아닌 내가 하라고?"

"크억, 그, 그래서 제가 따라간다고 했잖아요!"

풍오자는 멱살을 더욱 조여 잡았다.

"에라이, 미치고 한참 맛간 자식아! 돈에 환장하다하다 너처럼 환장한 자식은 내 생전 처음이다! 돈병에 걸린 거냐? 돈귀신이 씌운 거냐?"

풍오자는 멱살을 잡아 흔들었고, 그때마다 임홍빈은 머리를 휘둘렀다. 탁자에서 일어선 모양 그대로, 두 사람의 수작을 지켜보던 용태웅은 멍한 얼굴이었다.

아무것도 못 보고 아무것도 안 듣는 사람처럼, 여유롭게 차를 따라 마시던 계장수는 두 사람을 불렀다.

"그만들 해요."

앞뒤로 흔들리던 임홍빈의 머리가 멈췄다. 으르렁대던 눈길을 거둔 풍오자는 멱살을 풀고 탁자로 다가왔다. 그 뒤를 숨통 트인 임홍빈이 쪼르르 따라왔다. 탁자에 앉는 임홍빈을 보고 용태웅은 말을 걸었다.

"그것 때문이었냐? 여태껏 개처럼 헐떡대고 부산스러웠던 게, 무림맹에 돈 달라고 할 거였던 거냐? 북마련을 이 친구가 대신 해치웠으니까 그 대가로?"

"그게 뭐 어때서?"

"허, 이 자식, 완전히 돈 자식이로구만 그래?"

"돌긴 누가 돌았다고 그래? 세상일에 공짜가 어딨어? 이 친구도 목숨 걸고 싸웠잖아? 그 덕에 지들이 편해졌으면 그 대가를 내놓는 게 당연하지."

임홍빈은 매우 타당하고 당연한 듯이 말했다. 그 뻔뻔한 얼굴을 용태웅은 감탄스러운 듯이 보았다. 하지만 그는 임홍빈이 자신에게 경어를 쓰지 않은 걸 잊은 얼굴이었다.

둘을 번갈아 보던 풍오자는 용태웅에게 불쑥 물었다.

"넌 왜 아직 안 갔냐? 뭐 볼일 남았냐?"

"예? 아예, 그게……."

"우리한테 돈 빌려준 것도 없는 자식이 왜 아직 안 갔어? 볼일 다 봤으면 얼른 가봐."

풍오자는 임홍빈과 똑같은 소릴 했다. 그 말을 들으며 용태웅은 어이가 없었다. 유유상종이라더니, 늙은이도 결국은 같은 소릴 하는 것이다.

'늙은거나 젊은 거나 노는 꼬라지가…….'

용태웅은 속으로 혀를 찼다. 하지만 늙은이가 화산의 전임 장문인인 풍오자라는 걸 안 이상은 더 이상 함부로 대할 수가 없었다.

"에, 뭐, 급한 일도 없는데요. 그리고 이 친구한테 아직 볼일이 남았습니다.”

“급한 일 없어? 볼일이 남아?”

풍오자는 찻잔만 만지작대고 있는 계장수를 보았다. 옆에서 임홍빈이 끼어들었다.

“언제 볼일을 볼지는 자기 맘이래요.”

“이, 씨!”

“야, 이 자식아!”

임홍빈에게 주먹 드는 용태웅을 풍오자가 불렀다. 슬그머니 주먹 든 손을 내리는 그에게 풍오자는 단도직입적으로 말했다.

“수작 부리지 말고 너 갈 데로 가라, 응? 너, 척 보아하니 비무한단 핑계로 우리한테 들러붙을 모양인데, 애시당초 그런 싸가지없는 생각은 버리고 가란 말이다. 알겠냐? 자식이 처먹기도 많이 처먹게 생겨 가지고설랑.”

용태웅의 얼굴이 붉으락푸르락해졌다. 뭔가 할 말이 있는 것 같은데 말했다간 본전도 못 찾을 것 같은 막연한 불안감이 그의 속만 태웠다. 하지만 결국 참지 못했다.

“저, 생각보다 많이 안 먹어요.”

풍오자는 찻잔을 떨어뜨릴 뻔했고, 임홍빈은 마시던 차를 뿜어냈다. 계장수도 어벙한 얼굴이 되어 용태웅을 봤다. 슬그머니 웃는 얼굴이 된 용태웅은 은근스럽게 말을 꺼냈다.

“돈도 좀 있습니다. 제 밥값은 제가 내지요. 흐흐흐.”

뻔뻔하고 낯짝 두껍게 직접 치고 나온 것이다. 어울리지 않는 비굴한 웃음을 문 용태웅을 풍오자는 빤히 쳐다봤다. 갑자기 변모하는 용태웅의 모습에 이 자식은 또 왜 이러나 하는 눈빛이었다. 임홍빈은 귀가 쫑긋해졌다.

"돈 있다구? 어디 봐봐?"

웃던 용태웅의 고개가 옆으로 팩, 돌아갔다. 순간적으로 험악해진 얼굴은 여차하면 사람 하나 잡을 기세였다. 임홍빈은 급히 고개를 돌리고 천장만 봤다.

다시 돌아온 용태웅의 얼굴은 또 웃고 있었다. 변검처럼 삽시간에 변하는 그 얼굴에 풍오자는 감탄스러워했다.

"너 재주 좋다. 남들이 보면 가면놀이 하는 줄 알겠다?"

"어르신, 태어나서 남들에게 이런 부탁하는 것이 처음입니다만, 저도 껴주십쇼."

"뭘 껴줘, 이 자식아? 우리가 도적단이냐? 껴주고 빼고 하게?"

"제가 보긴 곰 같아도 눈치 하나는 빠릅니다. 척 보아하니 뭔가 목적을 가지고 급조된 모임 같은데… 그렇지 않습니까? 뭔지 몰라도 저도 껴주십쇼. 예? 어르신."

"뭐? 목적? 급조된 모임? 이 싸가지없는 노무 새끼가 터진 아가리라고 제멋대로 지껄이네?"

"맞잖아요?"

임홍빈이 얼른 또 끼어들었다. 풍오자는 부라렸던 눈을 임홍빈에게 홀떡 돌렸다.

"이런 쌍녀러 새끼! 넌 도대체 병신이냐, 여우냐? 네 대가리에 뭐 들었는지 오늘 꼭 봐야겠다!"

열 손가락을 임홍빈에게 뻗으며 폭발하려는 풍오자를 계장수가 제지했다.

"말장난들은 이제 대충 하고 의논을 해봅시다."

　시종일관 아무 말도 없이 듣고만 있던 계장수의 말이었다. 또한 이제 앞일을 의논하자는 얘기이기도 했다. 잡아먹을 듯이 노려보던 임홍빈의 얼굴을 풍오자는 손바닥으로 죽 훑어내렸다. 그리고 시선을 돌렸다.

　"에퉤퉤, 으이그, 짜."

　찡그린 임홍빈의 얼굴에서 시선을 돌린 계장수는 용태웅에게 말을 걸었다.

　"진짜 원하는 게 뭐냐? 비무라면 지금이라도 응해줄 수 있다."

　계장수와 시선을 맞추고 있던 용태웅은 피시식 웃었다.

　"싸우고 싶은 마음은 굴뚝같지만, 지금은 못 싸우겠다. 난 못 이길 줄 뻔히 알면서도 바락바락 달려드는 그런 무모한 놈은 아니야."

　"그럼 뭐냐? 왜 안 가고 우리를 쫓아온 거지?"

　"뭐, 지금이야 못 이기겠지만, 나중에야 혹시 모르지."

　계장수는 용태웅처럼 피식 웃었다.

　"그러니까 네 말은, 나한테 들러붙어서 이길 수 있는 자신이 생길 때까지 계속 쫓아다니겠다 뭐, 그런 말이냐?"

　용태웅의 웃음은 더욱 짙어졌다. 풍오자와 임홍빈은 놀라고 혀를 찼다.

　"뭐라고? 이 자식, 이거 미친놈 아냐?"

　"쯔쯔쯔, 돌았군요."

　두 사람의 반응에도 용태웅은 시선도 안 돌리고 계장수만 봤다. 요지부동의 시선이었다. 그렇게 껌뻑이지도 않고 보던 그가 느릿하게 입을 열었다.

　"솔직히, 조극강이 내 목표였다. 그를 목표로 삼아 뼈를 깎는 수련을 했지. 그 시간이 세상에 태어나서부터 무려 삼십 년이다. 아버진 신체 조건이 가장 적합한 여자를 골라 돈을 주고 나를 잉태시켰다."

"뭐, 뭣이?"

"엇, 그, 그런!"

풍오자와 임홍빈은 너무도 뜻밖의 소리에 눈을 치켜떴다. 계장수도 눈썹을 치켜 올렸다. 세 사람의 놀라는 반응 속에서 용태웅은 변화없이 또 말했다.

"핏덩이인 나를 안고 아버지는 가문의 무공을 가르쳤다. 수대째 절전된 가문의 무공이었지. 신체가 견디질 못해 아무도 익히지 못하던 무적의 권법. 그걸 완성하기 위해 아버지는 계획을 세웠던 거야."

말하는 용태웅의 눈은 차츰 끓어올랐다. 그 눈빛 뒤의 감정을 계장수가 읽으려 할 때 그는 시선을 내렸다.

"난, 아버지의 계획에 따라 먹고 자라고 몸을 만들며 가문의 무공을 완성했다. 수련을 하면서도 언제나 목표는 천하제일인, 조극강이었다. 한데 세상에 나와보니 그는 이미 죽었더군. 목표가 사라진 거지."

"그 사람 죽은 지가 벌써 십삼 년이나 됐는데."

임홍빈이 주절대자 풍오자가 옆구리를 찔렀다. 왜 그러냐는 얼굴로 돌아볼 때 용태웅은 다시 말을 꺼냈다.

"어찌할까 망설이는데 마침 무림맹을 연다더군. 내가 볼 땐 다 쓰레기처럼 보였지만 혹시나 하고 구경왔지. 한데 거기서 널 본 거다."

탁자로 내려갔던 용태웅의 시선이 다시 들렸다. 똑바로 계장수를 직시하는 그의 눈은 조금씩 일렁이는 것 같았다.

"난 천하에 내 적수가 없을 줄 알았다. 하지만 네가 북마련을 몰살시키는 걸 보면서 그 생각을 고쳤지. 적수도, 목표도 다시 생긴 거야."

일렁이던 용태웅의 눈은 끝내 승부욕으로 불타올랐다. 비상한 자신의 신세 내력을 이웃집 소가 송아지 낳았다는 듯이 말하던 것과는 사뭇 다른 얼굴이었다. 세상의 누구라도 쉽게 말할 수 없는 내력을, 처음 본 사람들에게 대수롭잖게 이야기하는 용태웅의 심정은 헤아리기 어려웠다. 하지만 계장수를 보는 눈만은 적어도 무엇을 원하는지 확연했다.

숨겨놨던 말을 꺼내듯이 용태웅은 또 말을 이었다.

"북마련과 네놈이 맞설 때, 난 끼어들려고 했다. 무림맹의 사람들이 뒤따를 걸 짐작했고, 범상치 않아 보이던 풍오자 어르신과 내가 손을 같이 쓰면 건곤일척을 내볼 만하다고 생각했지."

용태웅의 시선은 잠시 풍오자에게 향했다 다시 돌아왔다.

"아마도 나 혼자라면 삼사백 명쯤은 감당할 수 있었을 거다. 목숨 걸고 말이야. 한데 넌… 오백의 북마련도들을 깡그리 죽이더구나. 혼자서……."

계장수를 보는 용태웅의 눈은 어느새 다시 차분해져 갔다. 무표정한 계장수를 보던 그는 천천히 찻물을 들이켰다. 그 표정과 동작을 살피던 풍오자는 얼굴을 바짝 들이밀고 물었다.

"너 혼자서 그놈들 삼사백은 감당할 수 있었다고? 정말로?"

"말도 안 돼. 허풍을 떨어도 그럴듯하게 떨어야지, 그게 아무나 되는 일인 줄… 에퉤!"

옆에서 끼어든 임홍빈의 얼굴을 손바닥으로 문지르고 풍오자는 곧 다시 물었다.

"너, 누구냐?"

풍오자 특유의 질문이 또 시작되었다. 함축적이고도 모든 걸 포괄하는 간단한 질문이었다. 질문에 걸맞게 용태웅도 간단하게 대답했다.

"용태웅이오. 권왕 용정필 어른의 후손올시다."

"뭐, 뭣!"

"헉!"

풍오자는 너무 놀라 산발한 머리를 바르르 떨었고, 임홍빈은 뒤로 자빠질 뻔했다. 계장수도 하마터면 찻잔을 떨어뜨릴 만큼 놀랐다.

"네가 권왕의 후손이라고?"

계장수의 물음에 용태웅은 무거운 눈으로 고개만 끄덕였다. 계장수는 새삼스럽게 그 얼굴을 쳐다보았다. 권왕의 후예라는 거다. 육왕 중 권왕의 후손. 그렇다면 자신과도 무관하지 않은 사이인 거다. 아니, 어쩌면 필연일지도.

'그랬군. 어쩐지 처음 볼 때부터 예사롭지 않다 했더니 권왕의 후예였군. 하지만 이놈은 또 뭐란 말인가? 이것도 정해진 운명의 갈래인 건가?'

계장수가 생각의 갈피를 잡을 때 풍오자는 놀란 어조로 말을 꺼냈다.

"그랬구나! 어쩐지 예사 주먹이 아니다 싶더니만, 그러니 그놈들 삼사백을 감당한단 자신감이 나오지. 암, 그렇구말구. 권왕의 반뢰권(磐雷拳)이라면 모조리 쓸어버렸겠지. 그 앞에 뭐가 남아나겠나. 허어."

풍오자가 고개를 끄덕이고, 임홍빈이 뭔가 할 말이 있는 얼굴로 용태웅을 쳐다볼 때 계장수는 다시 물었다.

"그래서, 이제부터 뭘 할 생각이지? 설마 말처럼 진짜 날 따라다닐 생각은 아니겠지?"

용태웅은 또 피시식 웃으며 대답했다.

“왜, 그러면 안 되나? 난 이제 할 일이 없어.”

“네 할 일은 네가 만들면서 사는 거다.”

“나면서부터 가문의 무공을 완성하고 천하 최강을 입증하기 위해서 살아왔다. 내 나이 이제 삼십이다. 나는 세상의 기준으로 봤을 때 결코 정상이 아니지. 한데 나보다 더 어린 놈이 나보다 더욱 세다.”

“그래, 난 이제 스물하나다. 하지만 세상의 나이는 보이는 전부가 아닐 수도 있지. 어쩌면 네 삼십 년 세월보다 더 긴 시간이 내 나이의 그늘에 묻혀 있을 수도 있다.”

“무슨… 소리냐?”

“나한테 뭘 기대하지 마라. 난 해야 할 일이 있다. 그 일을 하기 위해서 난 산다. 날 따라다니며 귀찮게 하겠다는 생각은 버려라. 그리고 네 일을 찾아라.”

용태웅의 눈이 굳어졌지만 계장수는 시선을 거뒀다. 그냥 발에 걸리듯이 길 가다 만날 수 없는 인연이 또 하나 눈앞에 나타난 것이다. 더구나 출생의 내력 또한 자신만큼 기구한 자였다. 하지만 무공일도(武功一道)를 정진하며 그걸, 자신에게 씌운 그늘을 극복한 듯 보였다.

‘어쩌면 저놈이야말로 기구한 인생인지도 모르겠구나. 최소한 나는 소년 시절을 지난 후엔 스스로의 의지대로 살았다. 하지만 저놈은… 그렇군. 그렇게 본다면 임홍빈이 저놈도 마찬가지겠지. 타의에 의해 찢겨진 삶.’

계장수는 가슴이 답답해져 왔다. 까닭 모르게 밀려 올라오는 무거운 감정을 달래기 위해 찻잔을 들었다. 하지만 찻물이 없었다. 허한 속처럼 찻잔도 빈 것이다.

빈 잔에 찻주전자를 기울이는데 풍오자가 담담하게 말을 꺼냈다.

"암왕의 절기를 이어받은 도왕의 후손에다가 권왕의 후대라… 하늘이 계략을 짰군. 이건 머릴 굴릴 것도 없이 그렇게밖에 생각할 수가 없어."

고개를 끄덕이는 풍오자에게 용태웅은 놀란 눈으로 물었다.

"암왕의 절기요? 저 친구가 도왕의 후대라는 건 그날 알았지만, 암왕의 절기까지 이어받았단 말입니까?"

"그래. 단봉에서 철혈대는 만폭비영이란 전설의 절기에 당한 거지. 말로만 전해 듣던 그 비기를 나도 그날 처음 보았다. 네놈은 죽었다 살아난 거야."

덤비지 않길 잘했다는 소리였다. 그 말에 용태웅은 새삼스런 눈으로 계장수를 봤다. 놀랍고 감탄스럽기도 하고, 새로운 투지가 끓어오르는 눈이었다. 그 눈빛을 외면하며 계장수는 찻물을 따랐다. 하지만 발목에 감기는 수초처럼 뭔가 더욱 떨쳐지지 않는 것들이 얽히는 기분이었다.

"대관절 어르신과 저 친구가 쫓는 게 무엇입니까? 보아하니 무림맹도 뭔가 목적이 있는 듯싶던데요? 세상이 모르는 뭔가가 있는 겁니까?"

용태웅은 궁금함을 넘어 새로운 흥밋거리를 발견한 아이처럼 눈을 반짝대고 물었다. 물론 풍오자가 헛기침하며 목청을 가다듬은 건 다음 순서였다.

"커험, 에, 뭐, 말하자면 길고도 긴 내용이지만, 권왕의 후예라면 당연히 알아야 할 일이니 내가 일목요연하게 설명해 주마. 일인즉슨……."

그렇게 시작된 풍오자의 이야기는 장장 한 시진이나 걸렸다. 간략하게 말해 준다던 얘기는 꼬리와 살이 붙어 이리저리 굴렀다. 저게 도대체 한 시진이나 해줄 얘기가 되나 하고 계장수가 한숨을 내쉬었지만, 적염호귀를 잡던 임홍빈의 무극조화신경 얘기에선 용태웅 놈도 눈이 커졌다. 그렇게 놀라고 감탄하고 침 튀기던 얘기가 얼추 끝나갔다.

"이 친구한테 정말 그런 재주가 있다구요?"

임홍빈을 눈길로 가리키며 용태웅이 묻자 풍오자는 고개를 끄덕였다.

"그래. 보기엔 저렇게 비루먹은 개새끼처럼 보여도 비장의 한 수가 있다니까? 그래서 하늘은 공평하다고 하는 거 아니겠냐?"

"도대체 무슨 소리들을 하는 거예요!"

임홍빈이 버럭 소리쳤지만 둘은 또 주절댔다.

"약간 돈 놈인 줄 알았더니 그런 재주가 있었군요? 굼벵이도 구르는 재주가 있다더니."

"돌긴 돌았어. 돈에 돌았거든."

시뻘게진 임홍빈의 얼굴은 폭발 직전이었지만, 두 사람은 언제부터 그렇게 잘 알았는지 너저분한 얘기를 계속 주거니 받거니 했다. 꼭 오랜만에 만난 일가붙이 같았다.

세 사람의 얼굴을 차례로 본 계장수는 용태웅의 존재가 마음에 걸렸지만 이젠 그런 것에 신경 쓰지 않기로 했다. 자신이 쫓지 말라고 해도 본인이 그러겠다면 도리가 없거니와 늙은 생강 풍오자는 이미 나름의 계산을 끝마치고 용태웅을 받아들이겠다고 마음먹은 것 같았다.

어쩌면 권왕의 후손을 만나게 된 것이야말로 정해진 운명인지도 몰랐다. 그 옛날 암흑마궁을 괴멸시킨 육왕의 후예들. 그들이 다시 고개 드는 암흑마궁의 준동에 맞춘 듯이 만나게 되는 건 오히려 설득력이 있었다. 그러면 나머지 검왕의 후예와 창왕의 후예도 만나게 되는 걸까? 그런 게 운명이라면 만나게 되겠지만… 운명 따위에 휘둘리며 살아야 하는 건가?

혼란스러운 마음에 계장수는 이를 사려물었다. 때때로 찾아드는 혼란은 무엇이 정도이고 질서인지 모호하게 했다. 그리고 모든 일에 회의를 갖게 했다. 저들은 마고지나의 존재를 아직 모른다. 그것이 나머지 두 명의 궁주였던 아마간과 아보기의 존재도 불러낼 것이다. 저들이 적으로 알고 있는 적염호귀나 회심동의 인물들과는 차원이 다른 존재들.

'그런 존재들이 있다는 걸 알게 되면 저들은 어떤 반응을 보일까? 그래서 나 혼자 가겠다고 한 길인데… 하지만 나 혼자서 과연 그들을 물리칠 수 있을까?'

여전히 혼란스럽고 명쾌한 결론이 나지 않는 일들이었다. 하지만 한 가지 분명한 건 이미 돌이킬 수도, 멈출 수도 없는 일이란 점이었다.

마지막 찻물을 훌쩍 들이킨 계장수는 몸을 일으켰다. 풍오자가 동그래진 눈으로 보며 물었다.

"뭐 하려고?"

"가야지요."

임홍빈도 놀란 얼굴로 말을 던졌다.

"이봐, 지금 한밤중이라구. 지금 이 시간에 어딜 가겠다는 거야?"

언제나처럼 별다른 표정없이 행낭을 등에 멘 계장수는 감정없이 말을 주고 돌아섰다.

"난 쫓아오라고 한 적 없어."

풍오자가 화난 얼굴로 소리쳤다.

"저 자식이, 야, 쫓던 놈도 종적없이 사라졌는데 어디로 가려는 거야? 계획은 있는 거냐?"

문을 향해 걸어가던 계장수는 툭 던지듯 말했다.

"유령문이 있던 자리로 가볼 생각이오."

문을 열고 나가는 계장수의 뒷모습을 용태웅이 멀뚱히 볼 때, 풍오자는 한철검을 들고 일어서며 야무지게 말했다.

"에라이, 까짓 거. 날이야 가다 보면 밝을 테고, 여기서 불편한 객 노릇 하는 것보다야 나을 테지. 얘덜아, 가자."

휘적대며 풍오자가 걸어나가자 용태웅을 보던 임홍빈이 짐승 피하는 사람처럼 후다닥 따라나갔다. 코를 씰룩대던 용태웅은 바로 뒤쫓아 갔다.

잠시 후, 정문에서 약간의 소란이 있은 후에 계장수 일행이 떠났다는 보고가 수뇌부에 들어갔다. 소란의 내용은 젊은 도사 하나가 여비를 찬조하라고 땡강을 부리는 바람에 실강이가 있었다는 보고였다.

말인즉슨, 북마련을 해치워 준 대가를 내라는 소리였다고 했다. 풍오자를 비롯한 일행은 가버렸지만 젊은 도사는 막무가내였다고 했다. 결국은 대륙상가의 총관이 나서서 은자 얼마간을 주고 무마되었다는 것이다.

돈을 받고 떠나가는 젊은 도사의 뒷모습을 보며 총관이 침을 뱉었다는 소리는 그 밤에 무림맹 전 무사들의 귀로 다 퍼져 나갔다. 무림맹이 결성된 역사적인 그 밤은 그렇게 떠나는 자들의 뒤로 짙게 내려앉았다.

❸

유령문이 있었던 강소(江蘇) 땅의 서주(徐州)에선 아무것도 발견할 수가 없었다. 이미 멸문한 지 십삼 년이 넘은 그들의 자취는 집터조차 남아 있지 않았다.

놈들은 암흑마궁의 잔당이 분명했다. 계장수 자신에게 넘어왔던 생사비결이 암흑경서상의 비결이란 것이 그랬고, 북마련에게 투신했던 자의 마공이 그러했다.

대담하고도 끈질긴 놈들이었다. 삼백 년 전에 멸망한 놈들이 서주의 한복판에서 명맥을 이어온 것이다. 놈들은 도가 계열의 문파로 위장해서 사람들 속에서 생존해 왔다. 하지만 재수없게 조금씩 불어나는 세가 철무련의 눈에 띄었고, 복속을 명하자 그에 반발하다 멸문을 당했다.

예상은 했지만 사라진 놈들에 대해선 알 길이 없었다. 나이 많은 늙은이들에게 물어보았지만, 그들이 기억하는 건 그냥 기백의 신도를 거느린 종교 집단 같다는 거였다. 그 외에는 더 이상 알 수 가 없었다.

그렇다면 남은 길은 하나였다. 철무련의 누가 어떻게 이들을 쳤는가 하는 거였다. 자신에게 생사비결을 전한 것은 장경당주 손종동이었다. 유일한 끈은 이제 그것뿐이었다. 그렇다면 그에게 물어봐야 했다. 한데 임홍빈 놈이 발을 걸었다. 홍택호(洪澤湖)가 가까우니 들러가자는 얘기였다.

풍오자가 버럭버럭댔고 용태웅이 주먹을 들어 보였지만 놈은 막무가내였다. 꼭 들러야 할 곳이 있다는 얘기였다. 그리곤 시장과 상점 등에 들러 각종 생필품들을 사기 시작했다. 옷감, 기름, 초, 건어물, 쌀, 질그릇, 향신료, 소금 등등… 놈은 닥치는 대로 물건을 샀다. 하지만 진정 놀라운 건, 놈이 제 돈을 주고 물건들을 샀다는 점이었다.

임홍빈이 산 물건은 우마차 한 대분이나 되었다. 여태까지 감췄던 돈을 다 쏟아내는 것 같았다. 돈을 저렇게 많이 가지고 있는 줄도 몰랐다. 소와 수레까지도 사버린 그는 의기양양한 얼굴로 고삐를 잡았다. 그리곤 힘든 줄도 모르고 콧노래를 부르며 일행을 앞서 나갔다.

시종일관 못마땅한 눈으로 임홍빈을 보던 풍오자는 뒤통수를 째려보며 입을 열었다.

"저 자식, 미친 게 틀림없어. 그렇지 않고서야 저렇게 물 쓰듯이 돈을 쓸 리가 없지. 맞아, 미친 거야. 물건도 죄 이상하잖아? 장사 할 것도 아니고."

가늘게 째려보던 눈을 수레로 돌린 풍오자는 냉큼 올라가 짐 더미 위에 앉았다. 수레가 출렁 하는 느낌에 뒤돌아본 임홍빈이 잠시 노려보았지만, 이내 고개를 돌리고 콧노래를 흥얼거렸다. 머쓱해진 건 오히려 풍오자였다.

"저 봐, 미친 게 맞다니까?"

용태웅은 피식피식 웃었고, 계장수는 천천히 뒤따라갔다. 햇빛은 이제 제법 따가웠다. 계절은 이제 본격적인 봄을 누리려고 한참이었다. 길옆의 수풀들은 푸르게 푸르게 짙어져 갔고, 꽃들은 사방에 냄새를 뿌렸다.

계절은 천지간에 화사함으로 변모하는 중이었다. 하지만 계장수는 마음이 조급했다. 종적을 놓쳐 버린 유령문의 잔당, 북마련에게 일신을 의탁했던 소문주란 자의 존재가 계속 가슴에 걸렸다. 그래서 철무련으로 가야 했다. 그곳엔 정소연과 사마용추도 있다. 하지만 지금 딴 곳으로 가고 있다.

원수들. 그들을 두고 자신은 임홍빈의 뒤를 따르고 있다. 임홍빈이 들러야 할 곳에 누가 있는지, 뭐가 기다리는지 모른다. 가야 한다면 하루라도 빨리 철무련으로 가는 것이 정상이다. 철무련 본전의 오천 무사를 상대로 정면 대결은 힘들겠지만, 죽기를 각오하고 잠입한다면 둘을 죽일 수도 있을 것이다.

아니, 어쩌면 다 죽일 수 있을지도 모른다. 지금의 능력은 스스로도 잘 가늠이 되지 않았다. 북마련의 오백 무사만 해도 죽일 수 있다는 생각이 들어 그랬을 뿐, 실제로 확신 같은 건 없었다. 조극강 시절에도 혼자서 몇백의 군세를 상대했던 적은 없었다. 하지만 지금은 가능했다.

꿈에서나 꿀 법한 일이 현실이 된 것이다. 그러나 철무련은 다르다. 오천의 군사를 상대하는 동안 그 몇 배에 달하는 군사들이 사방의 분대에서 몰려들 것이다. 놈들이 협응하는 대응 체계는 신속하고 유기적이다. 결국은 섶을 쥐고 불로 뛰어드는 꼴이 될 것이다. 죽음이 되는 것이다.

하지만 거기서 죽어버린다면, 암왕과 독왕이 당부했던, 계문설 시조가 안배한, 자신 때문에 도망가 버린 마고지나와 암흑마궁의 일을 할 수 없게 된다. 기회를 만들어야 한다. 아직은 때를 기다려야 한다. 또한 두 연놈들은 애초에 계획한대로 차근차근 무너뜨려야 했다.

'손종동이 당장 죽어 없어질 자도 아니고, 조금 돌아간다고 해도 차질은 없겠지. 더군다나 이들에게 철무련의 단서를 얘기하기도 아직 그렇고. 한데 저놈이 무슨 일인지 모르겠군. 천지분간 없어 보여도 일의 순서는 아는 놈인데……'

생각을 정리하던 계장수는 임홍빈의 행동이 못내 의아스러웠다. 대놓고 묻진 않았지만 저 물건들은 누구에게 전해줄 요량인 것 같았다.

풍오자와 용태웅도 그렇게 느꼈다. 하지만 내색은 하지 않았다. 밥 한 끼 안 사던 놈이 물건을 구매할 때는 시종 즐거워 보였다. 그런 얼굴인 건 지금도 마찬가지였다. 용태웅이 옆으로 다가서서 묻는 지금도.

"사이비 도사 놈아, 홍택호에 숨겨논 색시라도 있는 거냐? 그래서 지금 처가댁에 인사 가는 거냐? 아무리 그래도 이건 좀 많은 것 같은데?"

"뭔 소리야? 누가 색시 있대? 체, 제가 장가가고 싶은 모양이로군."

"말 돌리지 말고 얘기해 봐라. 너, 지금 어디 가는 거냐? 저거 누구 줄 거냐?"

"가보면 알아. 좋은 곳이지. 좋은 사람들이 있는 곳이야."

"좋은 곳? 좋은 사람들이라고?"

용태웅은 고개를 까우뚱했다. 임홍빈이 처음으로 목적지를 비춘 것이다. 하긴 아무 말도 못 듣고서 무작정 뒤따르는 자신들도 이상했다. 목적한 일이 따로 있는 사람들이 지금 옆길로 새는 중이었던 거다.

잠시 임홍빈의 얼굴을 옆으로 보며 용태웅은 생각에 잠겼다. 그러다 뒤늦게 생각난 것이 있는 듯, 눈꼬리를 바짝 치켜세웠다.

"그건 그렇고. 너, 슬그머니 나한테 반말하는구나? 네 큰형뻘 되는 사람한테 말이야?"

임홍빈은 순간 당황했다. 조심스럽게 고삐를 반대 손으로 옮겨 잡고 소를 다그쳤다.

"이랴, 이랴, 이놈의 소가 왜 이리 기운이 없누."

몸은 어느새 소의 반대쪽으로 옮겨갔다. 용태웅과 자신의 사이에 소를 둔 것이다. 빼꼬롬이 수작을 보던 용태웅은 다시 다그쳐 물었다.

"너, 설마 나를 네 친구쯤으로 여기는 건 아니겠지? 네가 아무리 정신이 나갔어도 그런 생각은 안 할 거야? 그렇지?"

말을 하며 용태웅은 주먹을 쥐락펴락했다. 가자미눈으로 곁눈질하던 임홍빈은 우물쭈물 말했다.

"장수, 저 친구는 아무 말도 안 하면서… 나만 가지고 난리야."

기어들어 가는 목소리였지만 분명하게 들리는 말소리였다. 용태웅이 버럭댄 건 너무 당연했다.

"뭐, 이 자식아! 네놈하고 저놈하고 같아? 저놈은 말 그대로……."

버럭대던 용태웅은 뒤따라오는 계장수를 봤다. 눈이 마주쳤지만 개들끼리 짖어라 하는 표정이었다. 그걸 본 용태웅의 눈썹이 꾸물댔지만 말을 끝맺진 못했다. 다시 돌아온 그 얼굴에 임홍빈이 찔러대듯 물었다.

"저 친구는 뭐? 말해 봐? 뭐?"

조금씩 더 얼굴을 들이대는 임홍빈의 행동에 용태웅은 순간 주먹을 쳐들었다. 하지만 그게 다였다. 급하게 손으로 가리며 물러나는 임홍빈을 보면서 안면을 구겼다. 그리고 한숨 쉬듯이 말했다.

"관두자. 눈깔 하나씩 박힌 나라에선 두 개 박힌 놈이 병신이지. 나라도 반듯한 정신으로 살자. 휴우, 부처님, 상제님, 공자님, 맹자님……."

한숨 쉬고 중얼대는 용태웅의 소리에 수레에 탄 풍오자가 혀를 끌끌 찼다. 기회를 잡은 듯 입을 벌리려는 임홍빈을 용태웅은 제가 먼저 제지했다.

"됐다. 길이나 가자. 응?"

임홍빈은 막 벌리려던 입을 닫으며 입맛을 다셨다. 하지만 닫힌 입은 오래가지 않았다.

“근데 말이야.”

“뭐? 너하고 말 섞고 싶지 않아.”

“아니, 그러니까 내 말은…….”

“시끄럽다니까!”

용태웅이 소리쳤지만 임홍빈은 꿋꿋하게 물었다.

“부모님은 어떻게 되셨냐고?”

용태웅이 순간 걸음을 딱 멈췄다. 그 순간 임홍빈도 멈추고 수레도 멈췄다. 풍오자가 미간을 찡그리며 뭐라 말하려는 순간, 임홍빈이 또 말했다.

“난 두 분 다 안 계시거든. 그래서 궁금해서 물어본 거야.”

뜬금없는 소리였다. 하지만 그 말을 한 임홍빈의 얼굴 어디에도 장난기는 없었다. 잠시 동안 말없이 임홍빈만 바라보던 용태웅이 몸을 돌렸다.

다시 걷기 시작한 그의 걸음에 맞춰서 수레도 임홍빈도, 찡그린 풍오자도, 무겁게 표정을 굳힌 계장수도 걸음을 걷기 시작했다. 용태웅은 천천히 대답했다.

“그렇군. 내가 내 얘기 잠깐 했었지.”

앞에 뭐라도 있는 듯, 저 멀리로 내다보는 용태웅의 눈은 초점이 흐릿했다.

“어머닌 날 낳고 다른 데로 재가했어. 철이 들 무렵 수소문해서 한 번 찾아갔는데… 밥 한 끼를 지어주고 그걸 먹는 동안 날 보며 하염없이 울었지. 그리고 다신 찾아오지 말라고 했어. 그날, 어머니 치맛자락을 붙잡은 사내아이 둘을 봤지. 나처럼 덩어리가 큰 놈들이더군.”

용태웅은 앞으로 뻗은 길을 뚫어지게 바라봤다. 임홍빈조차도 눈이 흔들릴 때 목소리가 다시 이어졌다. 메마른 느낌이 나는 음성이었다.

"돌아와서 아버지에게 죽도록 맞았지. 돈 주고 산 여자니 어미가 아니라는 거야. 아버진 잊으라고 했어. 그리고 천하제일인만 생각하라고 하셨지. 지금도 아버지는 내가 천하 최강이 되어 돌아오길 기다리고 있어."

용태웅은 더 이상 말하지 않았다. 그 말을 끝으로 일행들은 아무 말도 나누지 않았다. 그렇게 한참이 지난 후에야 임홍빈이 조그맣게 읊조렸다.

"어쨌든 두 분 다 살아 계신 거네."

용태웅도 듣고 풍오자도 듣고 입을 질겅대며 수레를 끄는 황소도 그 말을 들었다. 하지만 아무도 대꾸하지 않았다. 그냥 씁쓸한 침묵만이 맴돌았다.

임홍빈의 말을 씹으며 계장수는 문득 자신의 처지를 생각했다. 죽은 아이의 몸을 빌어 태어났으니 진실한 부모 자식 간이라 여길 수는 없는 게 자신의 처지였다. 하지만 계은범은 부인할 수 없는 자신의 아비였다. 또한 귀도문의 식솔들은 가족이었다. 그러나 그 이상의 것이 궁금했다.

무심결에 계장수의 손은 목으로 향했다. 손끝에 만져지는 두 개의 가락지. 가죽끈으로 이어 건 용봉지환(龍鳳指環). 전생의 자신이 유일하게 가졌던 어린 시절의 물건. 그 시절을 잊고 천하를 갖기 위해 땅에 묻었던 물건. 그리고 다시 태어나 목에 건 유일한 전생의 파편.

'부모님의 유품일까? 그렇겠지. 그러니 몸에 지녔겠지. 내 전생의 부모님은 과연 어떤 분들이었을까? 난 왜 그들을 찾을 생각을 하지 않았을까?'

쇠로 된 용봉지환. 얼핏 보아도 값어치없는 물건. 때문에 고아인 시절에도 뺏기지 않았던 물건. 두 개의 반지는 조극강의 출생을 알고 있는 증표가 틀림없었다. 하지만 그 시절엔 그런 것에 신경 쓸 여유가 없었다. 하루하루 먹고살며 목숨을 연명하기에도 숨가쁜 날들이었다.

반지를 매만지던 손을 뗀 계장수는 임홍빈과 용태웅의 뒷모습을 보았다. 말없이 소의 양 옆으로 걷고 있는 두 사람. 그들이 지금 무얼 생각하고 있을지 짐작이 되었다. 또한 가슴을 치는 그 느낌이 어떨지도 알고 남았다. 하지만 의문도 들었다. 대관절 왜 저들과 만난 것인지.

'우린 너무 쉽게 만나고 일행이 되었다. 또 쉽게 꺼낼 수 없는 상처들을 서로에게 보여준다. 이건 꼭 서로를 끌어당긴 것 같은 느낌이다.'

계장수는 또 한 번 운명에 관해서 생각했다. 만약 정해준 운명대로 이들과 만난 것이라면 떨쳐 낼 수 없을 것이다. 용태웅만 해도 만난 지 며칠이 지나지 않았다. 하지만 우연처럼 만난 그가 제 속 깊은 상처까지 꺼낸다. 생각이 없어서 하는 짓이 아닌 거다. 그건 임홍빈도 그렇고, 풍오자도 마찬가지며, 자신 또한 똑같았다. 그 이유가 뭘까?

'운명적으로 서로를 끌어당긴 거라면 말이 되겠지. 풍오자의 말처럼 하늘이 계획한 대로 짜여지는 것이라면. 하지만 한 번의 삶을 그렇게 운명에 휩쓸려 살았다. 부모도 모르고 버려진 채로. 그런데 또?

강한 거부감이 들었다. 짜증스럽고 반발심이 고개를 쳐들었다. 하지만 보이는 것이 없었디. 그지 인개에 싸인 듯이 모호하고 사방이 어두웠다. 그러나 이대로 떠밀리며 갈 수는 없었다. 세상에 버려졌던 전생에도 스스로 천하를 쟁취했듯이, 방향은 스스로 잡아야 했다.

계장수가 마음속으로 다짐을 하는 동안, 수레에 앉아 흔들리던 풍오자가 저 앞쪽을 손가락으로 가리켰다.

"어, 홍택호다."

풀 죽은 아이처럼 머리를 수그렸던 임홍빈이 고개를 들었고, 등에 바위라도 진 것처럼 터덜터덜 걷던 용태웅도 시선을 올렸다. 그들 뒤에서 풍오자는 아이처럼 재잘댔다.

"원, 저런저런, 호수가 장하게 크기도 하구나. 어허, 저 넓은 호수를 보니 감회가 새로운걸? 아니아니, 그것보다도 물고기가 많겠구나."

제가 한 말에서 무슨 생각을 떠올렸는지, 호수와 세 사람을 번갈아 본 풍오자는 갑자기 수레를 멈추게 했다.

"워워! 야, 임마! 멈춰라!"

임홍빈이 돌아서며 신경질을 부렸다.

"아, 왜요? 얼마 안 남았어요. 반 시진만 더 가면 된단 말이에요!"

"뭐, 반 시진? 거봐, 아직도 한참 남았잖아? 그러니까 우리 여기서 점심 해 먹고 가자. 응?"

"뭐요? 밥이요?"

임홍빈이 뿌루퉁하게 되묻자 풍오자는 신이 난 얼굴로 대답했다.

"호수에서 고기 잡아다가 탕도 끓이고, 구워도 먹고. 어때, 괜찮겠지?"

속셈이 드러났다. 임홍빈은 어이없다는 얼굴로 풍오자를 쳐다봤다. 용태웅은 옆에 서서 두 사람을 번갈아 보다가 계장수를 보며 고개를 흔들었다. 계장수는 바로 결론을 내렸다.

"어디 가는진 모르지만 밥 때는 피해가야지. 도장 말씀대로 여기서 밥 먹고 가자."

계장수의 한마디에 결론이 바로 내려졌다. 풍오자는 신이 난 아이처럼 호수로 뛰어갔고, 임홍빈은 볼을 부풀리며 수레를 길 한쪽으로 몰았다.

잠시 후, 호수 쪽에서 물기둥이 솟구쳤다. 폭발하는 소리도 귀를 때렸다. 뭣 때문에 그런지, 누가 저런 짓을 하는지 보지 않아도 알 수 있었다. 풍오자였다. 무작정 호숫가로 뛰어간 그는 한철검을 그어댔다.

"저, 저, 저런!"

용태웅은 산발한 머리를 흔들며 마구 검을 그어대는 풍오자의 뒷모습을 보고 어이없어했다. 소리까지 지르는 그 모습에 약간은 충격을 먹은 것 같았다. 임홍빈은 본 척도 않고 솥단지 등을 준비했지만 계장수는 속으로 혀를 찼다.

'쯔쯔쯧, 저 미친 늙은이가 이젠 아예 말기 증상을 보이는구나.'

그러다가 벌어진 입을 다물지 못하는 용태웅을 보고 한소리 했다.

"아직 파악이 안 된 거냐? 더 겪으면 병 생길지도 모른다. 그냥 모른 척해."

뭔 소린가 하고 고개를 돌린 용태웅은 이내 뜻을 알아차리고 고개를 끄덕였다. 입도 안 다물고 흔드는 그 고갯짓은 넋 나간 놈 같았다.

계장수는 길을 벗어나 등걸만 남은 소나무 뿌리를 찾았다. 그걸 손으로 잡고 힘을 쓰자 뿌드드득 소리를 내며 뿌리가 뽑혀 올라왔다. 털이개 털듯이 이리저리 휘두르자 뿌리에 붙은 흙덩이들이 떨어져 나갔다. 그걸 손에 들고 임홍빈이 솥단지를 거는 수레 옆쪽으로 걸어갔다.

"뭐 하려고?"

궁금한 눈으로 임홍빈이 묻자 계장수는 손에 삼매진화를 일으켰다. 처음엔 땅속에 묻혔던 나무뿌리의 습기들이 사르르 마르더니, 점점 뻣뻣하게 굳어가던 뿌리 전체에 불이 확 일었다.

"엇!"

임홍빈이 홀떡 물러났다. 계장수는 땅을 발로 뒤집고 흙바닥 위에 그걸 놓았다. 불길이 아주 좋았다. 송진이 밴 소나무 뿌리는 훨훨 타올랐다. 곧바로 솥단지를 잡은 계장수는 풍오자의 뒤통수를 향해서 집어던졌다.

"휘이이잉!

임홍빈이 새로 산 무쇠 솥단지는 맹렬하게 날아갔다. 저대로 날아가다간 풍오자의 뒤통수를 때릴 것만 같았다. 임홍빈은 놀라 손을 들었지만 용태웅은 호기심 어린 눈으로 바라봤다. 아니나 다를까, 뒤통수에 솥단지가 충돌하려는 찰나에 풍오자는 손을 들어 솥을 잡았다.

"뭐냐, 이거?"

고약한 눈매로 돌아보는 풍오자에게 계장수는 대답했다.

"물 좀 떠줘요."

"뭐? 그런 건 저 자식들 시키지 왜 날 시켜?"

"물 앞에 있잖아요. 떠서 던져요."

"이런 썅."

주둥이를 씰룩대던 풍오자는 솥단지를 호수에 담가 물을 떠서 냅다 내던졌다.

"휘이이잉!

다시 날아온 솥단지를 용태웅이 붙잡았다.

"웃차."

가볍게 한 손으로 솥을 잡은 용태웅은 임홍빈이 마련한 돌무더기 위에 솥을 얹었다. 하지만 불붙은 나무뿌리가 너무 커서 솥단지 아래 넣을 수가 없었다. 계장수는 머리를 긁으며 불 앞에 주저앉았다.

"일이 거꾸로 됐구만."

손은 곧장 불붙은 나무뿌리를 잡았다. 그리고 투둑투둑 소리를 내며 붙붙은 나무뿌리를 꺾었다. 그걸 솥단지 밑으로 넣었다. 보고 있던 용태웅도 주저앉아 같은 일을 했다. 임홍빈은 그런 두 사람을 멍하니 봤다.

잘게 꺾은 불이 솥단지 밑에 그득해졌을 무렵 풍오자가 돌아왔다. 양손에 팔뚝만한 물고기들을 가득 안고서였다.

"애덜아, 이거 좀 봐라. 씨알 좋은 놈으로만 갖고 왔다. 어때, 좋지?"

잉어를 비롯한 고기들이 풍오자의 팔에서 떨어졌다. 아직도 퍼덕대는 그것들은 어른의 장딴지만했다. 하지만 물기둥을 일으킨 것에 비하면 숫자가 몇 되지 않았다. 넷이 먹을 거로는 충분하지만, 흔적없이 부서진 놈들 중에 기절한 놈들이 저놈들일 거라고 셋은 생각했다.

"호수에 고기가 생각보다 얼마 없네. 뭐, 그래도 이 정도면 충분히 먹겠지?"

씨익 웃으며 풍오자가 너스레를 떨었지만 임홍빈은 퉁퉁거렸다.

"고기가 없다구요? 배때기 뒤집고 떠오른 저것들은 다 뭐예요?"

하얗게 호수 위로 떠오른 고기들의 잔해를 돌아본 풍오자는 계면쩍게 웃으며 변명했다.

"어제부터 어깨가 결리더니. 손을 잘못 놀린 모양이야. 아, 이래서 늙으면 자식들의 부양을 받아야 한다니까. 애고, 서글픈 내 신세."

슬그머니 불 앞에 주저앉은 풍오자는 나뭇가지에 물고기 아가리를 꿰어 불 앞에 꽂았다. 어느새 눈은 금세 익어가는 물고기에 박혀 떨어질 줄 몰랐다.

피식피식 웃던 용태웅도 고기를 꿰어 구웠다. 임홍빈은 뭐라고 뭐라고 궁시렁댔지만 잉어를 손질해 솥단지에 넣었다. 거기에 쌀가루를 넣고는 끓이기 시작했다. 계장수도 고기 하나를 잡아 불에 구웠다.

잉어죽 끓이는 냄새와 고기 굽는 냄새가 호수 주변에 가득 퍼졌다.

네 사람은 간만에 가벼워진 마음이었다. 풍성한 먹을거리가 눈앞에 있었다. 바람은 따뜻하고 주변에 꽃 냄새, 나무 냄새가 지천이었다. 뱃속에선 먹을 걸 달라고 요동쳤다. 하지만 그들의 만찬은 그리 쉽지 않을 듯했다.

"이게 무슨 소리지?"

용태웅의 고개가 제일 먼저 들렸다. 풍오자도 귀를 쫑긋거렸다. 임홍빈은 어리둥절한 얼굴로 주변을 돌아봤다. 계장수는 정확하게 호수를 봤다.

소리는 점점 커지고 확실해졌다. 산모퉁이에 가려진 호수의 반대편에서 들리는 소리였다. 함성 소리와 병기 부딪치는 소리, 그리고 북소리와 물살을 가르는 소리, 누군가가 내지르는 비명 소리와 고통의 신음 소리.

그 모든 소리들이 정체를 드러낸 건, 호수 반대편에 모습을 드러낸 수많은 무사들이었다. 그들은 정신없이 호수로 달려왔다. 그리고 물로 뛰어들었다. 그 모습은 꼭 도망치는 것 같았다. 자세히 보니 무리는 하나가 아니었다.

검은 갑옷과 검은 투구, 검과 긴 창, 그리고 활. 놈들은 철혈대였다. 하지만 철혈대 놈들과 정신없이 뒤섞여 호수로 뛰어드는 놈들은 분명 다른 놈들이었다. 갑옷을 입은 건 같았지만 놈들의 가슴엔 푸른색의 흉배가 있었다. 저런 갑옷을 입는 놈들은 하나, 벽력대(霹靂隊)였다.

"저건 철혈대와 벽력월인궁의 벽력대 같은데?"

눈을 잔뜩 찌푸리고 보던 임홍빈이 알아봤다. 벽력대. 벽력신수 혁천휘의 근간이 된 전투 집단. 산서 땅의 패자였던 혁천휘가 조극강에게 패하고 나서 조직한 별동대. 철혈대가 범본(範本)이 되었지만 그에 버금가는 조직이 된 제이의 철혈대.

"저 자식들이 뭐 하는 거야? 쟤들은 서로 전쟁하는 사이 아니냐?"

눈을 의아하게 뜬 풍오자가 호수를 건너다봤다. 그의 말처럼 조극강의 사후 둘로 갈라진 저들은 전쟁을 치러왔다. 한데 지금은 서로 뒤섞여 정신없이 호수가로 밀려왔다. 저건 적아(敵我)의 구분이 없는 모습이었다.

심각하게 치켜뜬 눈으로 바라보던 계장수는 호수 뒤쪽의 숲을 봤다.

"저건 살려고 도망치는 거야. 뭔가 저들을… 몰이하고 있다."

계장수의 무거운 음성에 일행들은 시선을 모았다. 하지만 선뜻 이해가 가지 않는 말이었다. 죽을지언정 등을 보이지 않는 철혈대가, 그와 똑같은 집단인 벽력대가 도망친다는 건 납득할 수 없는 상황인 거다. 더구나 두 집단이 동시에라니. 과연 그럴 만한 존재가 뭐가 있을까.

세 사람의 눈은 동시에 계장수에게로 꽂혔다. 그렇다. 천하에 그런 일을 만들 수 있는 존재라면 지금 세상에 계장수 하나밖에 없었다. 적어도 그들이 알기로는 그랬다. 하지만 계장수는 자신들과 같이 있다. 그렇다면 저 건너에는 뭐가 있단 말인가. 저들을 도망치게 하는 뭐가…….

얽히던 세 사람의 시선 중 용태웅의 시선이 가장 먼저 돌아갔다. 호수 건너 숲을 보는 그의 눈은 계장수의 시선처럼 무섭게 변해갔다. 그 뒤를 이어 풍오자의 시선도 두 사람이 보는 숲을 노려보았다. 서늘한 한기가 도는 그 눈을 보고 임홍빈이 시선을 돌릴 때, 숲이 폭발했다.

푸아아아앙!

정말로 숲이 폭발했다. 나무와 흙과 사람과 모든 것들이 호수 쪽으로 터져 나왔다. 한순간에 빽빽하던 숲의 한가운데가 뻥 뚫려 버린 것이다. 폭풍에 휘말린 것처럼 날아간 나무들은 호수에 물보라를 일으키며 떨어졌다. 그 사이로 날아가는 사람들의 몸뚱이는 벌레처럼 던져졌다. 비와 같이 흩어지는 흙더미들은 붉은 피 안개처럼 호수를 덮었다.

자욱하게 흩날리는 모든 것들의 파편 너머로 그 일을 만든 자들이 모습을 보였다. 거리는 멀었지만 임홍빈을 제외한 세 사람의 눈에는 모든 것이 또렷하게 보였다. 검을 든 한 사내와 열여덟 명의 젊은 승려, 그리고 한 사람의 늙은 중.

"저들이 누구야?"

용태웅의 눈썹이 꿈틀거렸다. 하지만 굵은 그 목소리에 대답을 준 것은 풍오자의 놀람이었다.

"가만, 저게 누구야? 뭐야, 이거? 저 늙은이가 왜……?"

용태웅은 파릇한 눈을 돌리지 않고 바로 물었다.

"누굽니까?"

훌떡 고개를 돌린 풍오자는 뭐가 뭔지 분간이 안 가는 얼굴이었다.

"처, 청진이다."

용태웅의 부리부리한 눈은 더욱 치켜 떠졌다. 놀란 되물음은 임홍빈이 했다.

"뭐라구요? 누구라구요?"

풍오자는 대답없이 다시 시선을 돌리며 혼잣말을 지껄였다.

"곤륜으로 갔다던 늙은이가 왜 여기에……? 저놈들은 또 뭐야?"

청진을 제일 먼저 알아본 건 계장수였다. 청진 대사. 소림의 전 방장. 자신과의 대결 후 패배를 깨끗이 인정하고 칩거에 들어간 자. 대결 전이나 대결 후에나 무얼 생각하는지 도통 헤아리기 힘들었던 자. 그래서 계속 달라붙던 풍오자와 함께 유난히도 기억에 남았던 자.

네 사람이 각자 다른 생각과 마음을 품고 호수를 건너다볼 때, 그들이 움직였다.

"어라, 저 자식들이?"

용태웅이 주먹을 불끈 쥐며 몸을 일으켰다. 어느새 굽던 고기는 새카맣게 타 들어가는 중이었다. 하지만 호수 건너편에서 사람들이 죽고 있었다. 그 일을 하는 자들이 열여덟 명의 젊은 승려들이었다.

"아니, 저, 저, 저런!"

임홍빈도 솥단지를 젓다 벌떡 일어섰다. 열여덟 명 승려들의 손은 잔혹하고 신속했다. 그들은 선장 대신 모두가 계도(戒刀)를 들었다. 그들이 손을 쓸 때마다 칼끝에선 푸른 도강이 터져 나왔다. 그것이 호수를 헤엄치는 자들의 머리 위로 잔혹하게 떨어졌다. 호수는 사람들과 함께 터졌다.

승려들은 비호처럼 날고 뛰며 호숫가를, 숲을 초토화시켰다. 그들이 지나는 자리엔 도망치던 자들의 몸뚱이가 나무와 함께 잘려 나갔다. 칼 빛은 시퍼렇게 숲과 호수를 감싸 안았고, 그 안에서 모든 것이 스러져 갔다.

어느덧 계장수와 풍오자, 용태웅과 임홍빈의 부릅떠진 눈 속에서 모든 것이 끝나갔다. 숲과 호수는 피로 물들었고, 그 일을 만든 열여덟 명의 승려들이 한곳으로 모였다. 늙은 중 청진과 검을 쥔 백의사내가 있는 자리였다.

느릿하게 주변을 둘러보는 그들을 보고 임홍빈은 홀린 듯이 말했다.

"다 죽었네. 나머진 다 숲 저쪽에서 죽여온 건가?"

철혈대의 구성 인원은 일대가 삼백, 벽력대 역시 그를 본떴으니 같았다. 하지만 후숫가와 숲에서 죽은 자들의 수효는 많아야 백여 명 정도로 보였다. 그렇다면 나머지는 어떻게 된 걸까? 임홍빈의 말은 그거였다.

"저걸 보면 살려뒀을 리가 없겠지. 제기랄 늙은 중놈이!"

풍오자가 이를 물면서 무섭게 노려봤다. 그 말을 들었을까? 아니면 성내는 풍오자의 기운이 전해졌을까. 승려들의 중심에 백의사내와 서 있던 청진의 고개가 일행 쪽으로 돌아갔다.

"어? 우릴 보는데요?"

임홍빈의 말처럼 청진의 눈이 하얗게 빛을 뿜었다. 서늘하고 강한 그 기운이 호수를 건너 모두에게 전해졌다. 칼날처럼 시퍼런 눈만이 보이는 것 같던 청진이 갑자기 몸을 날렸다.

"저 중놈이!"

풍오자도 들고 있던 고기를 던져 버리고 일어섰다. 하지만 그 순간 계장수는 보았다. 호수에 뜬 시체들과 나무들의 파편을 밟으며 넘어오는 청진의 모습을.

뒤따르는 열여덟의 승려들이 던져 주는 나뭇조각들은 청진의 발 앞에 디딤돌이 되었다. 그렇게 물을 차고 제비처럼 건너오는 그들의 모습은 물 위로 스치는 바람 같았다.

하지만 그런 모두를 제쳐 두고 계장수의 시선을 잡은 건, 맨 마지막에 몸을 띄운 백의사내였다. 검 잡은 두 손을 뒷짐 진 사내는 단 두 번, 두 번의 발디딤으로 호수를 건너왔다. 수면은 물결조차 일지 않았다.

휘이익, 시이익, 하는 바람 소리를 내며 중들은 일행의 머리를 건너 뛰었다. 땅을 밟자마자 돌아선 그들이 다가왔다. 맨 앞의 늙은 중은 합장을 해 보였다.

"아미타불. 세상에 나왔구려, 풍 도우."

승려 특유의 마른 얼굴에 순후해 보이는 인상. 검고 흰 빛깔이 섞인 수염은 가슴까지 드리웠고 머리엔 계인이 뚜렷했다. 하지만 선하게 웃음을 보이는 눈 저 아래쪽에선, 알 수 없는 기운이 꿈틀거렸다.

깊은 골을 그린 미간으로 쳐다보던 풍오자는 무거운 어조로 인사를 받았다.

"당신도 세상에 나왔다는 얘기는 들었지. 삼십 년이 넘었나?"

청진은 고개를 끄덕였다. 풍오자의 말처럼 두 사람이 얼굴을 마주본 세월이 삼십 년도 전이었다. 한데 지금 뜻하지 않은 시간에, 예상하지 못한 장소에서 만나게 된 것이다.

"건너편에서 그댈 보았지만 혹시나 했소. 세월이 너무 오래 지나서 말이오. 한데 건너와 보니 그대가 맞구려. 허허허허, 예전 모습 그대로외다."

눈꼬리가 휘어지는 청진의 웃음에 풍오자는 낯빛을 조금씩 풀었다.

"혈색 좋은 당신만 하려고? 조극강한테 지고서 토굴에 박혔다더니, 뭐, 산삼이라도 캐 먹은 모양이로군."

청진은 그저 계속 웃음만 보였다. 그런 청진의 뒤로 선 열여덟의 승려와 백의사내를 본 풍오자는 넌지시 물었다.

"저기서 도륙을 내더군. 곤륜에 갔다 들었는데 낮도깨비처럼 여기서 볼 줄은 몰랐어. 철혈대와 벽력대가 맞지?"

말은 도륙 낸 자들이 철혈대와 벽력월인궁의 무사들이냐고 묻고 있지만, 실상은 그 일을 만들어낸 열여덟은 중대가리들이 누구냐고 묻고 있는 것이다. 거기다가 깎아놓은 옥처럼 미끈하게 생긴 백의사내까지.

"아미타불. 허허허허."

가볍게 불호를 외고 웃는 청진은 풍오자의 눈을 보며 천천히 대답했다.

"저자들이 상잔을 하고 있더이다. 곤륜에서 돌아오는 길이었으나, 때마침 이곳에 볼일이 있어 들렀다가 이리되었소. 인명을 경시하고 서로를 살해하는 무리들에게 부처님의 법도(法刀)를 준 것이지요. 허허허허."

풍오자는 어색하게 마주 웃어 보였다. 무섭게 표정을 굳힌 용태웅은 어이가 없는 표정이었다. 임홍빈은 청진을 째려보았다. 계장수는 여전히 무표정했다. 하지만 그들 모두는 청진의 말이 궤변으로 들렸다. 인명을 경시하는 무리들에게 부처님의 법도를 내려 모두 죽였단 말이었다.

계장수는 본말이 전도되고 도리에 어긋난 청진의 말을 듣고 옛 기억을 떠올렸다.

'저자가 저런 사상을 가졌던 자였던가? 짧은 순간의 비무였지만 속은 알 수 없으되 편벽한 자는 아니었다고 생각했는데. 나 역시도 도살자에 다름 아니지만 저건 아니다. 저자의 지금 말은 아주 위험하다!'

계장수는 청진의 눈을 봤다. 역시 웃음으로 덮인 눈은 그 깊은 곳의 의미를 헤아리기 힘들었다. 하지만 지금 저자의 말은 저자가 추구할 길을 보여준 것이다. 소림이 경을 버리고 칼을 든 것이다. 그리고 그걸 휘두르겠다는 거다. 자신들의 의지와 위배되는 모든 것들에게.

'저자의 기준은 뭘까? 자신이 보았다는 악을 멸하기 위해 악보다 더욱 악해지겠다는 것일까? 하지만 승려가… 그래, 부질없다. 내 주제에 이런 생각조차 사치스럽다. 저들이 무얼 하든 그건 저들의 몫이겠지.'

그렇게 생각을 정리하는 계장수의 옆에서 용태웅이 나섰다. 거구의 그가 한 발을 나서자 모두의 시선이 모였다.

"그러니까 대사의 말은, 저들이 서로 전투 중이었는데 그걸 지나다가 보고 모조리 죽였다, 이거요?"

굵고 커다란 목소리는 시비조로 들렸다. 더구나 나긋하지 않은 어투는 더욱 그랬다. 젊은 승려들이 튀어나온 건 당연했다.

"존장께 묻는 태도가 그게 뭐냐? 언사가 과하구나!"

승려들 중의 우두머리인 듯, 굵다란 목에 강인한 턱을 가진 승려 하나가 옆에서 나섰다. 계도를 잡은 승려는 체구가 컸다. 용태웅만큼은 안 돼도 계장수만큼은 될 것 같았다. 그가 눈을 부라리자 용태웅은 입술을 실룩댔다.

"어럽쇼? 이건 뭐야?"

승려는 바로 칼을 들었다.

"뭐라? 이 무례한 놈이!"

일촉즉발의 상황. 하지만 거기까지였다. 청진과 풍오자가 동시에 둘을 불렀다.

"일각(一覺)!"

"그만둬라!"

용태웅은 들어 올리던 주먹을 멈췄고, 젊은 승려는 내딛던 걸음을 멈췄다. 둘은 그대로 잠시 서로를 노려보았다. 하지만 일각이란 승려는 곧 청진의 뒤로 물러났다. 그러나 용태웅은 풍오자를 돌아보며 불만스럽게 말했다.

"뭡니까? 나한테 시비 건 놈을 그냥 놔두란 말입니까? 아무리 어르신이라도 이건 못 참습니다!"

용태웅의 눈은 어느새 이글거리고 있었다. 그 눈을 본 풍오자는 난감한 눈매로 미간을 찡그렸다. 하지만 그때, 계장수가 용태웅의 팔을 잡았다.

“참아.”

용태웅은 휙 소리가 나도록 고개를 돌렸다. 그렇게 잠시 동안 계장수의 얼굴을 보던 그는 계장수의 시선이 상대편 일행의 뒤, 유람 나온 사람처럼 미소 짓고 있는 백의사내에게 향하는 걸 봤다.

미풍에 살짝살짝 흔들리는 백의. 뒷짐 진 손 사이로 보이는 고색창연한 검 한 자루. 뚜렷한 이목구비에 계집 수백은 홀릴 것 같은 미소. 하지만 왠지 모르게 몸을 엄습해 오는 한기. 그것이 전신 피부를 찔렀다.

사내에게서 시선을 돌린 용태웅은 다시 한 번 계장수를 봤다. 계장수도 때마침 용태웅을 돌아봤다. 그 직후 무얼 생각한 건지 용태웅은 뒤로 물러났고, 계장수는 청진에게 물었다.

“물읍시다. 소림에 갇혔다가 도망갔다는 옛날의 그자들, 그 존재들의 행방을 아시오?”

계장수의 질문이라고 해서 예의가 깍듯할 리가 없다. 하지만 이번엔 젊은 승려들이 가만있었다. 그들이 계장수를 보는 눈은 꼭 누군지 아는 눈빛이었다.

느릿하게 계장수를 바라보던 청진은 느릿하게 입을 열었다.

“그대가 세상을 뒤흔든 흑마왕(黑魔王)인가 보군.”

풍오자와 임홍빈, 용태웅이 서로를 돌아봤다. 저게 뭔 소리냐 하는 표정들이었다. 하지만 계장수는 무표정하게 다시 물었다.

“그들을 대비하기 위해 곤륜으로 갔다 들었소. 그들의 단초에 대해서 아는 것이 있소? 뭔가 아는 것이 있기에 그들을 대비하려는 것이 아니겠소?”

시종일관 눈에 걸린 웃음을 지우지 않은 청진은 가볍게 대답했다.

“모른다.”

청진의 눈을 묵묵히 보던 계장수는 고개를 끄덕여 보인 후 뒤로 물러났다. 다시 불가에 앉은 그는 다 타버린 고기를 버리고 새로운 고기를 굽기 시작했다. 그 행동은 더 이상의 볼일도, 관심도 없다는 태도였다.

가만히 계장수를 보던 청진이 풍오자에게 다시 말을 걸었다.

“세상엔 이미 그대들의 소문이 퍼졌소. 이리로 오는 동안 귀가 따갑게 들었지. 사람들이 말하길 인간이 아닌 마왕이 현신했다고 하더이다.”

풍오자는 턱을 긁으며 대꾸했다.

“세상 말이란 게 원래 굴러가는 대로 모양 잡히는 거니까. 한데 소문이 참 빠르긴 빠르구만 그래.”

긁적대던 턱에서 손을 뗀 풍오자는 넌지시 청진의 뒤쪽을 둘러보며 말을 다시 던졌다.

“뭐, 소문이 어떻다고 하지만 내 보기엔 저 친구들이야말로 사람같이 안 보이는걸? 곤륜이성을 모시러 갔다더니 어쩐 일이지? 안 된 건가?”

눈웃음 걸린 시선을 다시 풍오자에게 돌린 청진은 나직이 불호를 외웠다.

“아미타불.”

잠시 여운을 둔 청진은 질문에 대답했다.

“두 분 다 육신을 버리셨소.”

“그럼 탈각, 등선했다는 말인가?”

여전히 미소를 문 청진은 다른 소리를 했다.

“그분들은 후계를 남기셨소.”

풍오자의 눈매가 좁아지며 뜨악해졌다. 그 시선이 열여덟의 젊은 중들을 너머 백의사내에게 가서 멎었다.

계집들이 본다면 치마끈을 풀고 덤빌 만한 옥 같은 용모. 엷게 배어 문 미소에 머리를 두른 백건은 흰 눈 같은 백의와 더불어 너무도 선명했다. 게다가 몸 전체에서 풍기는 여유와 기세는 훈풍처럼 주변을 잠식했다. 나이는 대략 이십대 후반 정도… 사내는 한 마리의 용처럼 보였다.

"호부(虎夫)에 견자(犬子) 없다더니. 그 양반들이 용(龍)을 남겨뒀군!"

풍오자답지 않은 칭찬이었다. 하지만 그만큼 사내의 기상은 돋보였다. 호수를 건너오던 모습을 떠올리며 이미 짐작했지만, 곤륜이성의 후대로 밝혀진 지금은 더욱더 범상치 않게 보였다. 또한 사내의 기세가 그랬다.

사내의 웃음이 더욱 짙어지는 걸 본 풍오자는 고개를 끄덕이며 청진에게 다시 말을 걸었다.

"한데 곤륜의 그 양반들이 자빠져 갈 때까지도 예의는 안 가르친 모양이야? 그렇지? 저렇게 어른을 보고도 모가지가 뻣뻣한 걸 보면?"

청진의 미소 진 얼굴이 처음으로 굳어졌다. 하지만 극히 짧은 그 시간이 지난 후, 어색한 미소를 문 그는 대수롭잖게 얘기했다.

"누구나 고유한 성품이 있지요. 워낙에 타인과 말을 섞기 싫어하는 친구라서. 또한 군이 배분상으로 따지면 우리네와도 차이가 없다 할 수 있지요."

"누가 뭐라 했나? 말인즉슨 그렇다는 얘기지. 요즘엔 워낙 싸가지없는 놈들이 넘치는 세상이니까. 뭐, 나부터도 그런 놈들에게 둘러싸여 있지."

풍오자 역시 대수롭잖게 말을 받았다. 하지만 샐쭉해진 눈은 속마음은 그렇지 않다는 걸 말해 줬다. 그 눈으로 풍오자는 또다시 물었다.

"소문을 들었다니 우리가 무림맹을 거쳐 온 걸 알겠군. 하면, 우리가 마공 전한 놈을 쫓는다는 것도 알 것이고, 저 친구와 철무련의 얘기도 소문으로 돌았을 것이고. 우리는 대충 그런데 당신은 어쩔 셈이지?"

청진의 미소 지은 눈이 잠깐 동안 빛을 뿜는 것 같았다. 하지만 워낙 찰나간에 일어난 일이라서 풍오자조차도 그런 일이 있었는지 의심스러웠다.

청진은 조심스럽게 합장해 보이며 대답을 꺼냈다.

"아미타불. 정도 세상, 그것을 위해 빈승은 자리를 떨쳤소. 조극강에게 패한 그때, 근원을 알 수 없는 그의 무공에 소림의 무공이 깨졌소. 정종 중원무공이 무릎을 꿇은 것이오. 세상의 암흑은 그때부터 시작이었소."

밑도 끝도 없는 소리에 풍오자는 물론 임홍빈과 용태웅의 굵은 눈매도 청진에게 향했다. 눈길은 풍오자와 맞추고 있지만, 어쩐지 신경은 불 앞의 계장수에게 쏠려 있는 것 같은 얼굴로 청진은 말을 이었다.

"빈승은 장문인 자리도 벗어 던지고 소림의 무공을 연구했소. 그 결과로 기록으로만 남았던 십팔금강동인(十八金剛銅人)을 완성했소. 한데 칠 년 전, 참회동을 깨치고 나온 그들의 존재를 보았소. 삼신승이 염려하며 장문인들에게만 비밀리에 존재를 알렸던 바로 그들이었소. 하지만 후대의 아무도 진실을 염려하지 않았던, 잊혀진 자들이었소. 그들이 세상에 나온 거요."

청진은 말을 끊고 풍오자를 직시했다. 풍오자는 그 눈을 보며 깨달았다. 청진이 칩거한 것은 조극강을 다시 깨기 위해서였고, 그 결과가 수십 년의 세월의 결실인 바로 저들, 십팔금강동인인 것이다. 하지만 그런 그에게 더욱더 꿈같은 존재가 현실로 나타났던 거다. 선대가 묻어버렸던…….

꿈틀대는 풍오자의 눈매를 보던 청진은 다시 느긋하게 말을 꺼냈다. 하지만 얼굴의 미소는 더 이상 보이지 않았다.

"난 조극강이 죽은 줄도 몰랐지. 이 아이들을 기르며 살았으니까 말이오. 그런데 그들의 존재는 내 좁은 사고의 폭을 깨버렸소. 그들은 죽은 조극강보다 훨씬 강하고 두려운 존재였던 거요. 그래서 대비하고자 했소."

어느새 청진의 눈엔 이상한 의지가 넘실거리기 시작했다.

"그들이 만들 어둠의 세상. 그걸 걷어내고 정도 세상을! 조극강도 철무련도 그 누구도 아닌, 소림을 바탕으로 한 중원의 힘으로 만들 위대한 정도의 세상을 구축하기로 한 거요! 그 주춧돌이 우리가 될 거요!"

청진의 목소리는 어느새 모두의 귀를 흔들 만큼 커져 있었다. 뭔가 비뚤어진 신념으로 가득 찬 것 같은 그의 눈을 보면서 풍오자는 허탈한 눈을 만들었다. 용태웅은 굵은 눈매를 꿈틀대며 못마땅해했고, 임홍빈은 미친 늙은이를 보는 눈이었다. 계장수만이 여전히 불 앞이었다.

청진의 이글대는 눈과 열여덟의 금강동인, 그리고 백의사내를 차례로 보던 풍오자는 한숨을 내뱉듯이 말을 던졌다.

"그래, 처녀가 서방질을 하든 뒷간의 똥물을 약이라고 처먹든 사람은 자기 하고 싶은 대로 하고 살아야지. 암, 여부가 있나. 살날이 얼마 남았다고."

청진의 눈꼬리가 꿈틀거렸다. 하지만 풍오자는 그 얼굴에 대고 정색

하고 말했다.

"염려는 안 하지만 혹시나 해서 말하지. 청진, 당신이 말하는 그 정도 세상이란 거, 그게 다른 자들이 말하던 것과 다르지 않다면 책임져야 할 거야."

청진은 물론 열여덟 금강동인들도 표정이 무섭게 굳어졌다. 하지만 풍오자는 바로 또 말했다.

"우린 거창한 계획은 없지만 당신이 봤다는 그 무서운 놈들, 그놈들을 잡을 생각이지. 당신네도 그렇다고는 들었지만, 지금 보니 그도 저도 아닌 것 같군. 하지만 한 가지, 우리가 부딪치는 일은 없어야 할 거야. 만일 그런 일이 일어난다면… 엄청난 비극이 벌어질 테니까."

말을 마치는 풍오자의 눈은 매섭게 빛을 냈다. 그 눈을 마주 직시하던 청진의 눈도 그렇게 빛을 냈다. 그러다가 처음의 그 미소가 눈꼬리에 슬그머니 다시 걸렸다. 미소처럼 말도 슬그머니 흘러나왔다.

"그건 우리도 마찬가지요. 아미타불."

풍오자는 청진처럼 웃었다. 하지만 슬그머니 걸리는 미소가 아니라 피식피식 웃어대는 웃음이었다. 그렇게 웃던 풍오자가 손을 내두르며 말했다.

"잘 가라구. 덕분에 때를 놓쳤구먼."

풍오자는 계장수의 옆으로 앉으며 고기를 잡았다. 어느새 계장수는 구운 물고기를 뜯어 먹는 중이었다. 풍오자의 태도에 용태웅과 임홍빈도 곁으로 앉았다. 그들은 탄 고기의 껍질을 벗기며 서로에게 집적거렸다.

계장수 일행의 외면을 받은 청진은 하얀 눈매를 더욱 하얗게 빛냈다. 하지만 미소를 잃진 않았다. 작별을 말하는 예의도 잊지 않았다.

“아미타불. 부처님의 가호가 있기를.”

어쩐지 듣는 이들에게 위선처럼 들리는 말을 던지고 청진은 돌아섰다. 그 뒤를 열여덟의 금강동인이 따랐다. 하지만 한 명, 백의의 사내. 그가 계장수에게 말을 걸었다. 시종일관 봄기운처럼 미소만 보이던 사내가 입을 벌린 것이다.

“흑마왕. 이름이 뭔가?”

용태웅의 눈매와 주먹이 꿈틀하는 순간 계장수가 말했다.

“남의 이름을 물어볼 땐 자신 먼저 말하는 게 도리다.”

다시 멈춰 선 청진과 승려들의 시선 속에서 백의사내는 화사하게 웃었다. 그랬다. 그 웃음은 화사하다고밖에 달리 표현할 길이 없었다.

“그렇군. 내 이름은 연무기(燕武基)다.”

시종일관 불만 보던 계장수의 시선이 그제야 들렸다.

“계장수. 그게 내 이름이다.”

백의사내 연무기는 더욱더 짙은 미소를 그리며 대답했다.

“기억하지.”

계장수는 또 말했다.

“기억하는 게 좋을 거다.”

사내 연무기는 꽃처럼 화사한 미소를 남기고 뒤돌아섰다. 그리고 처음처럼 뒷짐 진 자세 그대로, 천천히 멀어져 갔다. 그 뒤를 청진과 승려들이 호위하듯 따라갔다.

멀어져 가는 청진 일행을 모두가 말없이 바라보았다. 하지만 그들의 눈은 새로 굽는 고기가 타는 것을 못 보는 모양이었다.

모여드는 사람들 3

❶

"흑마왕이라고? 거, 이름 한번 뻑적지근한데?"

용태웅이 임홍빈에게 말을 걸자 임홍빈은 냅다 말을 받았다.

"그렇지? 그런 별호를 가진 자는 백 년 이래 아무도 없을 거야. 무시무시하잖아? 그지?"

"혹시 알아? 얼굴이 시커메서 그런지도 모르지?"

"그런가? 맞아, 그럴 수도 있겠네? 크흐흐흐흐."

수레 앞에서 조잘대는 둘의 행태에, 수레에 짐짝처럼 얹혀가던 풍오자는 쌍심지를 돋웠다.

"쌍녀러 자식들이, 배때지 부르니까 입들이 심심한가 보구나! 야, 임마. 대관절 얼마나 남은 거야?"

계장수도 가만있는데 웬 성질을 부리냐는 듯, 임홍빈이 불퉁스럽게 돌아봤다.

"다 왔어요. 이 앞에 보이는 산 돌아서예요."

대답하고 다시 앞으로 돌아가는 임홍빈은 작게 중얼댔다.

"노인네가 왜가리 고기를 먹었나, 목청은 제기럴."

"뭐라고 조잘대는 거야! 이 쌍녀러 새끼야!"

풍오자가 핏대를 세우고 버럭버럭 소리쳤다. 임홍빈은 뒤도 안 돌아보고 목을 움츠렸고, 용태웅은 주변을 보며 딴전을 피웠다. 뒤에서 보던 계장수는 심드렁하게 말을 던졌다.

"대충해요. 먹은 거 다 내려가겠소."

계장수를 얄밉게 돌아본 풍오자는 콧방귀를 뀌며 주절댔다.

"흥! 그 빌어먹을 중놈들 땜에 제대로 먹기나 했냐? 그 후레자식들만 아니었으면 속 좀 든든히 먹었을 텐데. 에잉, 냄새나는 중놈들!"

신경질을 부리던 풍오자는 뭘 떠올렸는지 입맛을 다셨다.

"그마나 잉어죽은 좀 먹었다만. 쩝쩝."

입술에 침을 바르며 턱을 긁던 풍오자는 임홍빈에게 또 소리쳤다.

"야, 사이비 도사 놈아! 지금 가는 데서 밥은 얻어먹을 수 있는 거냐? 엉?"

임홍빈은 옆 눈으로 빼꼼히 돌아보다가 야멸차게 말했다.

"배고픈 사람들에게 밥 한 끼 안 주겠어요? 한데 모르지요, 노망난 늙은이한텐 밥보다 약을 줄지도."

"뭐라! 이 쳐죽일 놈이!"

늘상 그렇듯이 풍오자가 산발한 머리를 흔들며 폭발했다. 하지만 또 언제나 그렇듯, 위기의 순간에 임홍빈을 구하는 손길이 또 있었다.

"아저씨!"

"홍빈 아저씨!"

　야산의 모퉁이를 돌자 저 앞에서 일행을 쳐다보던 아이들이 소리치
며 뛰어왔다. 흙장난을 하던 남자 아이와 여자 아이였다. 달려오는 남
자애와 여자애는 임홍빈을 반갑게 불렀다. 둘 다 일고여덟 살이나 되
었을까? 새카만 얼굴에 덕지덕지 기운 옷을 입고 있는 아이들이었다.

　"어이쿠, 이놈들아!"

　"아저씨!"

　"우와, 아저씨!"

　달려오던 두 아이들을 임홍빈은 번쩍 안아 올렸다. 평소에 비실비실
눈치만 보던 놈이 어디서 저럼 힘이 나올까 싶었다. 얼굴엔 기쁜 웃음
도 함박이었다.

　"동주(東珠), 애령(愛玲)이, 잘 있었어? 감기 안 걸렸고?"

　"응!"

　"매일 아저씨만 기다렸어!"

　짧게 대답한 계집애와 달리 사내아이는 자신들이 길가에 있는 이유
를 말했다. 임홍빈은 제 자식들을 품은 것처럼 기쁜 얼굴로 두 아이의
볼에 살을 비볐다.

　"이놈들, 내가 그렇게 보고 싶었어?"

　"우히히히, 간지러!"

　"우헤헤헤, 숨 막혀!"

　자지러지는 두 아이와 임홍빈의 수작을 지켜보는 풍오자와 용태웅,
계장수는 서로서로 눈을 돌려 맞추며 당황스러워했다. 눈앞의 상황은
해석하기에 전혀 예측 가능한 경우의 수가 아니었던 것이다.

　"다들 잘 계시지?"

　얼굴 부비기를 멈춘 임홍빈이 묻자 아이들은 고개를 새새끼처럼 끄

덕였다.

“웅. 아버지도 어머니도 다 잘 있어.”

“마을 어른들도 다 잘 있고, 의원 아줌마도 맨날 소리쳐.”

역시 계집애보단 사내아이가 소견 넓게 대답했다. 아마도 오빠인 듯싶은데, 사내애는 임홍빈에게 제 주변 정황을 정확하게 대답한 것이다.

고개를 끄덕여 보이고 아이들을 내려놓은 임홍빈은 수레 앞의 조그만 자루 속에서 뭔가를 뒤적였다. 그리고 뒤돌아서며 두 개의 꼬치를 내밀었다.

“자, 너희들 선물이다!”

아이들의 눈이 동그래졌다.

“와아! 당과(糖菓)다!”

“우헤헤! 아저씨 최고!”

임홍빈의 손에서 당과 꼬치를 받아 든 아이들은 환호하며 좋아했다. 그리곤 곧 뒤돌아 달려가기 시작했다. 자그마한 두 아이들이 달려가는 곳은 마을의 입구였다. 산이 병풍처럼 삼면을 둘러싼 숲이 우거진 곳에 마을이 있었다. 입구에는 의림(醫林)이라는 표지목이 눈을 끌었다. 아이들은 마을의 입구를 들어가며 소리쳤다. 기쁜 목소리였다.

“아저씨가 왔어요!”

“홍빈 아저씨가 왔어요!”

소리치며 마을 안으로 사라진 아이들을 보던 세 사람 중 용태웅이 혼잣말처럼 물었다.

“여기였냐, 네가 기를 쓰고 오려던 곳이?”

풍오자도 뒤를 이어 물었다.

“의림이라니? 대관절 뭐 하는 곳이야?”

계장수는 마을의 표지목과 숲이 우거진 전경을 바라보며 입을 벌렸다.

"의원이 있는 곳인가 본데?"

의문스런 세 사람을 돌아본 임홍빈은 웃는 얼굴로 재촉했다.

"얼른 들어가자구요."

그 말을 남기고 임홍빈은 서둘러 수레를 끌고 앞서 갔다.

"저 자식, 저거."

풍오자가 못마땅하게 바라봤다. 하지만 마을 입구로 들어서는 그의 뒤를 따라갈 수밖에는 없었다.

그사이 마을 안쪽에서는 웅성거림이 들려왔다. 일행들이 옹기종기 모여 지은 초가지붕들을 발견했을 때는 사람들이 몰려왔다. 하지만 모두 이상했다.

수레의 주변으로 나타나는 사람들을 보고 풍오자는 헛바람을 들이켰다. 용태웅도 놀란 눈을 감추지 못했고 계장수도 눈을 부릅떴다.

"안녕들 하셨어요? 다들 잘 계셨죠?"

임홍빈이 반갑게 인사하자 사람들은 그의 손과 팔을 덥석덥석 잡고 반가워했다.

"아이고, 임 도사 아니우? 잊지 않고 또 와줬구랴."

"어허, 간밤 꿈이 별스럽더니 그대가 돌아오려던 게였구려."

"어서오시구려, 임 도사. 정말 반갑소. 지난겨울은 어디서 지낸 거요? 왜 이제야 왔소?"

반가워하는 사람들과 얽히는 임홍빈을 보고 세 사람은 놀란 표정을 감출 수가 없었다. 그도 그럴 것이 나타난 수십 명의 마을 사람들은 환자였다.

문둥병. 마을 사람들은 문둥병 환자였다. 타고난 천형이며, 세상과 사람들로부터 버림받는 불치의 병. 마을 사람 모두가 그랬다. 눈썹과 머리털이 빠진 모습은 꿈에 본 물귀신 같았고, 손발이 문드러진 몰골은 보기에도 끔찍했다.

하지만 그 사람들과 임홍빈은 스스럼없이 손을 잡고 웃음을 나누었다. 마치 오랫동안 헤어졌다가 다시 만난 가족들 같은 정겨움이 넘쳤다. 그 모습을 보고 있자니 임홍빈의 웃음이 환하게 빛나는 것 같았다.

"놀라신 모양들이로군요."

갑자기 들린 목소리는 맑고 듣기 좋았다. 여자의 목소리였다. 그것도 젊은 여자. 청아한 목소리의 주인을 찾아서 계장수는 고개를 뒤로 돌렸다. 풍오자도 그랬고 용태웅도 시선을 돌렸다. 그리고 또 놀랐다.

여자가 맞았다. 그것도 아주 예쁜 여자였다. 아니, 그냥 예쁜 게 아니라 서늘한 빛이 광채처럼 나오는 여자였다. 흰 피부에 갸름한 얼굴, 오뚝한 코와 앙증맞은 붉은 입술, 진달래 꽃잎을 비벼댄 듯한 뺨과 살랑이는 머리카락을 날리는 이마, 흰옷 사이로 보이는 길고 고운 목.

경국지색이니 월궁의 항아니 하는 표현은 여자와 맞지 않았다. 그런 여자들이 세상의 눈으로 볼 땐 오히려 더 예쁠지도 모른다. 그렇게 예쁜 여자들을 찾는다면 대도시의 기루에 가면 발에 밟힐 것이다. 하지만 이 여자는 그런 예쁨과 달랐다. 햇빛을 가루 내어 뿌리는 것 같은 미소가, 이마를 흘러내리는 땀방울이 보석처럼 보이는 그런 여자였다.

"어어, 이거."

용태웅이 뺨을 경직시키면서 이상한 소리를 냈다. 누군가 뒤쪽으로 다가온다고 느꼈지만, 마을 사람들의 하나일 거라고 생각했던 것이다. 그래서 여자는 더 놀라웠다. 그리고 그건 시선을 고정한 계장수도 같

있다.

풍오자는 헛기침을 하며 여자를 위아래로 봤다.

"케헴, 허흠, 의원이신가 보구먼?"

풍오자의 말대로 여자는 흰 의복을 입었다. 그 위에 물든 각종의 얼룩은 피고름과 약초물이 틀림없었다. 알싸한 약 냄새도 여자에게서 났다.

"젊은 사이비 도사가 이번엔 일행들을 모시고 왔군요. 밥이 많이 축나겠는걸?"

계장수와 용태웅의 허우대를 본 여자가 한 말이었다. 코를 찡긋대는 모습은 장난스러워 보였다. 여자는 사람들과 어울린 임홍빈을 보며 다시 말했다.

"표정을 보니 세 분 다 말씀을 못 들으신 모양이군요. 이곳은 특별한 곳입니다. 의지할 곳 없는 사람들이 서로의 울타리가 되어 살아가는 곳이죠."

여자를 보던 계장수의 시선도 임홍빈과 사람들을 향했다. 여자는 또 말했다.

"세 분이 보시는 것처럼 마을 사람들은 모두 문둥병 환자들입니다. 세상에서 버림받고 배척받은 사람들이지요. 어때요? 저 모습이 놀라운가요?"

여자는 풍오자도, 용태웅도 아닌 계장수에게 시선을 맞추며 물었다. 그러나 계장수가 뭐라고 말을 하기도 전에 스스로 입을 열었다.

"놀랄 필요도, 경계할 이유도 없습니다. 사람들이 잘못 아는 것처럼 저 병은 전염되지도, 대를 이어 전해지지도 않습니다. 그저 천형이지요."

흰 이가 반짝거리게 말을 마친 여자는 잠시 더 계장수를 보았다. 그러다 이를 좀 더 드러내 보이며 살풋 웃었다. 이어진 말은 아이 같았다.

"얼굴이 까맣네요?"

여자는 더 짙게 웃었다. 코끝에 작은 주름이 잡히도록 웃는 모습은 천진한 아이 같았다. 그 웃음이 주변을 투명하게 물들이는 것 같았다. 집들도, 사람들도, 나무들도, 꽃들도, 주변을 둘러싼 산들도, 그리고 하늘까지도.

시야에 가득한 여자의 웃음을 보며 계장수는 느닷없이 물었다.

"이름이 뭐요?"

하지만 왜 그렇게 물었는지 자신도 몰랐다.

웃던 여자는 장난스럽게 코를 찡긋대며 말을 받았다.

"여염 처자의 이름을 함부로 묻다니 무례하군요."

여자와 계장수를 보던 풍오자가 묘한 표정을 지을 때, 용태웅이 잽싸게 끼어들었다.

"하하하하, 이 친구가 원래 좀 예의가 없는 편이지요. 당연히 저희 소개를 먼저 해드렸어야 결례가 아닌 것인데. 못 배운 게 죄지요. 하하하하하."

어쩐지 덩치에 안 맞게 허둥대는 모습인 용태웅은 풍오자가 옆에서 째려보는 데도 상관 않고 계속 주절댔다.

"에, 저희는 저기 저 임 도사의 친구들, 아니, 저는 형님뻘이 됩니다만, 어쨌든 여정을 같이하는 일행입니다. 여기 이분은 화산의 전임 장문인인 풍오자 어른이시고, 여기 이 친구는… 계장수라고 합니다. 이름이 좀 그렇지요? 그리고 저는 용태웅이라고 하며, 일찍이 뜻을 품고……."

용태웅은 말을 다 잇지 못했다. 여자가 깜짝 놀랄 만큼 큰 소리를 쳤기 때문이었다.

"손들 떼요! 수레째 그대로 창고 앞에 갖다 놔요!"

용태웅도 놀라고, 풍오자도 놀라고, 계장수도 놀랐다. 소리친 여자가 보는 것은 수레와 사람들이었다. 웃고 떠들며 물건을 풀어헤치던 사람들과 임홍빈은 머쓱한 표정이 되어 서로를 봤다. 그러다가 수레를 옮겨갔다.

마을 중앙의 커다란 초가집으로 수레를 끌고 가는 사람들을 보며, 여자는 아미를 상큼 찌푸리고 고개를 저었다.

"도대체 질서가 없어요, 질서가. 저 양반만 오면 꼭 저렇다니까?"

못마땅하게 보던 여자는 그제야 잊었던 걸 생각한 듯 용태웅에게 고개를 돌리고 활짝 웃었다. 소리치던 방금 전과는 완전히 딴 얼굴이었다.

"어머, 말씀 도중에 제가 결례를 했네요. 저기 저분 성함까지는 들었는데… 어쨌든 좋은 분들이시겠죠?"

계장수 이름까지는 들었다는 소리였다. 하지만 더 들어봤자란 소리가 뒤를 이었다. 똥 씹은 얼굴이 된 용태웅이 뭐라고 말하려 했지만 여자가 더 빨랐다.

"이젠 제 소개를 할 차례지요? 음, 저는 이곳 의림 마을의 촌장 겸 의원 노릇을 하고 있는 모용화연(慕容華蓮)이라고 해요. 일종의 우두머리죠."

말끝에 여자는 큭큭거리며 웃었다. 손으로 입을 가린 모습은 예뻤다. 자신이 한 말이 우스운 모양이었다. 그러다가 또 깜박한 걸 뒤늦게 생각한 듯이, 세 사람에게 마을 안쪽으로 손을 벌려 보이며 말했다.

"어머나, 정신머리 하곤. 이리들 드시지요. 손님들을 세워놓고 수다를 떨고 있었다니. 어서요. 이쪽이에요. 사양하지들 마세요. 차를 대접할게요."

누가 뭐라 할 사이도 없이, 여자, 모용화연은 연이어 말을 뱉고 걸어갔다. 그녀가 인도한 곳은 마을 중앙의 우물 옆에 지어진 정자였다. 초막 같은 모양이었지만, 안에는 탁자와 의자가 제법 튼실하게 갖춰져 있었다.

제가 이끌어놓고는, 올 테면 오라는 식으로 자기 먼저 들어가 앉은 모용화연은 누군가에게 큰 소리로 말했다. 아주 씩씩한 목소리였다.

"여기 차 좀 줘요!"

과연 누가 듣고 차를 내올까 하고 세 사람은 궁금한 얼굴을 했다. 하지만 그보다는 눈앞에 앉은 이십대 중반의 젊은 여자에게 더 호기심이 일었다. 잠깐이지만 여자의 성격은 대충 파악되었다. 밝고 명랑하고 사소한 것에 구애됨이 없고, 어찌 보면 고삐 풀린 망아지 같은······.

마주 앉아 여자를 유심히 보던 세 사람 중 풍오자가 조심스럽게 물었다.

"홍빈이 저놈과는 어찌 인연이 되었수? 내 알기로 저놈은 고향도 예서 멀고, 다른 연고 같은 건 없는 줄로 아는데."

여자는 풍오자의 눈을 잠깐 보다 대답했다. 돌아간 눈은 계장수의 검은 얼굴을 보면서였다.

"오 년 전에 부적을 팔러 왔었어요. 병을 물리치는 부적이래나 뭐래나. 아무튼 아무도 오지 않는 곳에 뭘 팔겠다고 온 사람은 처음이었죠. 그게 인연이 되었어요. 겨울을 여기서 보내고 봄엔 나가고, 그 이듬해

겨울엔 돌아왔죠. 보시는 것처럼 마을에 필요한 것들을 장만해서요.”

계장수와 마주하던 시선을 잠시 창고 쪽으로 돌린 모용화연은 귀밑머리를 쓸어 올렸다. 뭔가 아슴한 것을 떠올리는 그 눈은 마을 사람들의 모습을 담고 다시 입을 열었다.

“아까 보신 아이들은 정상이에요. 부모들은 문둥병 환자지요. 그 아이들이 임 도사를 무척이나 따르지요. 임 도사는… 일 년 동안 세상을 돌며 번 돈으로 그 아이들을, 우리들을 도와주는 거예요. 그건… 생명수와 같지요.”

계장수와 풍오자, 용태웅의 시선도 임홍빈에게로 돌아갔다. 떠들썩한 분위기 속에 마을 사람들과 짐을 부리는 그의 얼굴엔 행복한 웃음이 떠나질 않았다.

이제야 임홍빈이 그처럼 수전노 노릇을 한 이유가 밝혀졌다. 한 푼이라도 안 쓰려고 노력했고, 돈이 될 만한 일이라면 물불을 가리지 않던 그의 행태가 드러났다. 하지만 알고 나니 왠지 속이 개운치 않았다. 세 사람 모두 그랬다. 왠지 속은 것 같고, 죄를 진 것만 같은 기분이었다.

“썩을 놈이…….”

풍오자가 못마땅하게 임홍빈을 노려봤다. 하지만 그 눈길이 진정 노여움이 아니란 걸 모두는 알았다. 그런 세 사람의 심중을 달래듯 모용화연은 나지막하게 말했다.

“좋은 분이에요. 이곳은 겨우 먹고살 만한 땅뙈기 얼마가 있을 뿐이에요. 거기서 나는 소출로는 팔십여 마을 사람들이 겨우 풀칠하기도 힘들지요. 한데 저분은 우리가 필요한 걸 채워줘요. 소금 같은 분이지요.”

모용화연은 다시 흘러내린 귀밑머리를 쓸어 올렸다. 하얀 얼굴에 내려 깔리는 긴 속눈썹은 숯검정을 칠한 것처럼 검었다. 꼭 그려놓은 것 같은 그 모습에 용태웅은 입을 헤벌렸고, 계장수도 시선을 떼지 못했다.

계장수는 모용화연이 아름다운 여자라고 생각했다. 아름다울 뿐 아니라 환하게 빛나는 여자라고 느꼈다. 저 여자의 아름다움은 단순한 살 껍질의 아름다움이 아닌 것이다. 처음 보았지만 여자의 정신이, 의지가, 사상이, 마을 사람들을 향한 애정이 아름다움을 만든 것이라고 생각했다.

자꾸만 눈이 부셔오는 모용화연에게서 시선을 돌려, 계장수는 임홍빈을 봤다. 여전히 마을 사람들과 섞여 떠들썩한 그의 모습은 아주 보기 좋았다.

'얄궂은 놈일세. 여기 올 때까지 한마디도 안 해주다니. 저게 저놈의 모습인가?'

문득, 뺨을 건드리는 시선을 느끼며 계장수는 시선을 돌렸다. 모용화연이 빤히 얼굴을 들이밀고 쳐다보고 있었다. 까만 눈동자는 흑요석 같았다.

"검은 얼굴 뒤에… 자신을 감추고 있군요."

밑도 끝도 없는 소리에 계장수는 얼굴 표정을 굳혔다. 풍오자와 용태웅이 뭔 말인가 하는 눈으로 시선을 모을 때, 모용화연은 뒷말을 이었다.

"눈동자 깊은 곳에… 가득한 슬픔이 보여요."

모용화연의 눈은 계장수의 눈으로 빠져들 것처럼 흔들렸다. 그렇게 잠시 동안 짧은 시간이 흘렀다. 곁에서 보던 용태웅이 헛기침을 터뜨렸다.

“허, 허험! 차, 차가 왔네!”

쓸데없이 큰 소리였다. 하지만 효과가 있었다. 서로에게 홀린 것처럼 마주 보던 계장수와 모용화연이 후다닥 시선을 돌렸다. 그리고 그때 차가 나왔다.

“변변치 않아 송구합니다.”

사십줄이나 되었을까? 나무 소반에 찻잔을 들고 정자에 들어선 여인은 일일이 찻잔을 내려주며 허리를 숙여 보였다. 언뜻 봐서는 환자처럼 보이진 않았다. 평범한 아낙처럼 보였다. 아낙의 얼굴엔 귀한 사람들이 왔는데 대접할 것이 변변치 않아 미안하단 마음이 가득했다.

풍오자는 냉큼 찻잔을 집어 들고 화답했다.

“별말씀을. 허어, 이거 귀한 갈근차(葛根茶)구려? 향이 아주 죽이는걸?”

용태웅도 후딱 거들었다.

“그렇네요? 후룩, 캬! 맛도 끝내주는데요?”

두 사람의 너스레에 웃는 얼굴로 인사를 보인 여인은 다시 물러갔다. 모용화연은 그런 두 사람에게 코를 찡긋거리고 웃으며 말했다.

“칡뿌리차가 뭐가 그리 대단하겠어요? 원하시면 사발로 드리지요. 어때요?”

“어? 그, 그건.”

“케헴, 밥 먹은 지 얼마 안 돼서 그럴 필요까지는 없겠소만.”

용태웅과 풍오자가 변명하는 사이 임홍빈이 다가왔다. 그리고 또 곁다리를 주질렀다.

“마을에 오면 밥 안 주냐고 물어봤잖아요? 시장하시다면서요? 이젠 괜찮아요? 그럴 리가 없을 텐데?"

정자로 들어서 모용화연 옆에 앉는 임홍빈을 보며 풍오자는 떫은 감씹은 표정을 했다. 하지만 모용화연 때문에 화를 터뜨리진 못했다.

모용화연은 임홍빈에게 밝은 웃음을 보이며 물었다.

"어쩐 일로 지난겨울엔 들르지 않고 봄에 왔지요? 무슨 일이 있었나요? 게다가 이번엔 일행 분들도 있군요? 특별한 일이 있는 건가요?"

임홍빈은 씩 웃어 보이고 대답했다.

"일은요. 그냥 조금 더 벌려고 돌아다니다 보니. 그리고 그 와중에 만난 분들입니다. 모두 좋은 분들이지요. 거기다 마침 이쪽에 볼일이 있던 참이라서요. 동행들에게 소개도 시킬 겸, 뭐, 겸사겸사지요."

그렇게 말하며 임홍빈의 눈은 용태웅과 풍오자, 그리고 계장수를 차례로 봤다. 한데 그 시선이 아주 께름칙하다고 계장수는 느꼈다. 마지막으로 향하는 임홍빈의 시선은 확신을 주었다. 놈이 보는 건 행낭이었다.

'그럼 그렇지. 얍삽한 새끼. 네가 노린 게 이거였구나.'

무표정한 계장수가 속으로 어금니를 물 때, 모용화연이 다시 말했다.

"부근에 볼일이 있었다구요? 이 부근에 강호인들의 무슨 모임이 있나요? 오늘은 그런 사람들이 많네요?"

"무슨 소리예요? 누굴 봤어요?"

임홍빈이 되묻자 모용화연은 습관처럼 귀밑머리를 쓸어 올리고 대답했다.

"임 도사 일행이 오기 전에 손님들이 왔었어요."

"손님이요? 여기 올 손님이 누가 있어요?"

“소림의 청진 대사라고, 아버님의 옛 친구 분이세요. 그분이 왔었어요.”

“뭐라? 청진? 지금 청진이라고 했소?”

풍오자가 소리치며 끼어들었다. 깜짝 놀란 모용화연이 흥분한 풍오자를 보고 더듬댔다.

“그, 그래요. 그분이 왔었어요. 젊은 승려들과 백의를 입은 무사 한 분하구요. 왜 그러시죠?”

눈을 부릅뜬 풍오자는 흥분을 감추지 못하고 다시 물었다.

“그가 왜 여길 왔소? 뭐라 하더이까?”

모용화연은 영문을 알 수 없다는 얼굴로 임홍빈을, 용태웅을, 계장수를 봤다. 계장수는 침착한 목소리로 다시 물었다.

“그들이 온 목적이 뭐였습니까?”

우묵한 계장수의 눈을 바라보던 모용화연은 천천히 대답했다.

“그냥 아버지가 궁금해서 들르셨다 하더군요. 하지만 아버진 구 년 전에 돌아가셨어요. 서로 소식이 끊겼으니 알 수 없었겠지요. 생전의 아버님께서 그분의 말씀을 가끔 하셨더랬어요. 중질 하는 친구라고. 한데 그분이……..”

잠시 동안 말을 끊고 모용화연은 네 사람을 차례로 봤다. 그러다가 역시 계장수에게 시선을 멈추고 말을 이었다.

“아버지가 남긴 의서(醫書)를 달라 하더군요.”

계장수는 바로 물었다.

“의서요?”

“예. 수십 년 동안 문둥병자들을 치료해 온 아버지의 심득이지요. 청년 시절부터 알고 지내신 청진 대사는 그걸 알고 계셨어요. 그걸 달라시더군요."

"병자를 다루는 의서를 그가 왜?"

묻던 계장수는 뭔가 생각난 듯이 풍오자를 홱 돌아왔다. 마침 풍오자의 눈도 확 빛을 뿜었다.

"인간강화비술(人間强化秘術)이로군!"

"그게 뭡니까?"

"인간… 뭐라구요?"

용태웅과 임홍빈이 상체를 들이대며 물었다. 풍오자는 모용화연의 얼굴을 직시하며 천천히 말을 꺼냈다.

"소저의 부친은 모용민(慕容珉)이 틀림없겠군. 몰락한 모용가의 천재 의원, 모용민!"

모용화연은 놀란 얼굴로 풍오자를 보았다. 그러다가 천천히 고개를 끄덕였다. 진정되지 않는 그 얼굴에 대고 풍오자는 또 말했다.

"소저의 아버지와 청진은 젊을 적부터 친구였다. 언젠가 소림에 모임이 있을 때 소저의 아버지에 관한 얘기를 들었지. 세상에서 잊혀진 모용가의 후손이며 천재적인 의원이라고 말이야."

풍오자를 보는 모용화연의 눈은 계속 흔들리며 옅은 흥분을 감추지 못했다. 풍오자는 얘기를 계속이었다.

"한데 청진의 얘기는 친구가 미쳤다는 거야. 문둥병을 연구하다 인간을 무쇠처럼 강화시키고 육신의 힘을 증폭시키는 비법을 발견했다고 한다더군. 그리곤 세상에서 없어졌다는 거야."

용태웅도 임홍빈도 눈을 끔뻑거리면서 풍오자의 입만 봤다. 풍오자는 눈을 빛내면서 또 말했다.

"그때는 친구를 걱정하는 얘기로 흘러들었지. 한데 화산으로 돌아가면서 자꾸만 그 얘기가 생각났어. 진짜로 그런 비법이 있다면 어떨까 하고 말이야. 하지만 곧 잊었지. 물론 청진도 믿는 눈치는 아니었어. 그저 의원 친구가 미친 채로 사라졌다는 걱정만이 보였지.”

말을 마친 풍오자를 비롯한 모두의 얼굴에 심각한 무거움이 몰려들기 시작했다. 물론 계장수도 예외는 아니었다. 더군다나 계장수는 그런 비법에 관한 얘기를 들은 적이 있었다.

조극강의 시절에 주요 세력들을 선별하면서 몰락한 가문이나 세력들도 분류를 했었다. 그때 모용가의 얘기를 들었다. 가주가 의원이나 미쳤고, 인간강화의 비술 어쩌고 떠들다가 사라졌다는 얘기였다.

물론 터무니없는 소리로 치부했다. 그런 게 있을 리도 만무했지만, 신체의 단련이나 무공의 성취는 그런 편법으로는 결코 이룰 수 없다는 게 소신이었다. 그런 게 있다면 몇백의 군사만으로도 천하를 가질 수 있을 것이다.

기연을 만나거나 영약을 복용하는 것은 논외로 치더라도 그건 어불성설이었다. 때문에 흘려들었던 얘기였다. 하지만 마음 한 켠엔 풍오자의 말처럼 그런 비술이 존재한다면 과연 어떨까 하고 생각했었다.

‘그런데 그게… 실존한단 말인가? 저 여자가 그걸 만든 모용민이란 자의 딸이라고?’

계장수는 혼란스러웠다. 그렇기는 눈을 부릅뜬 풍오자나 심각하게 고개를 까우뚱대는 임홍빈, 용태웅, 모두 같았다. 그 혼란을 모용화연이 종식시켜 주었다.

“역시 비밀이란 없군요. 맞아요. 아버지가 남긴 의서에는 그런 내용이 있어요.”

풍오자가 침을 튀기며 물었다.

“그, 그게 정말 있단 말인가?”

다른 사람들의 눈도 그렇게 물었다. 모용화연은 고개를 끄덕였다.

“아버지 이론대로라면 그래요.”

탄식이 터져 나왔다.

“허어, 이럴 수가!”

풍오자였다. 그는 바로 미간을 굳히며 침중하게 말했다.

“청진, 그놈이 대관절 뭘 생각하고 있는 거지? 십팔금강동인을 복원시키고, 인간강화비술까지. 믿지도 않는 것 같던 놈이 수십 년이 지나서…….”

그러다가 풍오자는 갑자기 모용화연에게 물었다.

“그 중놈이 갑자기 이곳을 어찌 알았을까? 수십 년 동안 소식도 모르고 살았다면서 말이야? 나 역시도 이런 곳이 있다는 말도, 부친에 대한 소문도 그 후로 들은 적이 없는데?”

의문이 가득한 음성이었다. 하지만 풍오자를 마주 보는 모용화연도 마땅히 해줄 말이 없는 모양이었다.

“글쎄요. 저도 그 점은 이상하군요. 이곳의 존재는 홍택 사람들도 잘 모르는데…….”

말을 흐리던 모용화연은 계장수를 보았다. 눈이 마주친 계장수는 간단하게 결론지었다.

“이젠 그게 중요치 않소. 그자들은 이미 이곳을 알고 있다는 게 중요하지요. 비술을 넘겼다면 모르지만, 그렇지 않다면 또 오겠지요. 그때 어찌할까가 중요하오.”

임홍빈이 얼른 물었다.

“넘겨준 거요?”

화사하게 웃어 보인 모용화연은 대수롭잖게 말했다.

"딱 잘라 말했지요. 아버지나 남긴 유품이라 드릴 수 없다고 했어요. 그랬더니 차 한 잔을 마시고들 돌아가더군요. 하지만 생각을 바꾸라고 했어요. 억조창생을 위한 일이라면서요. 후일 좋은 날을 택해 다시 찾아오겠다고 하더군요."

"그거 뭔지 모르지만… 그놈들이 귀찮게 굴 텐데. 좋은 척 웃는 놈 치고 뒤가 놓은 놈이 없단 말이야. 그리고 그 늙은 중은 미친 것 같았어."

혼잣말 같은 임홍빈의 말에 모용화연은 물었다.

"그들을 만났나요?"

"예, 홍택호를 지나다가 만났지요."

"그럼 산 너머 멀리서 들리던 그 시끄러운 소리가? 설마 그들과 싸웠나요?"

임홍빈을 손을 내저으며 말했다.

"아니에요. 그건… 다른 사람들이었어요. 무림인들이요."

모용화연은 고개를 끄덕였다. 하지만 그녀의 눈엔 당신들 모두 무림인이잖아 하는 의미가 떠올라 있었다. 그런 그녀에게 풍오자는 당부했다.

"우리가 상관할 바는 아니지만, 조심해야 할 게요. 옛날에 알던 청진이 아니었소."

모용화연은 건성으로 고개를 끄덕이며 대답했다.

"정 귀찮게 굴면 태워 버리든가 하지요 뭐."

확실한 결론이 이제 내려졌다. 하지만 그런 결론을 서슴없이 내놓는 모용화연을 네 사람은 멍한 얼굴로 쳐다봤다. 그러나 한 가지 생각이

오래가지 않는 사람들인 그들 중 풍오자가 먼저 다른 생각을 품었다.

"속 시원해서 좋구먼. 그래, 복잡하고 골치 아픈 일일수록 그렇게 단순하고 명쾌한 결론이 가장 좋지. 태워서 물건 자체를 없앤다면 놈들도 어쩌겠어? 그렇지? 그건 그렇고, 이제 슬슬 뭐 좀 먹어야 하지 않겠어?"

용태웅도 거들었다.

"그렇네요. 허술하게 먹은 거 티낸다고 뱃속이 허한데요? 야, 밥 좀 먹자."

용태웅이 임홍빈에게 말하자 임홍빈은 슬쩍슬쩍 사람들을 보며 말을 꺼냈다.

"여긴… 곡식도 모자라고… 궁핍한 곳이라서… 뭐, 별로 대접할 것도 없고… 그런데도 자꾸만 뭘 달라고 하면… 사람들한테 실례도 되고……."

마지막 눈길은 웃음을 참느라고 입매를 다문 모용화연을 지나 계장수에게 향했다.

가만히 임홍빈을 보던 계장수는 눈썹을 꿈틀했다. 그 순간 임홍빈이 움찔했지만, 곧바로 등에 졌던 행낭을 내려놨다.

쿵, 하는 육중한 소리가 탁자를 울릴 때, 서로 뒤엉키는 사람들의 시선 속에서 계장수는 주머니를 꺼냈다. 사람 머리통만한 주머니를 곧장 임홍빈에게 밀었다.

"밥값이다."

간단하게 던지는 계장수의 말에 임홍빈은 눈을 휘둥그렇게 뜨고 주머니와 계장수를 번갈아 봤다.

"이, 이게! 저, 정말로!"

말까지 더듬던 그는 풍오자와 용태웅, 모용화연의 의아한 시선 속에 주머니를 열었다. 그리고 모두가 놀랐다.

"커헉!"

"어헉!"

"어머나!"

풍오자는 조금 남았던 갈근차를 마시다가 목을 움켜잡았고, 용태웅은 헛바람을 거세게 들이켰다. 모용화연이 토끼눈이 된 건 말할 필요도 없었다.

손을 떨며 흑진주와 묘안석, 금강석 등을 움켜쥔 임홍빈은 계장수를 보았다. 눈도 떨렸고, 손도 떨렸고, 목소리도 떨렸다.

"잘 쓸게. 이거면 이 마을 사람들 남은 평생 걱정 안 하고 살아도 될 거야. 정말 고마워."

계장수는 어울리지 않게 피식 웃으며 대답했다.

"간지럽게 굴지 말고 밥이나 줘라."

밥 달라고 소리친 건 모용화연이었다.

"우리 밥 좀 줘요!"

다시 돌아온 그녀의 눈은 반짝반짝대며 계장수만 보았다. 그런 그녀의 부담스런 눈길을 피하려 계장수는 고개를 돌렸다. 그런데 웬 사내가 다가왔다. 병자처럼 보이지 않는 멀쩡한 사내였다. 사내는 공손하게 말했다.

"저녁에 마을 사람 모두 모여 만찬을 하자는군요. 아가씨 의견은 어떠신지요?"

"그래요? 그렇게 하지요. 하지만 빨리 준비해야 할 거예요. 이분들 많이 시장하시대요. 아셨죠?"

　모용화연의 말에 사내는 웃는 낯으로 고개를 숙여 보이고 물러났다. 그렇게 물러가는 사내를 계장수는 유심하게 쳐다봤다. 곧바로 모용화연이 물었다.

　"왜요? 우리 마을의 집사 노릇을 하는 분이에요. 뭐가 잘못됐나요?"

　"아니오. 그런 게 아니라, 그냥 낯이 익은 듯해서……."

　"그래요? 예전에 하남에서 작은 무림방파의 난리가 있을 때 피해 오신 분이라고 알고 있어요. 아버지가 받아들여서 쭉 같이 지내온 분이지요. 마을의 궂은일을 도맡아 하시는 분이에요. 성실한 분이지요."

　낯이 익어 보인단 소린 괜한 소리였다. 사내의 인상이 왠지 가면을 쓴 듯한 느낌이 강하게 들었다. 선하게 웃고 있지만 묘하게 걸리는 불쾌함이 뒷덜미를 잡았다. 마치 오래된 문짝의 손잡이처럼 맨질맨질한 느낌을 주는 이상한 사내였다.

　하지만 생각은 오래가지 않았다. 왠지 모르게 께름칙한 느낌이 들었지만, 말을 쏟아내는 모용화연의 작은 입술과 반짝이는 눈은 다른 걸 생각할 틈을 주지 않았다. 더군다나 임홍빈은 옆에서 쉼없이 조잘댔다.

　보석을 쥐고 기쁘게 떠들어대는 임홍빈이나, 그걸 믿지 않은 눈으로 흘겨보는 풍오자나, 임홍빈을 봤다, 모용화연을 봤다, 계장수를 봤다 하는 정신없는 용태웅이나, 모두가 기꺼운 마음인 건 한결같아 보였다. 더군다나 유별나게 반짝대는 눈으로 쳐다보는 모용화연의 눈은 계장수의 마음을 자꾸만 두근거리게 만들었다. 알 수 없는 일이었다.

❷

의림의 뒷산에 걸린 낙조는 붉은빛으로 현란했다. 가슴 깊은 곳에 숨겨진 비장함을 꺼내 펼친 것 같은 하늘은 그래서 서글퍼 보였다.

서편 하늘을 보고 산마루에 앉은 계장수는 땀을 닦았다. 이마와 뺨을 흐르고 온몸을 적신 땀은 정말 오랜만의 노동으로 맞은 결과였다.

마을에서 지낸 지 벌써 보름. 가야지 떠나야지 한 걸음은 아직도 떠나지 못하고 있었다. 그 보름 동안 산의 나무를 베어다가 허물어진 집들을 보수하고 마을의 우물을 새로 팠으며 후미진 곳엔 목책을 세웠다.

지금도 아래쪽에서 주절대는 임홍빈의 잔소리 속에, 용태웅과 둘이서 한 일이었다. 용태웅은 순간순간 주먹을 쳐들었지만, 그럴 때마다 나타나는 동주와 애령이, 그리고 모용화연의 등장에 뜻을 이루진 못했다.

마을 사람들은 한마디로 순박했다. 그저 저들에겐 이 마을이 세상의 전부이며, 서로가 서로의 울타리요, 재산이었다. 다른 건 생각하지도, 바라지도 않는 사람들이었다. 어쩌면 저들에겐 병이 병이 아니라 다른 삶을 살기 위해 주어진 한 방편인지도 몰랐다. 그것은 저 바깥에서 정상인의 탈을 쓰고 벌이는 온갖 군상들의 더러움과는 확연히 달랐다. 하지만 저런 삶을 구분 짓는 것은 과연 누구일까. 운명일까?

'또 감상에 젖는구나. 이럴 시간이 없건만. 다시 태어난 이후로 감상주의자가 돼버렸구나.'

계장수는 혼자서 피식 웃었다. 어쩐지 혼자만 조급하고 혼자서만 무거운 짐을 진 것 같았다. 지금도 저 아래 산중턱에서 도끼를 휘두르는 용태웅이나 그 옆에서 쉬지 않고 딴지를 거는 임홍빈은 아무 걱정 없는 얼굴이었다.

마을에서 과일주에 취해 있을 풍오자도 그랬다. 그러나 다른 무엇보다도 걱정되는 건, 흔들리는 마음이었다.

'내일은 꼭 떠나야 돼. 더 이상 여기 있을 이유가 없어. 두 번을 살면서 이런 유치한 감정에 휘말리다니… 지옥에서 기다릴 자들이 웃겠군.'

마음은 그렇게 먹지만, 저 아래로부터 올라오는 한 사람의 느낌은 몸을 경직시켰다. 사르륵사르륵, 옷자락 스치는 소릴 내며 다가온 익숙한 기척은 계장수의 심장을 또 두들겨 댔다. 가슴에 북을 단 것 같았다.

"노을이 참 곱지요?"

살그머니 다가와 옆에 앉는 사람은 모용화연이었다. 계장수는 힐긋 보았지만 심중을 들키지 않으려는 듯 대답없이 서산만 보았다. 모용화연은 귀밑머리를 올리면서 또 말했다.

"곱긴 한데 참 서글픈 빛깔이에요."

끊어지던 작은 목소리는 또 이어졌다.

"스물다섯 해를 살면서 지켜온 철칙이 있다면… 아버지처럼 살지 말자였어요. 자신만을 위해 사는 사람, 자기가 돌봐야 할 가족의 존재는 모르는 사람, 스스로의 성취를 위해 소중한 다른 것들을 희생시키는 사람."

계장수는 모용화연을 돌아봤다. 모용화연의 눈동자는 노을빛을 받아 붉은 보석처럼 빛났다.

"그렇게 사는 사람과는 옷깃의 인연도 맺지 말자 다짐했지요. 어머니가 돌아가셨을 때에요. 내 나이 열두 살 때였지요."

노을을 보는 모용화연의 얼굴은 처연함으로 물들었다. 계장수는 까닭 모르게 가슴이 아려왔다. 그런데 갑자기 모용화연의 고개가 돌아왔다.

"당신도 그런 사람이지요?"

발그스름한 노을의 빛을 담고 흔들리는 모용화연의 눈을 계장수는 말없이 들여다보았다. 그러다가 다시 눈길을 하늘 저편으로 돌렸다. 계속 보다가는 그녀의 얼굴에 손을 뻗을 것만 같았다. 그래서 대답도 서둘러, 무뚝뚝하게 했다.

"그런 건 잘 모르겠소. 다만 난 할 일이 있소. 그 일은 다른 누구도 대신할 수 없는 일이오."

"들었어요, 가문의 복수를 하려 한다는 말."

계장수는 대답하지 않았다. 하지만 가슴속에선 수만 가지 말들이 들끓어 올랐다. 왜 이 여자에게 이런 감정이 드는지 모를 일이었다. 답답한 가슴을 확 열어 제끼고 모든 걸 쏟아내고 싶었다. 하지만 그럴 순 없었다.

가만히 계장수의 옆얼굴을 바라보던 모용화연은 나직하게 입을 열었다.

"하고 싶은 말이 있을 땐 참지 말아요. 가슴속에 자꾸 눌러 담으면 속으로 멍만 들어요. 그런 멍을 어루만져 줄 이가 없는 사람은 그래선 안 돼요."

서편 하늘을 보던 계장수의 눈이 다시 돌아왔다. 그 눈을 보고 모용화연은 또 말했다.

"남자들의 마음은 다 같은가 봐요. 그네들이 원하고 가지려는 건 다 바깥에 있지요. 때문에 안에서 기다리는 여자들은 슬플 수밖에 없어요. 난 그런 삶을 살지 않겠다고 맹세했지요."

계장수는 뭔가 말을 해야 한다고 생각했다. 이 여자와 자신은 얼굴을 본 지 이제 보름이 되었을 뿐이다. 하지만 볼 때마다 가슴이 떨렸다.

이 여자도 처음 본 순간부터 자신에게 특별한 눈빛을 보냈다. 그게 뭔지 바보가 아닌 이상 모를 수 없었다. 하지만 이 여자의 마음을, 스스로의 감정을 담아낼 수가 없었다. 때문에 입에서는 다른 소리가 나왔다.

"마을에 손볼 만한 곳은 더 이상 없는 것 같소. 특별히 손대야 할 곳이 있다면 말해 보시오."

모용화연의 눈이 갑자기 슬프게 변했다. 작게 나오는 목소리도 그랬다.

"당신은… 참으로 무심하군요."

계장수는 말없이 모용화연의 얼굴만 바라봤다. 입 안이 마르며 자꾸만 침이 넘어갔다.

서글픈 눈썹을 떨며 계장수는 보던 모용화연은 안타까운 목소리로 말했다.

"난 당신을 보름 전 처음 보았어요. 하지만 처음 본 그 순간 알 수 있었지요. 내 남은 인생은 당신을 생각 안 하고 살 수 없을 거라구요."

계장수는 눈썹이 꿈틀 경련했다. 모용화연은 작은 목소리를 또 이었다.

"첫눈에 누구를 사모하게 된다는 구태의연한 애기는 믿지 않았어요. 이야기책에서나 나오는 것들이지요. 지금도 그런 마음은 변함이 없어요. 하지만 당신은… 당신을 본 순간의 느낌은… 그런 것들과는 달라요."

말하는 모용화연의 눈에 맑은 습기가 차 올랐다. 그것이 방울져 한 방울 흘러내릴 때, 말은 다시 이어졌다.

"당신을 본 순간 생명을 주신 신들께… 태어나게 해주신 아버지께 감사를 드렸어요. 저더러 뻔뻔한 년이라고 욕해도 상관없어요. 그런 욕은 항상 들어요."

모용화연은 배시시 웃었다. 그 얼굴로 눈물 방울이 아롱져 흘러내렸다. 그렇게 웃으며 울면서, 계장수에게 부탁했다.

"복수를 잊으면 안 되나요? 그냥 이곳에 남아 사람들과… 저와… 어울려 살면 안 되나요?"

모용화연을 직시하는 계장수의 검은 눈동자가 떨렸다. 어금니를 문 볼은 굵은 주름을 만들었다. 하지만 굳게 다물려진 입에선 아무 말도 나오지 않았다.

긴 속눈썹을 깜박이며 바라보던 모용화연은 다시 말을 꺼냈다.

"당신이 곧 떠나려 한다는 걸 알아요. 그래서 용기를 내서 찾아왔어요. 보신 것처럼 난 상대가 다가와 주길 기다리거나 하지 않아요. 보통 여자하곤 다르지요. 날 이상하게 볼 수도 있다는 걸 알아요. 하지만 이렇게 실성한 여자처럼 당신에게 다가선 건… 당신을 놓치고 싶지 않기 때문이에요."

말을 마친 모용화연은 치맛자락을 움켜쥐고 일어섰다. 결정은 이제 계장수의 몫으로 남겨진 것이다. 뒤돌아서는 그녀를 보며 계장수는 뭔가 말해야 한다고 속에서 소리쳤다. 하지만 한 걸음 두 걸음 멀어져 가는 그녀의 뒷모습이 시야에서 사라져 갈 때까지 아무 말도 하지 못했다. 어느새 올라왔는지 등 뒤에서 임홍빈과 용태웅이 지껄였다.

"거봐. 내가 둘이 눈맞았다고 그랬잖아. 괜히 헛물켜지 말라니까?"

“자식아, 손뼉도 마주쳐야 소리가 나지, 저 자식이 저렇게 벽창호모냥 모르쇤데 뭐가 되겠냐?”

“그건 그렇지만, 이제 시작인데 너무 섣부른 판단 아니야?”

“섣부른 판단? 야, 임마, 너도 방금 몰래 들었잖아? 여자가 저렇게 노골적으로 감정 표시를 하는데 남자란 놈이 고작 한다는 소리가, 뭐, 손볼 데 더 없냐고? 헤헹, 그래 가지고 진도 잘 나가겠다. 애저녁에 글렀지.”

용태웅의 목소리는 단호했다. 그 말을 듣고 가만히 계장수의 등을 보던 임홍빈은 고개를 끄덕였다.

“그것도 그렇네. 화연 아가씨가 남자를 보고 저러는 것도 처음 봤지만, 세상 어디에 내놔도 안 꿇릴 여자를 소 닭 보듯 하는 저 친구 심사는 대체 뭐야?”

“뭐긴 뭐겠냐? 자신이 없어 그러겠지.”

“자신? 무슨 자신?”

“애새끼가 모르는 척하긴. 그거 있잖아, 임마. 밤일.”

“밤일? 밤에 뭐 일할 게…….”

그러다가 뭐가 생각났는지 임홍빈은 용태웅을 힐끗 봤다. 그리고는 둘이 동시에 큭큭댔다.

“큭큭큭큭, 그거? 큭큭.”

“크흐흐흐, 이제 안 모양이로구나? 크흫흫흫.”

기괴한 소리를 내며 웃던 둘은 그때까지도 미동없는 계장수의 등을 보며 천천히 웃음을 멈췄다. 멋쩍은 침묵이 둘 사이를 맴돌았다. 계장수는 그때까지도 모용화연이 내려간 산길에 시선을 고정시킨 채 움직일 줄을 몰랐다.

웃던 눈을 서로 교환한 용태웅과 임홍빈은 정색한 목소리로 말을 걸었다.

"자식아, 맘에 있으면 잡아야지. 여자가 저렇게까지 하는데 뭘 망설이냐?"

"맞아, 화연 아가씨 같은 여자는 없어. 더구나 아가씨가 너한테 마음을 열었잖아."

두 사람의 채근하는 소리에도 계장수는 넋을 잃은 사람처럼 산길만 내려다봤다. 그러다가 갑자기 어깨를 후두둑 털어대고는 고개를 수그렸다. 꼭 실신했다 정신이 돌아온 사람처럼, 고개를 좌우로 흔든 후 일어섰다.

뒤로 돌아선 계장수는 바라보는 두 사람의 사이로 산길을 내려갔다. 모영화연이 내려간 길과 반대 길이었다. 그런 계장수의 등에 대고 두 사람이 욕을 했다.

"저 자식이. 야, 임마! 네가 부처님 가운데 토막이냐? 뭘 어쩌겠다는 거야?"

"맞아! 사람이 말을 하면 듣고, 누군가 맘을 주면 받아야지! 뭐야, 이거!"

하지만 두 사람에게 돌아온 건 차가운 대답이었다.

"난 내일 떠난다."

두 사람은 돌처럼 굳은 얼굴로 계장수의 등을 봤다. 커다란 등은 점점 더 멀어져 갔다.

❸

산자락을 휘감았던 안개가 햇빛에 모두 사라졌다. 마을엔 떠나는 자들을 위해서 새벽부터 부산스러웠다. 길 양식을 마련하고, 소소한 물품들을 챙겨 따로 보따리를 만들고, 별것도 아닌 일에 여자들은 분주했다.

아침의 부산함이 햇빛의 등장과 함께 사라진 지금은 정자 앞에 모두가 모였다. 떠날 사람들인 풍오자와 용태웅, 임홍빈과 계장수, 그리고 그들을 배웅할 마을 사람들이 모두가 나와 섰다. 하지만 한 사람, 꼭 있어야 할 사람이 보이지 않았다. 그래서 풍오자가 성질을 부렸다.

"인정머리없는 자식 같으니라구! 너가 내 새끼였으면 석 달 열흘 동안 패고 또 패줬을 거다! 사람 마음을 그렇게 모질게 패대기쳐? 너가 그러고도 사람이냐?"

조금 더 있으면 멱살 잡고 삿대질도 할 기세였다. 옆에 섰던 용태웅도 그렇긴 마찬가지였다.

"자식아! 쇠부처마냥 꼭 그래야 쓰겠냐? 당장 철무련이 어떻게 되는 것도 아니잖아? 근데 꼭 이래야겠냐? 네가 그렇게 잘난 놈이냐? 엉?"

용태웅은 당장 주먹이라도 쓸 기세였다. 하지만 계장수는 묵묵부답 말없이 행장만 챙겼다. 그런 계장수를 마을 사람 모두가 안타깝게 바라봤다.

일행 중 임홍빈만이 말이 없었다. 평소의 산만함과 달리 굳어진 표정인 그는 슬픈 듯, 애처로운 듯, 복잡한 시선으로 계장수를 봤다. 그 눈 안의 감정이 긴 한숨으로 입을 나왔을 때, 계장수에게 말을 걸었다.

"그냥 가면 죽을 때까지 후회하게 될 거야."

행낭끈을 여며 매던 계장수는 문득, 손을 멈췄다. 검은 얼굴은 무표정했다. 정지된 시선은 계속 손끝의 행낭 끈만 보았다. 그러다가 얼굴을 들었다. 돌아간 시선이 임홍빈을 봤다. 임홍빈은 고개를 끄덕이며 또 말했다.

"들어가 봐."

그 말에 신령한 힘이라도 깃들었을까? 두 눈을 껌벅대고 보던 계장수는 천천히 뒤돌아섰다. 갑작스런 그 변화를 풍오자와 용태웅은 뜨겁게 쳐다봤다.

계장수는 큰 숨을 들이마셨다. 옆과 뒤, 사방에서 꽂히는 사람들의 시선은 아무렇지도 않았다. 하지만 심장이 터질 것만 같았다. 임홍빈이 한 말은 칼날이 되어 등판을 난도질하는 것 같았다. 후회할 거라는 그 한마디가.

'내가 무슨 자격으로……. 하지만 저 여자를 이대로 울게 할 수도… 하아, 우습구나. 살인귀에 도살자인 내가 과분한 사랑에 가슴을 떨다니.'

가슴이 꽉 막힌 듯한 답답함은 호흡으로도 뚫리지 않았다. 몸을 돌려 세웠지만 그녀에게 걸어갈 용기는 나지 않았다. 사람들의 눈은 모두 그녀의 처소로 걸어가길 기다리고 있다. 하지만 발이 떨어지지 않는다.

탁. 탁. 탁.

허벅지를 때리는 작은 소리와 느낌에 계장수는 고개를 내려봤다. 고사리 같은 손을 주먹으로 뭉친 애령이가 토닥댔다. 옆에는 동주가 입을 내밀고 심술맞게 노려봤다. 애령이는 때리면서 맵게 소리쳤다.

"나빠! 빨랑 가봐!"

계장수는 저도 모르게 몸을 움직였다. 애령이가 때린 작은 주먹에

밀려가듯이, 동주가 노려보는 야무진 눈길이 쫓겨가듯이 연거푸 걸음을 내디뎠다.

저만치 앞으로 그녀의 처소가 보였다. 연이어 지어진 초가지붕의 한가운데에, 닫혀진 문 앞으로 평상이 놓인 그녀의 집. 알싸한 약 냄새가 풍겨오고, 약초들이 평상에서 몸을 말리며, 빈 탕기가 덩그마하게 놓인 그녀가 있는 곳.

계장수는 한 발 한 발 걸으며 코끝을 찡긋댔다. 옅게 등을 미는 바람결에 진달래 냄새가 나는 것 같았다. 철 늦은 냄새였다. 다시 맡아보니 목련의 냄새도 맡아졌다. 그리고 또 제비꽃과 민들레의 냄새도 났다.

어느새 걸음은 문 앞에 다다랐다. 뒤쪽의 정자 앞에선 아무 소리도 들리지 않았다. 하지만 모든 이들의 눈이 자신의 등을 보고 있음을 계장수는 알 수 있었다.

자꾸만 따가워지는 목구멍이 침을 넘기며 계장수는 문을 밀었다.

끼이익.

“들어오지 말아요!”

모용화연의 목소리가 날카롭게 터졌다. 열려진 문으로 들어간 햇빛이 그녀의 모습을 보여줬다. 그녀는 탁자 위에 엎드려 있었다. 어깨가 들썩였다.

탁자에 엎드려 오열하는 모용화연의 등 위로 햇빛이 비춰들었다. 또 그 위로 문 앞에 선 계장수의 그림자가 길게 드리워졌다. 모용화연의 가녀린 몸은 계속 흔들렸다. 그 뒷모습을 보는 계장수는 가슴이 옥죄어왔다.

한 발 한 발, 못내 힘겨운 걸음을 걷듯이 계장수는 탁자로 다가갔다. 길게 늘어지던 그림자가 그녀의 등을 완전히 덮었을 때, 계장수는 떨리는 손을 그녀의 어깨에 올렸다.

"우와앙!"

모용화연은 소리 내어 울기 시작했다. 소리없이 오열하던 그녀가 아이처럼 울기 시작했다. 뭐가 그리도 서러운지, 울렁대는 그녀의 어깨는 쉴 줄을 몰랐다. 그러던 그녀가 고개를 번쩍 들었다. 그리고 뒤돌아 일어섰다.

"가지 말아요!"

눈물 콧물이 범벅인 얼굴로 그녀는 소리쳤다. 두 손은 계장수의 허리를 붙잡고서였다.

가만히 모용화연의 얼굴을 내려다보던 계장수는 두 손을 들었다. 눈물로 얼룩진 그녀의 얼굴을 투박한 두 손으로 닦아냈다. 손은 여전히 떨렸다. 올려다보는 모용화연의 눈빛이 강해질수록 더욱 그랬다.

"가야 되오."

계장수의 대답에 모용화연의 눈은 또 이슬을 맺었다. 이슬은 삽시간에 줄기가 되어 흘러내렸다.

"난… 힘에 겨워요. 이렇게 사는 게 힘이 부쳐요. 내가 기댈 수 있게 해줘요. 제발요."

닦아도 닦아도 흘러내리는 그녀의 눈물을 보며 계장수는 이를 악물었다. 수정 같은 저 눈에, 백옥 같은 저 얼굴에서 눈물을 거둬가고 싶었다. 하지만 그럴 수가 없었다. 그녀의 맘을 받을 수도, 눈물을 그치게 할 수도 없었다.

"나, 난……."

입을 열던 계장수는 말을 잇지 못했다. 모용화연이 느닷없이 품에 안겨왔다. 아찔한 충격이 전신을 때렸다. 가슴에 얼굴을 묻은 그녀는 두 팔을 꽈악 조여왔다. 그녀의 몸이, 그녀의 마음이, 그녀의 모든 것이 가슴에 닿았다.

계장수는 천천히 두 팔을 돌려 모용화연을 안았다. 충일한 포만감과 말로 표현 못할 애틋함이 그녀와 자신, 둘에게 찾아옴을 느꼈다. 가슴이 벅찼다. 놓치지 않으려는 모용화연의 팔 힘이 등판에서 느껴졌다.

이대로 살고 싶었다. 그냥 모든 걸 다 잊고 평범하게 살고 싶었다. 이곳에서 모용화연과 가연을 맺어 아름답게 살고 싶었다. 하지만, 하지만… 그럴 수는 없었다. 계장수 자신이 환생한 이유는 이것이 아니었다.

말해야 했다. 이 여인이 불행해지지 않도록 단념시켜야 했다. 계장수 자신은 사랑을 받을 자격이 없으며, 두 생에 걸친 살인과 혈로를 걸어온 악인임을 말해야 했다. 그리고 숙명처럼 주어진 일이 있다는 것도.

"우린… 열병에 걸렸던 거요."

갑자기 들린 계장수의 음성에 모용화연은 어깨를 경직시켰다. 하지만 계장수는 계속 말했다.

"열병은… 열이 식으면 낳게 마련이오."

모용화연의 고개가 들렸다. 성난 그녀의 눈은 계장수의 눈을 직시했다. 계장수는 그녀의 눈에 담긴 마음을 아파하며 또 말했다.

"난 병에 걸릴 여유가 없소. 그런 건 나 같은 살인마에겐 찾아오지도 않는 거요. 이 병은 잘못 온 거라고 생각하오. 당신은… 당신의 행복을 찾아야 하오."

모용화연의 입이 벌어지려는 순간 계장수는 그녀를 떼어냈다. 그리고 창백해지는 그녀의 얼굴을 외면하며 뒤돌아섰다. 큰 숨을 들이쉬며 발걸음을 옮겼다. 하지만 더 이상 나아갈 수 없었다. 그녀가 뒤로부터 안아왔다.

겨드랑이 사이로 나온 그녀의 두 팔은 단단하게 두 손을 맞잡았다. 등으로 그녀의 체온이 전해졌다. 거친 그녀의 숨결도 함께였다.

"병이라느니 뭐라느니! 차라리 내가 싫다고 해요!"

소리친 그녀가 격하게 숨을 몰아쉬는 것이 느껴졌다. 하지만 계장수는 아무 말도 할 수 없었다. 그녀의 숨소리가 점점 잦아들었다. 그러다가 꼭 붙잡았던 두 손도 스르르 풀려 버렸다. 그녀의 체온도 등에서 떨어졌다.

문을 보고 선 계장수의 등에서 한 발 물러선 모용화연은 처연한 미소를 입에 물었다. 하지만 눈에서는 맑은 이슬 방울들이 쉬지 않고 흘러내렸다. 그 이슬들이 흘러들어 간 붉은 입술에서 작별의 말이 나왔다.

"가요."

계장수의 어깨가 꿈틀 경련했다. 그러나 그뿐, 짧은 순간의 움직임 뒤에 굳어버린 몸은 운명처럼 발을 옮겼다. 그러나 또 그 순간, 모용화연이 나직하게 말했다.

"기다릴 거예요."

계장수는 다시 걸음을 멈췄다. 열린 문으로 바람이 불어 들어왔다. 순간 저 바람이 되고 싶다는 생각이 들었다. 언제나 모용화연의 곁을 스치며 맴도는 바람이.

멈춰 섰던 계장수는 뒤돌아섰다. 그리고 눈물 흘리는 눈으로 쳐다보는 모용화연에게 다가갔다. 그녀의 눈을 마주 보고 선 계장수는 목 뒤로 두 손을 뻗었다. 그 손에 가죽끈으로 꿴 용봉지환이 풀려 나왔다.

"이건… 내 뿌리요."

계장수는 두 손을 돌려 모용화연의 목에 그걸 매주었다. 모용화연은 또 울었다. 하지만 이번엔 울음이 달랐다. 슬픔과 기쁨이 뒤섞인 울음이었다.

"잊지 말아요, 당신이 돌아올 곳이 있다는 걸."

손을 떼어내던 계장수는 모용화연의 눈에 흐르는 눈물을 닦아냈다. 손을 적신 그 액체를 입으로 가져가 혀끝에 댔다. 그리고 모용화연을 봤다. 하지만 아무 말도 하지 않았다. 기다리라는 말도, 돌아오겠다는 말도.

계장수는 혀끝의 느낌을 뼛속 깊이 박으며 뒤돌아섰다. 문밖에선 여름이 다가옴을 바람이 전했다. 눈물처럼 축축하게 뺨을 스치는 바람이었다.

❹

"어때? 마음을 정한 건가?"

늘어진 볼살 위로, 거만스런 눈동자로 보는 금와의 얼굴을 양준구(梁俊九)는 후려치고 싶었다. 옆에서 보는 군인 같은 자의 서늘한 눈매만 아니었다면 그랬을지도 몰랐다. 금와는 그 사내를 돌아보며 말을 걸었다.

"이보라구, 황 형. 이것 참, 사람 인연이 묘한 거리니까. 석모도에서 도망친 후 당신과 내가 한편이 될 줄 누가 알았겠어? 이 친구도 마찬가지야. 뿔뿔이 흩어진 팔로문의 제자를 이런 곳에서 만날 줄 누가 생각이나 했겠느냔 말이야. 그렇지? 하하하하하하!"

　호탕하게 웃어 제긴 금와는 두꺼비 같은 아가리에 술잔을 털어 넣었다. 그 얼굴을 보고 황이라 불린 사내는 비싯하게 웃었다. 하지만 양준구는 웃을 수가 없었다.

　저놈, 두꺼비 아비 같은 저 흉측한 놈, 진태구와 노대호와 더불어 팔로문을 말아먹은 원흉 놈. 저놈을 여기서 만날 줄은 진정 몰랐었다. 나올 수 없는 섬으로 유배됐다던 놈이 이곳 홍택의 저자에서 기루를 운영하고 있을 줄은 몰랐다.

　팔로문이 망할 때 자신은 열여섯이었다. 아비가 장로였던 탓에 저놈과도 친분이 있었다. 하지만 저놈들 때문에 꿈이 사그러졌다. 소림무승들과 관군의 토포를 피해 도망칠 때는 눈물을 뿌려야 했다. 뒤늦게 아비가 참수되었다는 소식을 들었다. 더 이상 세상에 기댈 곳도, 갈 곳도 없었다.

　유리걸식하며 흘러들어 온 곳이 이곳 홍택이었다. 그때쯤엔 거의 반병자였다. 들길을 걷다 쓰러졌는데 누군가에게 구함을 받았다. 그게 모용민이었다. 그때부터 삼십여 년간 문둥이들과 어울려 살아왔다.

　"어디, 그 물건은 확보한 건가?"

　금와가 게슴츠레한 눈으로 물었다. 갑작스런 질문에 양준구는 당황했다. 하지만 곧 고개를 끄덕였다.

　"염려 마시오."

　금와는 의미 깊은 웃음을 지어 보이며 다시 한 잔의 술을 마셨다. 그리고는 양준구에게도도 권했다.

　"들지 그러나? 자네가 좋아하는 여아홍일세. 우리 천향루(千香樓)의 자랑이지."

　양준구는 술잔을 봤다. 그리고 어금니를 물었다. 저 술만 아니었다

면, 그리고 이 때려부술 천향루의 계집들만 아니었다면 이곳에 저놈과
마주 앉아 있지도 않을 것이다. 하지만 이젠 때늦은 후회였다.

"그 술로 해서 다시 맺어진 인연인데 감사하면서 들게나. 좀 좋은가?"

금와는 탁자 너머로 건너다보며 빙긋빙긋 웃었다. 저 웃음이 양준구
는 맘에 들지 않았다. 하지만 부인할 수 없는 사실이었다.

일 년 전 이맘때, 생필품을 사러 나왔다가 천향루 앞을 지나게 됐다.
문밖에까지 나와 호객하는 계집들의 분 냄새가 유난히도 맘을 진탕시
켰다. 전에는 그냥 지나다니던 곳이었다. 하지만 주인이 바뀌면서 계
집들이 문밖에까지 나와 행인들을 붙잡았다.

그날이 덫을 밟는 날이었다. 얼결에 옷자락을 붙잡히고 안에 들어와
술을 퍼먹었다. 대관절 무슨 생각으로 그런 짓을 했는지 지금도 알 수
없었다. 다만 한 가지, 옆에서 술잔을 따르며 웃는 계집들의 분 냄새와
속 깊은 살 냄새가 더없이 향기로웠다. 그 냄새에 취했던 것이다.

삼십 년을 잊고 살았던 욕정이 봇물처럼 터졌다. 긴 세월을 애써 외
면하고 살았던 욕정은 짐승처럼 날뛰었다. 그 밤을 그렇게 먹고 마시
며 계집들과 분탕질을 쳤다. 하지만 술이 깼을 땐 지옥이 기다리고 있
었다.

술값과 화대가 턱없이 모자랐다. 마을의 공금을 모두 털어냈지만 턱
도 없었다. 사흘을 감금당한 채 두들겨 맞았다. 놈들은 돈이 될 만한
걸 내놓으라고 했다. 하지만 그런 게 있을 리가 없었다. 정신이 가물가
물하는 와중에 놈들이 지껄이는 소리가 들렸다. 놈들의 주인이 하남
팔로문 출신이라는 얘기였다. 바로 놈들에게 애원했다. 주인을 만나게
해달라고.

그렇게 금와를 만났다. 지금도 비릿하게 웃고 있는 저놈을, 그 밤에

피투성이가 된 채로 만난 것이다. 하지만 놈은 아무렇지도 않게 똑같은 소릴 했다. 돈을 내지 않으면 팔이나 다리 하나를 자르겠다고 했다. 규율을 지키기 위해선 어쩔 수 없다는 소리도 했다. 놈은 그렇게 웃었다, 지금처럼.

돈은 없다고 말하자 놈은 바로 집행을 명했다. 그 급박한 순간에 오만 가지 생각들이 머리 속을 스쳤다. 그리고 한 가지가 떠올랐다. 돈은 아니지만 돈이 될 만한 것. 그만한 가치를 지닌 것. 하지만 진의는 모르는 것.

모용민이 남긴 책자. 인간강화비술이 담긴 책자를 놈에게 말했다. 그것은 오직 죽은 모용민과 그 딸 모용화연, 그리고 자신만이 아는 비밀이었다. 그것을 말하던 순간 변하던 놈의 얼굴이 지금도 생생했다. 아니, 그것이 아닌 모용민이란 이름 세 글자에 변하던 놈의 얼굴이.

금와는 또 한 잔의 술을 털어 넣었다. 사방이 붉은 휘장으로 둘러쳐진 천향루의 특실은 놈과 잘 어울렸다. 붉은 휘장은 놈의 눈빛을 닮았고, 금빛 벽지들은 놈의 탐욕을 닮았다. 놈은 술잔을 내리고 다시 말을 꺼냈다.

"세상일이란 알 수 없는 거야. 팔로문을 다시 세우기 위해 소림에 찾아간 것이 삼 년 전이었지. 그들의 인정을 받기 위해서 찾아갔던 거야."

늘어진 볼살을 씰룩대던 금와는 곧 말을 이었다.

"은거했다던 청진을 만났는데 그 중놈이 그러더군. 모용민이란 자의 행적을 찾으라는 거야. 그것만 해내면 팔로문의 기둥을 다시 세워도 좋다고 했지."

금와의 눈은 별처럼 빛을 냈다.

"그런데 이곳에서 너를 보게 된 거지. 난 네 입에서 모용민이란 이름이 나왔을 때 벼락을 맞은 것 같았어."

말을 늘이던 금와는 거칠게 한 잔의 술을 더 들이킨 후에 다시 말했다.

"이젠 다 알겠어, 청진이 찾는 게 뭔지. 그 중이 노리는 게 뭔지 말이야."

피식 웃은 금와는 잠시 탁자를 내려다보다가 다시 입을 열었다.

"하지만 상관없어. 그 중이 탐내는 걸 내가 탐낼 필요는 없지. 난 조건을 충족시켜 주고 내가 얻을 것을 얻으면 그뿐이야. 그들은 내가 상대하기엔 너무 크거든."

금와의 웃음은 점점 더 짙어졌다. 그걸 바라보던 양준구는 단호하게 입을 열었다.

"약속은 지켜야 하오. 그녀에겐 손끝 하나 대선 안 되오."

금와는 이를 드러내 보이며 대답했다.

"그럼, 여부가 있나? 청진 대사도 헛물켜고 돌아가게 만든 귀한 여자가 아닌가 말이야? 더군다나 이젠 자네의 여자가 될 게 아닌가? 그렇지?"

양준구는 대답 대신 무섭게 금와를 노려봤다. 하지만 금와의 입은 점점 더 크게 벌어졌다. 그때 황이라 불린 군인 같은 사내가 끼어들었다.

"약속은 지킨다. 이제 물건을 건네라."

양준구는 금와에게서 사내에게 시선을 돌렸다. 그리고 또박또박 말했다.

"그녀와 나의 안전이 확보되면 그때 주겠소."

황이라고 금와가 부른 사내, 석모도의 군관이던 황남송은 양준구의 눈을 차갑게 들여다봤다. 그리고 확신했다, 저 사내가 목숨을 걸었음을.

"그래, 그럼 이제 흔적을 없애는 일만 남았군."

감정없는 그 목소리가 찬물처럼 양준구의 등줄기를 훑었다. 하지만

소름을 털 사이도 없이 말을 던진 자가 일어섰다. 칼을 들고 등을 보인
그는 붉은 휘장을 흔들고 사라졌다.

붉은 피의 물결처럼 흔들리는 그 휘장 앞에서, 금와는 피보다 더 진
한 웃음을 짓고 양준구를 바라봤다.

『일격필살』 3권에 계속…